OS SAQUEADORES

TOM COOPER
OS SAQUEADORES
ROMANCE

Tradução de
Alexandre Martins

Título original
THE MARAUDERS
A Novel

Esta é uma obra de ficção. Nomes, personagens, lugares e incidentes são produtos da imaginação do autor, foram usados de forma fictícia. Qualquer semelhança com pessoas reais, vivas ou não, acontecimentos, locais é mera coincidência.

Copyright © 2015 *by* Tom Cooper
Todos os direitos reservados.

Edição brasileira publicada mediante acordo com Crown Publishers, um selo da Crown Publishing Group, uma divisão da Random House LLC.

Direitos para a língua portuguesa reservados
com exclusividade para o Brasil à
EDITORA ROCCO LTDA.
Av. Presidente Wilson, 231 – 8º andar
20030-021 – Rio de Janeiro – RJ
Tel.: (21) 3525-2000 – Fax: (21) 3525-2001
rocco@rocco.com.br
www.rocco.com.br

Printed in Brazil/Impresso no Brasil

preparação de originais
VILMA HOMERO

CIP-Brasil. Catalogação na fonte.
Sindicato Nacional dos Editores de Livros, RJ.

C788s
    Cooper, Tom
        Os saqueadores / Tom Cooper; tradução de Alexandre Martins. – 1ª ed. – Rio de Janeiro: Rocco, 2017.

        Tradução de: The marauders
        ISBN 978-85-325-3063-9 (brochura)
        ISBN 978-85-8122-688-0 (ebook)

        1. Ficção americana. I. Martins, Alexandre. II. Título.

17-38891   CDD: 813
                                            CDU: 821.111(73)-3

O texto deste livro obedece às normas do
Acordo Ortográfico da Língua Portuguesa.

Para meus pais,
Lynn Elizabeth McIlvaine
e
à memória de Thomas Michael Cooper.

OS IRMÃOS TOUP

Eles saíram como espectros da boca escura do *bayou*, primeiro uma luz fantasmagórica na névoa, depois o ronco de um motor: uma lancha de alumínio deslizando sobre água preta como laca. À distância, as figuras pareciam xifópagas, irmãos siameses. À medida que o barco chegava mais perto, os corpos se dividiram em dois sob os holofotes rodeados de mariposas. Um estava de pé na frente, outro atrás: os irmãos gêmeos Reginald e Victor Toup. Quando eles eram crianças, até mesmo a mãe tinha dificuldade em dizer qual era qual. Isso foi muito antes, metade das vidas deles, e agora a mãe estava morta. Um tiro na têmpora no Hotel Roosevelt, em Nova Orleans, antes de o pai apontar a arma para si mesmo.

Naquela noite, eles navegavam sob uma lua crescente a três quartos, treze quilos de maconha sob uma lona na caixa de iscas. Reginald guiava o barco e Victor estava agachado na proa, examinando o *bayou* com binóculo de visão noturna. Tinham feito a viagem tantas vezes que podiam lhe contar coisas sobre o pântano que nenhum mapa poderia. Você raramente se deparava com alguém lá. Não depois de escurecer, não tão longe, não fora da temporada de camarão.

Esse, claro, era o objetivo.

Um movimento rápido à frente atraiu o olhar de Victor. Em uma ilhota a oitocentos metros de distância, uma luzinha balançou e vibrou como fogo-fátuo antes de se apagar.

Victor ergueu a mão e Reginald desligou o motor e as luzes. Eles foram lançados na escuridão, o luar listrado sobre a água, apenas os sons de insetos e sapos cantando em coro, a batida suave das ondas no casco.

– O quê? – perguntou Reginald.

Victor não disse nada. Olhou através das lentes e esperou. Reginald se colocou atrás dele, botas pretas de borracha até a cintura, rangendo. Lado a lado, a semelhança dos irmãos era assombrosa. Os mesmos cabelos pretos divididos do lado e rostos duros, os mesmos olhos cinza-mineral cheios de maldade. O mesmo jeito de se inclinar ligeiramente para dentro da noite, troncos rígidos apontados, como perdigueiros sentindo um rumor da presa. Mas havia diferenças, ligeiras. Reginald tinha o começo de uma pança de gumbo, mas Victor, não. Reginald não tinha tatuagens, mas Victor, sim, nos braços e na lateral do pescoço: a cabeça de um grande tubarão branco de boca aberta, uma sereia com tridente, uma teia de aranha na dobra do braço direito com uma viúva negra ao centro.

Para discernir quaisquer outras diferenças entre os gêmeos, um homem teria de mergulhar bem abaixo da superfície.

Por um tempo, nada se moveu. Havia estrelas salpicadas de um horizonte ao outro, grupos tão emaranhados e densos que pareciam tinta branca lançada sobre uma tela preta. Ursa Menor, Cassiopeia e Órion, como quebra-cabeças que você tinha de solucionar.

Victor se remexeu nas botas e ajustou o foco dos binóculos. A luz piscou novamente, correndo entre as árvores.

– Acha que fomos embora – comentou Victor.

– Quem? – quis saber Reginald.

Victor não respondeu, apenas observou. A noventa metros da ilhota estavam ancorados um barco de camarão arruinado, uma piroga puxada para a margem da ilhota e uma lanterna Coleman brilhando fraca. Um homem com botas até a cintura perambulava em meio à vegetação, passando a espiral de um detector de metais sobre o solo. Levava na outra mão algo que parecia meio colher, meio pá.

O homem ouviu algo nos fones e se deteve. Passou a espiral do detector algumas vezes sobre o mesmo ponto, depois cavou por um minuto com a pá-colher. Foi até a margem, enfiou a pá na água e se curvou, vasculhando na terra como um minerador com uma bateia.

Victor baixou o binóculo e balançou a cabeça.

– Diga – falou Reginald.

– Um cara – respondeu Victor. – Cavando buracos.

– Por quê?

– Como vou saber, cacete? Enterrando a esposa.

Reginald pegou o binóculo com Victor e olhou, apertando os olhos.

– Tem um detector de metais.

– Conhece? – Victor perguntou.

– Já o vi. Acho.

– Detector de metais – Victor repetiu, bufando de deboche pelo nariz. – Já vi tudo.

– O que ele é, da petrolífera?

Victor não respondeu. Tirou do ombro seu rifle semiautomático Bushmaster e mirou no rosto do homem pela mira do visor reticulado. Parecia ter quarenta e tantos, cinquenta e poucos anos. Olhos fundos, cabelos grossos se projetando de sob um quepe de capitão. E não tinha um braço, com uma prótese no lugar.

– Não tem um braço – comentou Victor.

– Sei quem ele é – afirmou Reginald.

Victor perguntou quem.

– A ruiva? Peitões. Ficou doidona lá em casa duas vezes. Renee?

– Reagan – Victor corrigiu. – Ah, é.

– Reagan. É o pai dela.

Victor ergueu o rifle novamente e olhou pelo visor, o dedo pousado na curva do gatilho.

— Que porra você está fazendo? — reagiu Reginald. Ele sempre fora o mais diplomático dos dois; Victor, o mais esquentado. Talvez fosse assim por Victor ter sido o primeiro, o alfa, uma hora inteira a mais no mundo que Reginald. Pelo menos era uma das teorias de Reginald.

— Perto demais para o próprio bem — Victor disse a Reginald.

— Vamos falar com ele.

Victor poderia apertar o gatilho naquele momento, e a vida do homem estaria terminada em um instante. Já fizera isso antes. Ali. Mas baixou o rifle e disse:

— O dia de maior sorte na vida e o filho da puta nem sequer sabe.

LINDQUIST

Seu braço tinha sumido. Lindquist estava certo de que o deixara na picape duas horas antes. Ele não costumava colocar no lugar errado seu braço mioelétrico de trinta mil dólares ou largar sua picape destrancada, fosse aquela ou não uma cidade de *bayou* encharcada onde todos conheciam todos.

Havia algumas outras picapes sob as lâmpadas de vapor de sódio cheias de insetos. Nada além de ciprestes sussurrando na brisa da noite, um Buick verde-varejeira sacudindo no asfalto depois do bar Sully's. Mas Lindquist continuou com o olhar arregalado ao redor do estacionamento de piso de conchas, como se seu braço tivesse ido embora por vontade própria. Como se pudesse encontrá-lo junto à placa do bar iluminada em azul, esticando o polegar para pedir uma carona.

Lindquist voltou para o Sully's. Sully estava limpando o bar com uma toalha de mão e olhou por cima dos óculos de armação metálica. Em uma das mesas dos fundos, três homens juntavam cartas e fichas de pôquer, e também ergueram os olhos.

Lindquist ficou parado à entrada, lábios apertados em uma fina linha clara, alguma emoção soturna ganhando peso atrás de seu rosto como uma tempestade.

– Alguém pegou meu braço – disse.

– Pegou? – perguntou Sully.

— Roubou — Lindquist corrigiu. — Alguém roubou a porra do meu braço.

Um silêncio embaraçoso se abateu sobre o salão, por um momento o único som era o da jukebox: uma canção de Merle Haggard, "I Wonder If They Ever Think of Me" tocando baixo. Os homens se entreolharam e balançaram a cabeça. Finalmente um deles, Dixon, começou a rir. Depois Prejean e LaGarde, os dois outros à mesa. Seus dentes brilhavam brancos nos rostos vermelhos de sol, e logo o estreito salão de tábuas de pinho se encheu com os risos.

— Vão se foder, caras — disse Lindquist.

O riso parou rápido como uma agulha se levantando de um disco.

— Está brincando? — perguntou Dixon.

Lindquist brincava muito, então era difícil dizer.

— Provavelmente deixou em casa — sugeriu Sully.

— O cacete — reagiu Lindquist.

— Ligue para Gwen — disse LaGarde. — Descubra se deixou em casa.

Lindquist encarou LaGarde com os maxilares trincados. LaGarde colocou as mãos no tampo da mesa e baixou os olhos. Gwen tinha ido embora meses antes. Era provável que estivesse na casa dos pais em Houma, para onde costumava fugir quando ela e Lindquist brigavam. Ela sempre voltava após alguns dias, mas não dessa vez. Os homens não conheciam a história toda, mas a essência provavelmente era a mesma. Uma briga por causa de dinheiro, por causa de contas, por causa da filha deles, por causa de Deus sabe o quê.

Sully saiu de trás do bar e os homens se levantaram da mesa. Procuraram sob bancos e cadeiras, abriram reservados de banheiros. Depois saíram e vasculharam o estacionamento. Lindquist se curvou e olhou debaixo das picapes. Dixon foi até o limite do estacionamento e passou a bota para a frente e para trás no capim. Prejean fez a mesma coisa do outro lado. LaGarde foi até o asfalto e olhou nas duas direções.

Depois os homens ficaram de pé sob as luzes de vapor de sódio, matando mosquitos nos rostos.

– Por que você simplesmente não o estava usando? – perguntou Dixon a Lindquist.

– Use você neste calor – retrucou Lindquist.

Vinte minutos depois, chegou o xerife. Villanova. Pegou seu chapéu cáqui de caubói no banco do carona, saltou da viatura, colocou o chapéu no alto da cabeça de mastim.

Os homens olharam, rostos maléficos sob as luzes vermelhas e azuis.

Lindquist contou a Villanova sobre o jogo de pôquer, sobre como seu braço tinha sumido quando voltou à picape. Villanova tirou um pequeno bloco em espiral do bolso da camisa e anotou os nomes dos homens que tinham saído mais cedo. Lindquist insistiu que quem levara seu braço só podia ser um estranho. Um vagabundo sem destino tão viciado e sem padrões morais que roubaria uma prótese de braço da picape de alguém.

– E você tem certeza de que não o deixou em casa – disse Lindquist.

Lindquist apertou os olhos.

– Você deixa seus braços em casa?

Seu braço de trinta mil dólares, ele queria dizer. Sem o seguro da esposa pelo emprego no banco, Lindquist nunca poderia ter pagado a prótese ou os meses de fisioterapia depois do acidente. E, mesmo com o seguro de Gwen, Lindquist precisou tirar do bolso quinze mil, dinheiro que colocou em um cartão de crédito com juros altos do qual só pagava o mínimo por mês. Uma dívida que iria levar para o túmulo, mas não poderia de modo algum pescar camarão com um braço de gancho de cinco dólares da Kmart.

Villanova anotou alguma coisa.

– Você tem o número de série?

– Número de série?

Villanova beliscou a base do nariz.

– O número de série do braço, Lindquist.

Lindquist balançou a cabeça.

– Bem, você sempre pode ligar para o médico. Ligue para onde você o conseguiu. Isso faria sentido.

Os homens se espalharam em direções diferentes: Dixon e Sully de volta ao bar, LaGarde e Prejean para suas picapes. Lindquist ficou de pé ao lado da porta da picape, remexendo em um bolo de chaves. Um minuto inteiro se passou antes que ele encontrasse a certa. Depois, durante mais meio minuto, Lindquist enfiou a chave perto da tranca, raspando metal. Finalmente fechou um olho e acertou a fechadura.

Villanova observava do outro lado do estacionamento.

– O que está fazendo? – perguntou.

– Dirigindo para casa.

– O cacete. Está bêbado.

Lindquist apertou os olhos para Villanova, a cabeça inclinada como se para uma música que só ele conseguia ouvir.

– Só um pouco – falou.

– Está tarde, Lindquist. Entre no carro.

Por um momento, os homens ficaram em silêncio, enquanto Villanova dirigia pela pista de mão dupla sem movimento. Passaram por uma plantação de palmeiras, um campo de cladium. Um bacurau bateu as asas diante da lua, sua silhueta como um emblema em uma moeda.

– Toc-toc – disse Lindquist.

– Ainda com suas brincadeiras, Lindquist?

– Toc-toc.

– Perde um braço e conta piadas de toc-toc.

– Anita.
– Anita quem?
– Anita par de peitões na minha frente.
Villanova balançou a cabeça. O rádio da polícia estalou e chiou com estática.
– Então vocês estavam jogando pôquer – começou Villanova.
– É.
– A dinheiro?
– O que você acha?
– Isso é ilegal.
Villanova mantinha as duas mãos apertadas no volante, os dois olhos na estrada.
– Toc-toc.
– Está tarde, Lindquist.
Villanova não precisava perguntar o caminho porque o conhecia. Ele levara Lindquist algumas vezes do bar para casa por estar arrasado demais para dirigir.
– Está preocupado com o óleo? – perguntou Villanova.
Lindquist disse que estava. Assim como todo mundo em Jeanette. Que inferno, o pessoal estava em pânico.
– Poderia ser melhor do que estão dizendo – comentou Villanova. – Mas tenho a sensação de que pode ser pior.
Logo Villanova entrou aos solavancos em um acesso de cascalho que cortava ligustros silvestres e levava a uma casa de fazenda de alvenaria com telhado de telhas cinza e antena parabólica. Um bebedouro de pássaros, a bacia cheia de água suja e folhas, se erguia em um canteiro de flores mortas.
Desajeitado, Lindquist esticou o braço esquerdo sobre o colo e abriu a porta.
– Está bem, Lindquist? – Villanova quis saber.
Lindquist se curvou e olhou para dentro do carro.
– É. E você?

– É. Um favor? Sem cruzadas por hora.

Lindquist assentiu.

– Está com as chaves?

– É.

– Confere para mim.

Lindquist tirou as chaves do bolso do jeans, sacudiu, ergueu o polegar para Villanova.

– Ainda sabe como usar?

– Até mais, Villanova – Lindquist disse. Ele fechou a porta e se colocou de lado enquanto Villanova dava a volta no carro. Viu as lanternas traseiras sacudindo como vagalumes pela passagem, um par, depois dois, e um novamente quando fechava um olho.

Lindquist abriu a porta da frente, acendeu a luz, farejou. Um cheiro agridoce, de banha de bacon rançosa e gordura de frango, vinha da cozinha. E a sala estava coberta de sacos para viagem sujos de gordura, latas de cerveja vazias, jornais de um mês ainda nos sacos plásticos. Lindquist ficou pensando no que sua filha, Reagan, pensaria se fizesse uma visita, o que sua esposa pensaria se voltasse.

Como se isso fosse acontecer.

Ele se moveu para pegar um dos sacos, mas seu braço não estava lá. Foi à cozinha, tirou uma cerveja Abita da geladeira e depois se sentou à mesa abarrotada da sala de jantar. Contas, todos os meses atrasados. Hipoteca, cartões de crédito, diesel, seguro. E livros em pilhas de quatro e cinco. *A história da Marinha mercante americana. Os piratas Lafitte. O diário de Jean Lafitte. O pirata Lafitte e a Batalha de Nova Orleans. Biogeoquímica dos pântanos: ciência e aplicações.*

Entre os livros havia mapas marítimos amarelados pelo tempo e rígidos como pergaminho, marcados com caneta hidrográfica vermelha na caligrafia hieroglífica de Lindquist. Havia um detector de metais sobre a mesa com a caixa de circuitos aberta e os fios expostos. Gwen costumava resmungar quando ele deixava essas coisas na mesa, mas agora podia mantê-las em qualquer maldito lugar que quisesse.

Lindquist se apoiou em uma nádega, tirou uma caixa de balas do bolso da calça e abriu a cabeça do boneco. O Pato Donald cuspiu um comprimido branco comprido: oxicodona, cortado por Lindquist a canivete para encaixar perfeitamente no baleiro. Ele esmagou o comprimido na mesa da sala de jantar com a base da garrafa de Abita até virar pó. Depois tampou uma narina com o indicador, se inclinou e cheirou o pó, jogando a cabeça para trás e limpando a poeira do lábio superior.

Lindquist desdobrou um dos mapas sobre a mesa, um mapa puído da Barataria, hachurado em tinta preta e azul, seus cursos de água coleantes e arquipélagos de ilhas barreiras. Ao longo do tempo, Lindquist fizera seus próprios ajustes na cartografia, eliminara barreiras que haviam sucumbido ao tempo e a tempestades, desenhara novas ilhas e elevações surgidas da noite para o dia. Uma delas tinha a forma de rã, outra era como uma pegada animal, outra como um olho de Hórus egípcio. Sobre algumas das ilhas, ele desenhara Xs, sobre outras, pontos de interrogação.

Tirou com os dentes a tampa de uma hidrográfica roxa, estudando o mapa, marcando uma das ilhas. Foi pegar a cerveja, mas o braço direito ainda não estava lá. Largou a caneta e pegou a cerveja, pensando na última coisa que Gwen lhe dissera antes de partir.

Você está em um lugar ruim, dissera. *Você precisa de ajuda.*

Lindquist terminou a cerveja, foi à geladeira, pegou outra, se sentou novamente à mesa da sala de jantar e abriu o laptop. Digitou no Google *Jean Lafitte* e recebeu mais de um milhão de resultados. Depois digitou *Lafitte* e *Barataria* e recebeu quase duzentos e cinquenta. Digitou as palavras *tesouro*, *ouro* e *pirata* e depois outros comandos de busca, até se deparar com um site de caça ao tesouro, onde homens – apenas homens – tinham postado suas histórias de detectar metais. Um dos posts mostrava fotos de botões cogumelo de latão, balas de mosquete e dobrões; o outro, um botão de artilharia da guerra de 1812, e, um terceiro, uma fivela de cinto da espada da águia de um oficial de 1851.

Ainda estava à mesa da cozinha, tomando sua cerveja e vendo fotos de tesouros, quando seu e-mail tocou. Ele abriu a nova mensagem e leu.

PARA: LINDQUIST007@gmail.com
DE: Youredead98989898@gmail.com

SABEMOS QUEM VC É. ONDE MORA. ESTÁ INVADINDO PROPRIEDADE PARTICULAR. ESTE É O ÚNICO AVISO.

O coração de Lindquist acelerou e o corpo enrijeceu. Ficou algum tempo à mesa de jantar, pensando no que escrever. Depois digitou com um dedo. "QUEM É?" Tocou várias vezes no botão de deletar. Reescreveu a mensagem original. Hesitou. Apertou enviar.

Esperou, os únicos sons eram as madeiras da casa estalando para exalar o calor do dia, a batida de mariposas contra os vidros das janelas. O leve zumbido de fundo do filamento da lâmpada na luminária do teto.

O e-mail de Lindquist tocou novamente.

PARA: LINDQUIST007@gmail.com
DE: Youredead98989898@gmail.com

FIQUE LONGE DAS ILHAS, ESCROTO.

WES TRENCH

Meia-noite. Wes e seu pai seguiram a trilha de sua casa até o porto. Mesmo a quatrocentos metros, em meio aos bosques de palmeiras e ao mato até a cintura, eles podiam ouvir vozes melodiosas percorrendo o pântano, os fracos e rápidos acordes da música zydeco: a bênção da frota de camaroeiros. Nos cinco anos anteriores, Wes e o pai abandonaram o ritual, esperando que o padre Neely acabasse de abençoar os barcos antes de seguir para o cais. O pai de Wes ainda estava com raiva de Deus pelo que havia acontecido com sua mãe. Ambos estavam.

Uma das muitas coisas sobre as quais eles nunca conversavam.

Estava escuro, exceto pelos fachos de suas lanternas varrendo o chão e o vermelho do cigarro do pai de Wes. Seus cabelos branco-algodão, altos e densos. Acima deles, um quarto de lua enevoado brilhava por entre uma renda de galhos de carvalhos. Eles fizeram uma curva na trilha, contornando um grupo de pinheiros e atravessando uma ponte de tábuas grossas sobre um córrego. Uma cobra coleou pela água e deslizou como tinta para dentro do pântano.

Wes já podia ouvir o ronco dos motores dos barcos, o gaguejar chiado de um acordeom. O ritmo estalado de uma tábua de lavar, um capitão de barco gritando ordens para a tripulação.

– Não coloquem as redes aí – disse um homem com uma voz curada em sal. – Estibordo, idiota, estibordo.

Uma das mais antigas lembranças de Wes era fazer aquela viagem pela mesma floresta. Em uma noite de agosto como aquela, sem brisa e densa com o cheiro de terra. Seu pai era mais animado na época porque isso foi antes de suas dores crônicas nas costas, antes de as cargas de camarões se tornarem cada vez menores, antes de seus cabelos ficarem totalmente brancos.

A mãe de Wes tomava sua mão enquanto eles acompanhavam o pai no escuro. Ele podia sentir o beijo metálico frio de sua aliança.

"Quantos camarões vai pegar, papai?", Wes perguntava.

"Sabe o Monte Santa Helena?", respondia o pai.

"Não, senhor."

"Monte Rushmore?"

"Não, senhor."

"Sabe a srta. Hamby, sua professora de matemática com a bunda grande?"

A mãe de Wes mandou que se calasse.

Ele era mais feliz na época, o pai de Wes. Esperançoso. Todos eram.

Foi por volta dessa época, talvez um ou dois anos depois, que Wes chegou em casa da escola e encontrou uma Schwinn azul-noite esperando por ele na rampa. O pai pescara três toneladas, uma sorte absurda, e comprara a bicicleta nova, por capricho.

E mais tarde naquela noite, enquanto a mãe lavava a louça, Wes viu o pai vir por trás dela e colocar as mãos em seus quadris. Ela se virou e eles se beijaram de olhos fechados, algo que ele vira apenas uma ou duas vezes antes, e uma ou duas depois.

Wes não sabia disso então, mas agora sabia: quem disse que dinheiro não compra felicidade era um maldito idiota. Um maldito idiota que nunca tinha sido pobre.

Do outro lado da ponte, Wes e o pai seguiram a trilha por uma subida escorregadia. Passaram por um tronco caído coberto de líquen e viram as luzes do porto brilhando entre os pinheiros. Havia cerca de trinta ou quarenta pessoas de pé no cais, silhuetadas contra as luzes âmbar do porto. Capitães e tripulantes de navios estavam embarcados em esquifes e lugres de ostras, enchendo caixas de iscas com gelo, desembaraçando redes de arrasto. Alguns dos barcos já entravam na baía, suas luzes de localização natalinas, vermelhas e verdes, cintilando no horizonte.

O pai de Wes arremessou o cigarro nos arbustos, e eles subiram ao cais. No estacionamento do porto, algumas mesas dobráveis haviam sido montadas para apoio de panelas elétricas com o guisado gumbo, pratos de papel e colheres de plástico. Rádios transistorizados competiam no zumbido, um sintonizado em uma estação pop de Nova Orleans, outro em um programa de rádio AM de Baton Rouge. Uma velha barriguda fervia caranguejos em um fogareiro a gás, um corcunda apertava os botões de madrepérola de seu acordeom chiado. Outro homem raspava seu colete corrugado de percussão com colheres enferrujadas.

Wes conhecera aqueles rostos a vida toda. Eram capitães e tripulantes, pescadores de caranguejos e lançadores de armadilhas. Em maio, eles pescavam camarão rosa, e em agosto, o branco. No outono, alguns deles iam atrás de aligátores e ostras. E havia os filhos e filhas de capitães e tripulantes, ainda jovens demais para ajudar nos barcos. As esposas corpulentas com rostos ansiosos e cabelos grisalhos. As avós e os avôs com olhos tristes e maxilares banguelas preocupados.

– Oi, Bobby – um homem disse ao pai de Wes. Usava botas amarelas até a cintura, tirou um maço de cigarros do bolso da camisa e bateu no fundo com o indicador deformado. Levou o cigarro aos lábios.

– Que inferno, por onde você tem andado, Davey? – perguntou o pai de Wes.

– Daytona – respondeu Davey. – Trabalhando em um daqueles barcos de aluguel para um bando de cretinos ricos da Flórida.

Alguns anos antes, Davey tinha trabalhado para o pai de Wes, mas se demitiu e entrou para a tripulação de um barco maior quando as cargas foram diminuindo e o preço do camarão despencou. Um barco maior significava pagamento maior. O pai de Wes não ficou magoado com ele por isso. Sabia como era difícil ganhar a vida em Barataria, e provavelmente teria feito o mesmo.

– Gostou de lá? – perguntou o pai de Wes.

– É, um paraíso – Davey respondeu, acendendo um cigarro e retorcendo um lado do rosto por causa da fumaça. – Quase desisti de tudo isto – disse, fazendo um gesto pelo *bayou* para os barcos se arrastando para fora do porto, as árvores curvadas melancólicas acima da água.

No final do cais, um garotinho de peito nu mijava alegremente no *bayou*. Quando terminou, fechou o zíper do short camuflado e voltou até a mãe, pulando descalço como um macaco. Wes tinha mais ou menos a idade daquele garoto quando começou a ir ao porto. Jovem o suficiente para lembrar-se do ar de festa que um dia tiveram aquelas primeiras noites da temporada de camarão. As festas *fais do-do*, as danças *cajun*. Eram dias melhores para todos em Barataria. Antes de o *bayou* produzir um volume cada vez menor de camarões. Antes do vazamento de óleo. Antes do Katrina.

Antes de a mãe de Wes morrer.

– Alguma notícia? – perguntou o pai de Wes.

– Dois caras já passaram o rádio – informou Davey. – Os camarões parecem magros. Mas ainda é cedo.

– Óleo?

– Por toda parte.

Davey olhou pra Wes.

– Como vai você, camarada? Achei que a esta altura estaria na Ivy League.

Wes forçou um sorriso e balançou a cabeça. Ele já sabia que uma faculdade estava fora de questão.

– Garoto, sua cabeça já está grisalha? – Davey perguntou.

– Um pouco, sim senhor – Wes respondeu. Pouco depois de seu aniversário de dezesseis anos, o grisalho começara a marcar os lados da cabeça. No começo, um pouco, mas toda vez que cortava os cabelos havia muitos outros grisalhos, e Wes imaginou que teria cabelos brancos como o pai antes de chegar aos trinta.

– Passem lá em casa para jantar quando tudo isto terminar, certo? – convidou Davey.

– Passaremos, Davey – disse o pai de Wes. – Dê lembranças a Kelly e Renee.

– Shh, shh.

Wes seguiu o pai pelo cais até o barco deles, saltou no convés e soltou as cordas dos cunhos de amarração do cais. Ouviu alguém pisar atrás e se virou. Era o padre Neely, de batina e alva, o suor na testa brilhando sob as luzes do cais.

– Como vai, padre? – cumprimentou Wes. Levantou e apertou a mão do homem. Macia e úmida. Nem um único dia de trabalho em barco em toda a vida.

– Wesley – devolveu padre Neely. – Bom vê-lo, filho.

Ele ergueu os olhos para o barco, disse olá ao pai de Wes, que enrolava a corda de atracação. Ele apenas ergueu a mão e se virou de costas. Depois subiu a escada metálica até a cabine de comando. Wes viu através da janela a faísca de seu isqueiro, a chama instável do toco de vela ao lado do timão. Outra faísca quando o pai acendeu um cigarro.

– Vocês perderam a bênção – disse padre Neely, tendo bastante cuidado de não dizer *novamente*.

– Ficando tarde hoje – retrucou Wes.

– Shh, claro – devolveu padre Neely. Ele deu uma espiada na cabine de comando e alisou o bigode amarelo de fumaça com o polegar e o indicador. Olhou novamente para Wes, enfiou a mão dentro da batina e tirou uma medalha de São Cristóvão. Wes hesitou. Sabia que o pai não iria querer, mas ele também não podia certamente recusar. Pegou a medalha, guardou no bolso e agradeceu a padre Neely.

– Vou rezar por uma temporada próspera – avisou padre Neely. Wes agradeceu novamente e disse que precisariam de todas as preces que conseguissem.

– – – – – – – –

O barco deles, o *Bayou Sweetheart*, era um esquife do tipo Lafitte de trinta e três anos, um dos poucos do tipo em Jeanette a ter sobrevivido ao furacão. Semanas depois da tempestade, quando Wes e o pai começaram a revirar as ruínas, encontraram o barco milagrosamente intacto, repousando no alto do dique como se colocado pela mão de um gigante benevolente.

Como muitos outros em Barataria, Wes e sua família tinham escolhido ignorar a tempestade. Ou, na verdade, o pai de Wes escolhera por eles. Quando a família de Wes acordou na manhã de 28 de agosto e ligou a televisão, o homem do tempo do noticiário da WGNO em Nova Orleans estava prevendo um furacão categoria 5. Ventos de 240 quilômetros por hora, marés de quatro metros e meio, rupturas de diques. Um monstro.

Os primeiros ventos estavam chegando, gemendo nos beirais, e do lado de fora o céu já era negro como carvão, tão escuro que as árvores no jardim projetavam um brilho estranho, como se iluminadas por dentro.

– Deveríamos ir embora – disse a mãe de Wes pela undécima vez.

Eles estavam diante da velha Zenith na sala íntima. Ainda em roupas de dormir, rostos inchados de sono.

– Sabe quantas vezes disseram isso e no final não deu em nada? – retrucou o pai de Wes. A preocupação ainda não se revelava em seus olhos, mas dava um tom à sua voz.

Um trovão sacudiu a casa e chacoalhou as janelas. O labrador preto deles, Max, correu para a cozinha e se escondeu sob a mesa, de onde os observou apreensivo, cabeça apoiada nas patas.

– Podemos ficar em Baton Rouge – disse a mãe de Wes. Ela se referia à casa dos pais.

– Vamos lá, pai – disse Wes, imaginando como seu pai poderia ficar tão *blasé*, querendo segurá-lo pelos ombros e sacudi-lo para colocar algum bom senso nele.

Mas o pai estava assistindo à TV, esfregando o queixo com barba por fazer, mal escutando.

– Então você e Wes vão em frente e arrumem as coisas. Mas é melhor se apressar. Agora. Antes que as estradas fiquem engarrafadas demais.

– Você também. Você vai.

O pai de Wes balançou a cabeça como se isso fosse fora de questão.

– Tenho de amarrar o barco. Ajudar os outros caras com os deles. Tenho de prender tábuas nessas janelas. Um milhão de coisas a fazer.

– Escute a TV – disse a mãe de Wes.

– Eles sempre dizem essas coisas. É o trabalho deles.

Durante toda a manhã, Wes imaginou que o pai cairia em si e mudaria de ideia, mas não. E à tarde, quando as primeiras rajadas da tempestade se lançaram sobre Barataria, já era tarde demais para partir. Naquela noite o furacão surrou Jeanette como um demônio. Em horas, casas e trailers foram esmagados e varridos como casas de bonecas. Cais arrancados da terra e arrastados por ruas transformadas em rios caudalosos. Barcos arrancados de cunhos de amarração e sugados pela correnteza.

Quando a tempestade passou, várias pessoas em Jeanette tinham se afogado na enchente.

Entre elas a mãe de Wes.

Aquilo havia sido quase exatamente cinco anos antes, e o aniversário da morte da mãe, 29 de agosto, seria em meio mês. Um dia que Wes temia. Meia década antes: aquilo significava que ele tinha então vivido quase um terço de sua vida sem ela. Estava assombrado que tanto tempo tivesse passado. Mas a dor ainda estava lá, os arrependimentos e ressentimentos entre ele e o pai. Havia coisinhas sobre ela que estava esquecendo, gestos e falas que lutava para recordar. Mas lembrava-se claramente de sua voz, às vezes até a ouvia nos sonhos. O doce ritmo calmante, um suave bálsamo pacífico em seus nervos. *Ah, tudo ficará bem, Wessy. Ah, Wessy, deixe de ser tão preocupado.*

Que dupla estranha a mãe e o pai de Wes tinham sido, ela a pacifista quase boêmia calçando Birkenstocks, ele o fio desencapado estourado. Wes com frequência pensava a quem puxara mais. Preferia achar que era mais como a mãe em certos aspectos – os mais importantes, como temperamento. Mas não tinha certeza. Com o passar do tempo se viu ficando mais raivoso, mais desconfiado e preocupado, como o pai. Mas a teimosia e a criatividade do pai eram coisas boas, e Wes as sentia pulsando em seu sangue.

Algumas vezes, Wes flagrava o pai o espiando estranhamente. Imaginava que era por se parecer muito com a mãe, agora que estava crescido. Era ligeiramente baixo e de ombros estreitos, como a mãe, e a pele ficava bem morena ao sol, em vez de avermelhada como um tijolo como a do pai. E Wes tinha bico-de-viúva como a mãe. Os fundos olhos verdes dela, azulados no inverno e hortelã-claro no verão, dependendo do bronzeamento de sua pele, da cor da camisa que usava. As garotas da escola secundária estavam sempre lhe dizendo como seus olhos eram bonitos. A mãe de Wes costumava dizer que ele nunca teria problema com as damas, desde que fosse um cavalheiro e mantivesse os olhos na cabeça.

Wes recentemente recuperara uma lembrança havia muito esquecida. Um de seus amigos, Tommy Orillon, lhe oferecera uma fita de chicletes em um churrasco de Quatro de Julho, e Wes aceitou, sem saber que era sabor amora. Assim que o gosto inundou sua boca, Wes se lembrou de quando sua mãe o levara para colher amoras com oito ou nove anos.

No dia de que Wes se lembrou, uma manhã ensolarada de domingo no final de julho, ele e a mãe levaram um balde de lata cada um e estavam colhendo no meio dos arbustos espinhosos ao lado de um riacho de águas lentas, meio que brincando de ver quem colhia mais. Wes colheu suas amoras tão rápido que acabou furando a mão em dezenas de pontos com os espinhos. Os cortes só começaram a arder quando a brincadeira terminou, depois que voltaram para casa. Sua mãe pegou suas mãos nas dela enquanto ele chorava sentado na tampa revestida do vaso no banheiro. "Pobre Wessy", ela disse, carinhosamente limpando seus dedos com uma bola de algodão mergulhada em mercurocromo. "Está tudo bem, está tudo bem", dizia, passando os dedos pelos seus cabelos.

— — — — — — —

Naquela noite, o pai de Wes ficou no timão enquanto Wes preparava as vergas. Sob a lua envolta em nuvens, eles vagaram pelo *bayou*, passando por boias com placas da companhia de petróleo.

PERIGO, NÃO LANCE ÂNCORA. TUBULAÇÃO DE GÁS. PROPRIEDADE DA BP OIL.

CUIDADO: OLEODUTO.

Wes mexeu no celular, conferindo o Facebook, pois logo não teriam mais sinal.

– Pare de brincar com o telefone! – gritou o pai da cabine de comando. – Como um bebê numa teta. Cacete.

Wes trincou os dentes e guardou o celular no bolso. A estibordo havia uma península protegida por carvalhos – anões e pinheiros – da Virgínia. Wes conseguia ver entre as plantas um pequeno cemitério, mausoléus brancos como ossos que pareciam dentes tortos, uma lareira de tijolos como um lagarto em uma clareira. Um dia se ergueu ali uma mansão de antes da guerra pertencente aos Robicheaux, família creole de cinco gerações. Haviam evacuado antes da tempestade e, ao retornar, encontraram tudo em ruínas e voltaram para o Texas. Da última vez que Wes tinha ouvido falar, eles tinham uma barraca de galinha frita em Galveston.

Quando o *Bayou Sweetheart* chegou à passagem, a água estava tomada por barcos passando de um lado para outro a pouca distância uns dos outros, disputando posição. Um brilho festivo de suas luzes de localização vermelhas e verdes banhava a água. Buzinas guinchavam loucamente na noite. Homens gritavam ameaças e xingamentos das cabines de comando e dos conveses.

Um lugre de ostras protegido por pneus passou pelo barco. Um tripulante envelhecido, talvez trinta anos, talvez sessenta, impossível dizer, gritou para Wes:

– Ei! Ei, olhe!

Quando Wes se virou, o homem jogou alguma coisa de uma caneca de lata. Wes se torceu, mas tarde demais. Uma gosma fedorenta se espalhou em seu rosto. Wes limpou com a mão e olhou para os dedos. Isca de peixe.

O homem e seus tripulantes gargalharam. Wes teve ânsia de vômito com o fedor de peixe e limpou o rosto com a barra da camisa. O homem no lugre de ostras baixou as botas e mostrou o traseiro para ele. A bunda era enorme e parecia inflamada, como a de um orangotango.

O pai de Wes reduziu a velocidade do barco para um quarto e Wes baixou as vergas, mergulhando as redes na água. Outros barcos passaram a poucos metros, tripulantes se esforçando agachados em aparições nas sombras. Wes se deslocava entre estibordo e bombordo, verificando as vergas.

Um camaroeiro conhecido, de fundo curvo, com sessenta pés e uma bandeira confederada, deslizou ao lado deles. O capitão gritou algo da cabine de comando e Wes ergueu os olhos. Era Randy Preston, um homem que, anos antes, trabalhara no barco do seu pai. Ele sorriu para baixo com suas dentaduras grandes demais e Wes gesticulou para o pai, que pegou o megafone e se curvou para fora da janela de estibordo.

– O que conseguiu até agora, Randy?
– Nada que valha merda alguma.
– Tão ruim assim?
– Minha mulher vai pedir o divórcio.
– Poderia ser bom – retrucou o pai de Wes.
– É mesmo? – reagiu. O barco estava saindo rapidamente de alcance, então Randy teve de gritar rápido: – Ouvi no rádio que estão pegando muito, cinco milhas a oeste! Vou ver o que tem por lá. Sair desta bagunça.
– Avise se estiver bom – pediu o pai de Wes.
– Tá, tá – respondeu Randy. Colocou o braço para fora da janela e fez um movimento de punheta com a mão. – Segure firme, Wes.

Wes sorriu e mostrou o dedo para Randy. Randy colocou o corpo para fora da janela e respondeu da mesma forma. Depois de algum tempo seu barco se afastou e se perdeu entre os outros.

Wes prendeu a rede de arrasto de estibordo ao guincho. O motor soltou fumaça e chiou, e logo a rede encharcada emergiu da água como uma bolsa amniótica, dentro dela uma massa inquieta de nadadeiras, pinças e olhos negros reluzentes. Depois, Wes foi para bombordo e começou a erguer a outra rede.

O pai colocou o barco em ponto morto e desceu a escada da cabine de comando. Usaram puçás para transferir a carga para a mesa de seleção, calçaram luvas e reviraram a pilha agitada. Caranguejos de casca dura estalando as pinças como castanholas. Bagres, linguados e peixinhos de isca. Siris-moles às centenas, tão pequenos e brilhantemente claros que pareciam fantasmas deles mesmos. Uma arraia bebê agitando sua cauda com ferrão, uma tartaruga mordedora enfiando a cabeça dentro do casco.

E então camarões do tamanho de um dedo mindinho, cérebros e corações pulsando como pequenas sementes pretas sob sua pele de papel de arroz.

– Os piores que já vi – disse o pai de Wes. Sua camisa polo com listra no peito, lavada mil vezes, o mesmo tipo que sempre vestia, já estava grudada nas costas com suor.

Wes não disse nada. Sabia o que estava por vir. Seu pai estava puto e iria descontar nele. Wes estaria fodido se dissesse alguma coisa, fodido se não dissesse.

– Vamos passar a porra de um mês aqui.

Wes permaneceu calado, procurando entre peixes, caranguejos e camarões.

– É isso. Este pântano vai foder com a gente. Vai foder com a gente como uma piranha de mil dólares.

Wes jogou um filhote de bagre para fora do barco.

– Cuidado com essa arraia – disse o pai.

– Estou tomando cuidado.

– Não está não. Quantas vezes tenho de lhe falar sobre essas arraias? É exatamente do que preciso: passear no hospital.

Wes lançou uma corvina de volta na água.

– Jesus Cristo – disse o pai. – É o fim do mundo.

Eles demoraram vários minutos para jogar a pilha fora do barco. A maioria dos peixes e caranguejos voltou para a proteção do *bayou*, mas alguns permaneceram sobre a água, chocados, girando em círculos tontos.

O pai subiu para a cabine de comando novamente, e novamente Wes baixou as redes. Enquanto o *Bayou Sweetheart* se movia em meio ao pandemônio de barcos, ele conferiu o relógio. Os ponteiros lhe disseram que eram duas e meia. Seus olhos estavam quentes e ásperos, e ele só queria deixar todo aquele sofrimento para trás. Ansiava por uma chuveirada e os lençóis limpos e frescos de sua cama. Mas sabia que continuariam ali pelo menos por mais várias horas. Talvez dias.

Se ele e o pai não matassem um ao outro antes.

─ ─ ─ ─ ─ ─ ─

Quando Wes e o pai atracaram no cais de Monsieur Montegut dois dias depois, estava um alvorecer laranja e enevoado. Três jovens funcionários de botas de borracha até a cintura rangendo subiram a bordo do *Bayou Sweetheart* e passaram o camarão para enormes cestas trançadas. Sempre que um camarão caía no convés, gaivotas davam um bote e pousavam na amurada. Uma pegava a pequena migalha rosa e batia asas, um bando barulhento seguindo atrás.

Os funcionários carregaram as cestas para o cais e viraram o camarão em mesas de separação. Depois os camarões foram separados do gelo e jogados em uma esteira de transporte enferrujada que estalava e rangia e os levava para dentro de um galpão de teto de zinco, onde eram transferidos para uma balança.

As primeiras pesagens em maio e agosto sempre eram as mais tensas, indicando como seriam as temporadas de primavera e outono. Certos anos, o *bayou* era tão miserável que a Mãe Natureza parecia estar dizendo aos pescadores para desistir. Em outros anos, poucos e bem distanciados, pareciam abençoados, com Barataria fornecendo mais camarão do que tinham ousado esperar. Os antigos falavam sobre as míticas cargas dos anos 1920 e 1930, os apócrifos tempos da juventude. Como o pântano não fora mais o mesmo desde que as petrolíferas tinham trazido suas dragas e começado a mastigar a terra. Atualmente, os pescadores podiam se considerar com sorte se ganhassem o suficiente para pagar as contas e alimentar as famílias. E se terminassem com um pouquinho a mais para guardar – um presentinho –, isso era realmente um milagre.

Quando os funcionários terminaram de descarregar, Wes e o pai saltaram do barco e seguiram pelo cais lascado até um barracão de pesagem com um dos lados abertos. Monsieur Montegut estava de pé atrás da balança com os olhos remelentos e cansado, um cigarro pendurado do canto da boca. Apertou as mãos deles. Disse que, se o preço do camarão caísse ainda mais, velejaria até uma das plataformas de petróleo da British Petroleum e explodiria a maldita coisa ele mesmo.

– Vamos ver o que vocês conseguiram – disse Montegut. – Certamente têm coisa melhor a fazer que socializar com meu velho traseiro.

Primeiramente, Monsieur Montegut pesou a carga total. Trezentos e vinte e nove quilos. Nem perto daquilo que Wes e o pai tinham esperado.

– Esses parecem muito maiores que alguns que tenho visto – comentou Montegut. – Deveriam ter visto o último cara. *Lucky Sevens*? Nenhum maior que o meu mindinho. E eu tenho mãos de gueixa.

O pai de Wes soltou um riso educado pelo nariz.

Wes sabia que ainda havia alguma esperança. O peso total da carga não importava tanto quanto o tamanho do camarão, quantos eram necessários para completar um quilo. Caso fossem necessários apenas sessenta e cinco ou setenta e cinco para completar um quilo, o negócio tinha valido. Se fosse necessário o dobro, a expedição de pescaria tinha sido um fracasso.

O pai de Wes acendeu um cigarro e observou enquanto Montegut pagava uma colher de metal e a enfiava na pilha de camarão. Ele os jogou em uma balança menor de açougue. Montegut acrescentou quatro ou cinco camarões à balança até a agulha vermelha subir oscilante até um quilo. Depois transferiu os camarões para uma mesa de madeira à altura da cintura e começou a contar. Os lábios grossos e os dedos curtos se retorciam enquanto ele prosseguia.

Wes ficou de pé em silêncio ao lado do pai. Podia ver com o canto dos olhos os ombros caídos dele, o rosto enrugado. Talvez fosse sua imaginação, mas nos anos anteriores a idade do pai parecia ter de repente se feito notar. Ele descia a escada cada vez mais lentamente. Seu corpo ainda era musculoso, mas a carne sobre os braços estava solta e flácida de uma forma que lembrava a Wes papo de galinha. E ele andava rigidamente pelo barco, agarrando o cóccix e fazendo caretas.

Havia uma razão para você ver tantas placas de quiropráticos e acupunturistas quando chegava a Barataria. Em muitos dos caras, as costas começavam a doer antes mesmo dos trinta anos. Aos quarenta, eles tomavam uísque toda noite para conter a dor, pegavam oxicodona com seus médicos e seus amigos apenas para conseguir mais um dia de pescaria. E aos cinquenta, a maioria deles já estava decadente e arruinada.

O pai de Wes tinha quarenta e oito.

Após alguns minutos, Montegut tinha contado cento e cinco camarões.

O pai de Wes lançou o cigarro no chão e o esmagou com o calcanhar da bota.

– Importa-se de contar novamente, Willy?

Pacientemente, Montegut pegou outra colherada de camarões. Pesou. Contou. Dessa vez o número foi cento e dez.

– Bosta – disse o pai de Wes, colocando a palma da mão no alto da cabeça como se lustrasse uma bola de boliche.

– Que tal ficarmos com o outro número?
– Eu agradeceria, Willy.
– É isso.

À luz alaranjada da manhã, eles saíram do barracão de pesagem e seguiram por uma calçada de tábuas até o escritório de Montegut. Os olhos do pai de Wes estavam voltados para o chão, e a boca, apertada. Wes sabia que ele repassava números na cabeça furiosamente. Quantos dias restavam na estação, quantas horas teriam de passar no barco pelas várias semanas seguintes, quanto custava um galão de diesel, quantas contas precisavam ser pagas.

Ele tinha certeza de que iria ouvir muito sobre isso depois.

Passaram por um conjunto desmazelado de barracões e depósitos apodrecidos por sal e sol. Um barco de camarões chamado *Jean Lafitte* estava atracado a um dos píeres. Um homem de um braço só usando calças cargo de camuflagem gritava para os filhos de Montegut enquanto descarregavam camarões de seu barco.

– Olhe para isso – dizia. – Derrubando camarões pelo lugar todo. Tem um quilo de camarão bem ali.

Assim que não podiam mais ser ouvidos, Montegut olhou para trás por sobre o ombro.

– O filho da puta fica mais maluco a cada ano.

O escritório de Montegut era do tamanho de um armário de limpeza, sua mesa metálica, coberta de papéis. Recibos, faturas, contas, cartões de ponto. Pendurado na parede, um mapa do sistema de cursos de água de Barataria amarelado de fumaça. Uma carta de marés, mais recente, havia sido pregada ao lado dele.

Montegut serviu café de um bule em um copo de isopor, depois pegou a garrafa de Jameson no alto do arquivo. Colocou uma pequena dose no copo e tomou um gole. Depois pegou sua corrente de pescoço, pegou uma das chaves penduradas nela e abriu a gaveta da mesa. Tirou da gaveta uma grande caixa metálica e a abriu com outra chave. Enfiou a mão dentro e sacou um grosso bolo de notas de cem dólares, lambeu o polegar e as contou. Deu o dinheiro ao pai de Wes, que olhou para as notas com expressão infeliz.

Montegut se sentou na cadeira do escritório, recostou e tamborilou com os dedos, a aliança batendo no mata-borrão.

– Se quer saber, é mais culpa da mídia que qualquer coisa – comentou. – Agindo como se fosse o fim do mundo. Você sabe como gostam de exagerar. Insistem na coisa para terem algo sobre o que gritar toda noite.

O pai de Wes embolsou as notas e agradeceu a Montegut. De volta ao porto, soltou uma sequência de palavrões. Wes soltou alguns seus enquanto lavava o convés com a mangueira. Seu estômago estava com azia de comer apenas barras de proteína e ravióli enlatado, a língua queimada do café queimado com chicória do pai. Afora cochilos de trinta minutos na cabine, ele e o pai tinham permanecido acordados quarenta e oito horas seguidas. Isso não era incomum, não no começo da temporada de camarão. Você sabia de tripulações permanecendo embarcadas uma semana de cada vez. Alguns dos vietnamitas pescavam por duas semanas seguidas. Na primavera depois do Katrina, Wes e o pai ficaram em Barataria quatro dias seguidos. Mas isso quando havia dois outros homens na tripulação. Quando o pai de Wes era mais jovem, mais forte.

No porto, o pai de Wes enfiou a mão no bolso e tirou algumas notas. Contou e as deu a Wes. Quatro de vinte. Oitenta dólares por mais de quarenta horas de trabalho.

Eles se encararam. Os olhos do pai estavam apertados sob o sol da manhã, o branco com uma teia escarlate.

– O que foi? – perguntou.

– Oitenta dólares – Wes disse.

– Isso mesmo.

– Cadê o resto?

– Não tem resto.

– Dois dias por oitenta dólares.

– Acha que me sinto bem com isso?
– Maluquice – Wes disse.
– Ei, olha lá.

Wes mordeu o lábio inferior, mexeu na sobrancelha.

– Há muitas coisas que você não está contando. O combustível.
– Oitenta dólares.
– Wes, como eu poderia lhe dar mais se não há mais a dar?

Wes se afastou do pai na direção de sua picape.

– Aonde está indo?

Wes não respondeu.

– Escute! – gritou o pai às suas costas. – Quero você de volta aqui ao anoitecer! E não se esqueça do gelo!

Wes continuou andando.

– Você me escutou, Wes? Não se esqueça do gelo!

COSGROVE E HANSON

Uma enfermeira telefonou de um asilo de Nova Orleans e disse a Cosgrove que seu pai estava morto. Insuficiência cardíaca congestiva, uma morte pacífica durante o sono. Cosgrove não falara com o velho em meia década, ficou surpreso por ter durado tanto. Nunca cuidara do funeral de ninguém, e não havia nenhum parente vivo para o qual pudesse ligar, então não tinha ideia de o que fazer em seguida. Constrangido de perguntar à enfermeira, Cosgrove pegou o ônibus até a biblioteca pública da cidade, onde se sentou em um dos nichos e procurou *o que fazer quando alguém morre* no computador.

Na manhã seguinte, Cosgrove partiu de Austin para Nova Orleans em seu Corolla de dezessete anos de idade, um calhambeque barulhento com para-brisa rachado e uma infestação de formigas no porta-luvas. O para-choque traseiro era preso com fita adesiva, e, a dezesseis quilômetros a leste de Houston, Cosgrove ouviu um rangido como de pedras em um liquidificador enquanto o carro sacudia e vibrava. Olhou pelo retrovisor e viu o para-choque rolando loucamente pela estrada como um suicida que tivesse se defenestrado.

Seguiu em frente.

O dia do enterro do pai foi melancólico e com ventania, tomado de nuvens como uma armada de encouraçados. Copos de isopor rolavam pelo gramado do cemitério, e bandeirinhas esfarrapadas estalavam acima dos túmulos de veteranos. O vento continuou a soprar os crisântemos violeta baratos do caixão, e Cosgrove os perseguia por entre os mausoléus como um gato atrás de um brinquedo soprado pelo vento.

    Quando o pastor pediu um elogio fúnebre, Cosgrove inicialmente ficou mudo. Durante o sermão, ele ficara esperando que algum estranho chegasse atrasado. Um primo sumido ou conhecido esquecido. Mas as cadeiras dobráveis ao redor da cova permaneceram vazias.

    Cosgrove se levantou da cadeira e apertou os lábios, baixou os olhos para os sapatos alugados.

    – Ele confiava no Senhor e seguia o caminho certo – disse.

    Algo que tinha ouvido um tele-evangelista dizer na noite anterior na TV do motel. Assim que as palavras saíram, se deu conta de como soavam falsas. Sobre o pai, sobre ele mesmo. Na verdade, o caminho do pai não poderia ter tido mais desvios, seu vagar pelo país como uma daquelas linhas pontilhadas sem destino mostradas em mapas do cinema. Uma trilha de papel de cheques sem fundo, contas de advogados e intimações para comparecer a tribunais.

    Naquela noite, Cosgrove caminhou de seu motel até um bar no Bairro Francês e acompanhou três empresários siberianos copo após copo de bourbon Basil Hayden. A última coisa de que se lembrava antes de apagar era ter iniciado uma discussão com um dos homens sobre a Copa do Mundo, da qual não sabia nada e para a qual cagava. Deu uma chave de braço em alguém, alguém lhe deu uma chave de braço, e cambalearam pelo bar como uma monstruosidade emaranhada, derrubando mesas e cadeiras.

    Fim da lembrança.

    Na manhã seguinte, Cosgrove acordou com uma ressaca enlouquecedora. Em uma cela de cadeia. Deitado no chão em posição fetal.

Seis ou sete outros bandidos partilhavam a cela, homens de olhares duros que pareciam ter se metido em problemas desde o nascimento. Alguns andavam em círculos como animais enjaulados, agarrando as grades e berrando declarações de inocência. Outros estavam sentados com as costas apoiadas na parede de blocos de cimento, olhos fechados, cabeças baixas como penitentes.

Um homem de olhos saltados não parava de tagarelar sobre "o famoso advogado Jim Diamond Brousard".

– Simplesmente chame Jim Diamond Brousard – falou. – Diga a ele que Ricky Hallowell está em apuros.

Outro homem com uma mancha de vinho do Porto na bochecha baixara as calças até os tornozelos e estava cagando sem qualquer desconforto no vaso do canto. Lançou a Cosgrove um olhar agressivo e continuou a cuidar da sua vida.

O relato policial se parecia com as histórias de marinheiros de licença, algo de que ele e seus companheiros instaladores de telhados em casa teriam rido. Embriaguez pública, comportamento desordeiro, urinar em uma jukebox, resistência à prisão. Só duvidou de uma parte, de que estava chorando por causa do pai quando o jogaram no banco de trás do carro da polícia.

Não, isso não se parecia em nada com ele.

O juiz deve tê-lo odiado à primeira vista, pois sentenciou Cosgrove a duzentas horas de serviços comunitários, uma punição absurdamente desproporcional ao crime. Cosgrove permaneceu em Nova Orleans porque não havia muito esperando por ele em Austin além de um emprego vagabundo fazendo telhados, um inferno na Terra durante o verão. Algumas roupas de baixo e meias em uma gaveta do hotel barato Econo Lodge. Seus únicos outros bens, uma caixa com lembranças da infância e sua certidão de nascimento, ainda estavam em um cofre de banco em Miami, onde os deixara depois de um breve período fracassado – tivera fotodermatite – como ajudante em um bar de piscina em South Beach. Ele tinha medo de estar se transformando em um cigano, como o pai. Talvez em algum lugar novo conseguisse uma carreira, uma mulher, uma vida. Certamente não tinha uma em Austin.

E seu aniversário de quarenta anos, quatro meses depois, em janeiro, se erguia diante dele como uma frente fria. Talvez a melhor forma de suportar a mudança fosse em Nova Orleans.

Cosgrove alugou um lado de uma comprida casa dupla cor de sorvete perto do centro e arrumou um emprego para abrir ostras em um bar esportivo do bairro. E três vezes por semana, às segundas, quartas e sextas, comparecia ao trabalho comunitário às oito da manhã. Juntamente com doze outros criminosos, pais que abandonaram os filhos, drogados e bêbados, ele esperava do lado de fora da delegacia com seu colete fluorescente e jeans gastos até um agente os levar em uma van branca sem janelas até seu trabalho no dia. Algumas vezes trabalhavam em grupos de três ou quatro, limpando pichações com escovas de aço e jatos de areia na Jackson Square. Em outros dias trabalhavam todos catando camisinhas e colares de contas com varas pontudas nas margens mirradas do Mississippi.

Com um mês cumprindo pena, Cosgrove foi deixado diante de uma dilapidada casa vitoriana de dois andares, com venezianas roxas desbotadas e colunas da varanda tortas. Era final de agosto e estava quente, pardais cantando nos carvalhos verdes acinzentados, buganvílias em uma floração moribunda. Um homem pequeno com um pequeno rosto retorcido e cabelos pretos em rabo de cavalo pendendo atrás do boné de beisebol de camuflagem saltou da van com ele. Ficaram na calçada, olhando para a casa.

– Deus Todo-Poderoso – disse o homem de rabo de cavalo. Vestia uma camiseta TOM PETTY AND THE HEARTBREAKERS e short jeans puído dois ou três números maiores do que o dele, sustentados por um cinto de lona com uma gigantesca fivela de rodeio de ouro e prata com as iniciais JHH.

O agente, um dominicano com corpo de cabaça chamado Lemon, olhou para o homem de rabo de cavalo, depois para sua prancheta.

– Hanson, é isso? – perguntou.

– John Henry Hanson – respondeu o homem de rabo de cavalo. – Sim, senhor.

Ele enfiou os polegares no cinto de lona.

– O que isso lhe parece, Hanson?

Hanson se virou novamente e avaliou a casa torta. A tinta descascava das tábuas em grandes tiras leprosas e os degraus da varanda da frente estavam gastos e empenados pelo tempo. Ao lado havia um abrigo de carros com telhado de zinco corrugado. Nada de carro, apenas baldes, latas de tintas, paletes de madeira, pás, ancinhos e outras ferramentas de jardinagem apoiadas nas paredes.

– Não sou carpinteiro – disse Hanson.

– Estou certo de que um homem de seu nível mental dá conta de lixar e pintar – retrucou Lemon. – Caso tenha alguma dificuldade com o martelo e os pregos, pergunte a Cosgrove. Ele lhe dirá qual bate em qual.

O agente Lemon entrou na van e avançou pelo tráfego matinal. Hanson se colocou junto a Cosgrove e observou a van entrar na Magazine Street. Cosgrove, com um metro e oitenta e cinco e uma barba de lenhador, se sentiu um urso-pardo junto ao sujeitinho.

– Aposto que aquele filho da puta está indo comer a mulher de alguém – disse Hanson, agarrando a fivela do cinto.

De perto, a casa parecia ainda pior que da rua, sem qualquer esperança de conserto. As janelas da frente estavam tortas, muitos dos vidros, quebrados e cobertos com pedaço de papelão. Aqui e ali faltavam tábuas na varanda, e de sob a casa subia o fedor de amônia de urina de animal, forte como veneno.

Cosgrove e Hanson começaram a trabalhar com as raspadeiras. Cascas de tinta lavanda caíam das colunas e partículas de massa rodopiavam no ar. Por algum tempo os únicos sons eram as ferramentas raspando, os estalos e gemidos do trânsito na Napoleon. Sirenes de ambulâncias e carros de polícia uivavam a distância.

Quando o ritmo de Hanson diminuiu, Cosgrove, se sentindo observado, olhou por sobre o ombro. O homem o fitava desconfiado. Cosgrove perguntou o que ele queria.

– Você não é muito amigável, não é?

Outras pessoas, principalmente mulheres, haviam lhe dito a mesma coisa. Perguntavam: "Por que você não conversa?" "Por que não escuta?" Porque gostava de silêncio, queria dizer. Porque não havia nada que quisesse dizer e nada que desejasse ouvir. Inicialmente achavam seu silêncio fascinante, o confundindo com mistério, profundidade. Mas depois aprendiam que não havia nada por trás, a não ser indiferença, talvez uma leve depressão.

– Apenas tentando trabalhar – Cosgrove respondeu. Sua camiseta branca de gola em V já estava grudada nas costas com o suor.

– Trabalhar. Merda. Agora somos uma empresa.

Cosgrove não quisera parecer inamistoso, apenas quieto. Quanto menos conversa, melhor. Alguns caras nunca paravam assim que você os deixava começar. Aquele cara já parecia um deles.

– Por que está aqui? – perguntou a Hanson.

– Falsifiquei autógrafos.

– De quem?

– Presidentes. Eles me pegaram por vender retratos com autógrafos falsos na Jackson Square. Algum turista ficou putinho porque eu estava vendendo fotografias autografadas de George Washington. Procurou a polícia.

– Não existem fotos de George Washington.

– O cacete. Como eles teriam feito aquelas pinturas?

Eles voltaram ao trabalho. Depois de um tempo, Hanson perguntou a Cosgrove como tinha acabado ali.

– Embriaguez pública – respondeu.
Hanson balançou a cabeça e bufou, incrédulo.
– Em Nova Orleans? Isso é como a polícia ir ao cemitério e prender as pessoas por estarem mortas.

Os dias seguintes de trabalho comunitário de Cosgrove foram basicamente iguais. Pela manhã, o agente Lemon os deixava cuidando do trabalho. Voltava no final da tarde e vistoriava seu trabalho como um dândi de fazenda de escravos, percorrendo a casa com as mãos cruzadas às costas. Não importando se Cosgrove e Hanson tinham dedicado dois minutos ou duas horas de trabalho, sua reação era sempre a mesma.

– Muito bem, cavalheiros, é isso – ele dizia.

Algumas vezes, Lemon até dava a eles cupons. Para jogos, para panquecas e lavagens de carro grátis, para entrada gratuita em um clube de striptease na Bourbon Street chamado Love Acts.

Lemon parecia se importar ainda menos que os outros policiais de Nova Orleans, algo que Cosgrove tinha achado impossível.

Certa tarde, com umas duas semanas de trabalho comunitário, Cosgrove finalmente vislumbrou a viúva. Com um roupão felpudo rosa pendendo frouxamente de seus ombros ossudos, ela o observou belicosamente através da janela da cozinha, seus cabelos brancos como neve desgrenhados como os de uma criança.

Cosgrove, que arrancava uma roseira morta, se apoiou na pá. Ergueu a mão, deu um meio-sorriso.

A persiana baixou rápido como a lâmina de uma guilhotina.

Naquela tarde, quando faziam uma pausa, Hanson perguntou a Cosgrove se sabia por que estavam consertando a casa da velha viúva.

Cosgrove grunhiu, estava se lixando.

— A dama vai morrer a qualquer momento e deve impostos ao município desde 1982 — contou Hanson, que tirou o boné e sacudiu o rabo de cavalo. — Assim que ela empacotar, o estado vai ficar com tudo. Até lâmpadas, dobradiças e tudo mais.

— E daí?

— E daí? Daí que a família dela descende de piratas franceses. Lafitte. Exilados do Caribe. Estão aqui há séculos. Praticamente inventaram o crime nesta cidade. Praticamente inventaram a porra toda.

Sentado no degrau da varanda, mastigando um sanduíche de atum, Cosgrove ficou pensando se havia algum momento do dia em que não saísse merda da boca de Hanson. Enfiou a outra metade do sanduíche de volta no saco de papel pardo e perguntou a Hanson como sabia de tudo isso.

— Dei uma xeretada — ele respondeu. — Vim aqui no meu dia de folga usando gravata e bati na porta de alguns vizinhos. Disse que era do Censo. Acaba que essa senhora é uma merda. Está sempre arrumando confusão com os vizinhos, expulsando-os do gramado no Mardi Gras. Com a porra toda.

Cosgrove ficou pensando que tipo de gente acreditaria que aquele homem poderia ser do Censo. Alguém cego e surdo, desconfiava. Alguém maluco. Alguém com danos cerebrais.

Mas ainda assim ficou intrigado.

— Não vejo como isso poderia fazer qualquer diferença para nós.

Hanson sorriu, dentes tortos, mas limpos.

— Você parece ser um homem capaz de guardar um segredo.

— Você não sabe nada sobre mim.

— Sei o bastante. Você não é escroto. Você me viu xeretando tudo aqui o dia todo e não disse nada a Lemon. Para mim, isso tem valor. Imagino que não tenha muito dinheiro. Do contrário, um advogado com um diploma vagabundo teria soltado você.

— É muita suposição.

– Estou errado?
– O que você pretende?
– Certo, o que eu pretendo. Essa senhora, aposto que ela tem um tesouro nessa casa.

GRIMES

Brady Grimes estava ali representando a petrolífera. No jargão deles, um agente para minimizar obrigações financeiras. Alguma merda assim. Qualquer que fosse o título que lhe dessem, ele sabia qual era seu objetivo: reunir as assinaturas do maior número possível de pescadores. A grande merda de relações públicas dos vários anos à frente era inevitável, mas o fluxo de cobranças de indenizações e de processos, o bando de advogados e aproveitadores, podia ser contido.

Então a petrolífera enviara Grimes para apertar mãos de pescadores, escutar suas histórias, pronunciar palavras de esperança e consolo. Porém, mais importante, reunir assinaturas. Por um acordo de dez mil, uma miséria comparado com o que a British Petroleum poderia ter de pagar anos depois, a empresa se protegeria de outras reivindicações. Melhor abrir a carteira agora e dar um jeito antes que a verdadeira extensão dos danos causados pelo óleo subisse à tona anos depois.

– Faça o que você faz – dissera Ingram, chefe de Grimes. – Mostre seu rosto tipicamente americano. Dê seu sorriso tipicamente americano. Peça desculpas, prometa, minta. Qualquer coisa. Desde que eles recebam o dinheiro e assinem na linha pontilhada.

Inicialmente Grimes protestara. Por que ele? Por que não alguém que nunca tivesse colocado os pés no sul da Louisiana? Afinal, ele tinha nascido em Barataria e não perdera tempo em partir assim que se formou no secundário.

Ingram dissera que era exatamente esse o motivo.

– Aquele pessoal do pântano notará imediatamente um ianque. E queremos mandar alguém que pareça ter um interesse pelo lugar.

– Mas eu não tenho – Grimes retrucara. – Odeio aquilo lá.

– Eu falei pareça.

– E se não assinarem?

– Grimes. Com quem estou falando? Claro que irão assinar. Eles não têm dinheiro. Têm de comer, certo? Acha que gosto mais disso que você? Não. Mas é uma questão de negócios. O truque é fazer parecer que está fazendo um favor a eles. "Ah, isso é terrível, uma porra de uma tragédia, mas deixe-me ajudá-lo." Você inicialmente oferece dez mil, o suficiente para fazer diferença. Se eles criarem caso nas primeiras semanas, você sobe para quinze. De jeito nenhum irão recusar quinze. É o suficiente para levantar âncora, levar o circo para outro lugar. Aumente para quinze, mas só lhes dê um dia. Depois disso, o acordo baixa novamente para dez. Faça pressão.

Enfeitiçado por sua própria malícia, Ingram continuou:

– Diga que quaisquer indenizações enormes pelas quais estão esperando são miragens. O que é verdade. Sabe quantos formulários terão de preencher? Quantos desses formulários irão, entre aspas, se perder? Isso irá levá-los à loucura. Nunca mais vão querer ver outra folha de papel pelo resto da vida. Depois haverá um recurso depois do outro. Enquanto todo aquele suposto dinheiro da indenização rende juros. Uma situação ideal.

Uma situação ideal: Grimes achou difícil acreditar nisso. As notícias do derramamento de petróleo, da explosão de Macondo, estavam se tornando mais funestas a cada dia. *O fim do bayou como nós o conhecemos*, as pessoas diziam. Rita, Gustav, Katrina, tinham parecido as badaladas do Apocalipse, mas aquilo realmente era. Os funcionários da companhia petrolífera diziam uma coisa, os âncoras dos noticiários diziam outra, e depois biólogos marinhos vindos de universidades de toda parte contradiziam todos eles. Ninguém sabia bem no que acreditar, exceto que os números eram chocantes. O volume de petróleo e veneno na água, os milhões e milhões em peixe e camarão perdidos. Grimes até mesmo ouvira falar de um dono de barco de pesca tirando a própria vida, um pobre desgraçado tão quebrado e arrasado que atirou na própria têmpora em um churrasco de Quatro de Julho.

Os ecologistas temiam que o petróleo cru chegasse ao mangue. Uma tempestade tropical, uma infeliz mudança nos ventos levaria a maré negra que arrasaria o ecossistema. Garças, andorinhas-do--mar, cormorões, gaivotas-alegres, sapos, lagartos, aligátores, vermelhos, tainhas, lagostins, cervos, ratos-almiscarados.

E, sim: camarão.

Na primavera anterior, alguns meses antes, com o desespero e a confusão aumentando, executivos da petrolífera falaram em eliminação por cima e injeções de lixo, parlamentares falaram em atear fogo ao mar. Os habitantes de Barataria ficaram maravilhados: "Atear fogo ao mar!" Por que não simplesmente bombardear a maldita cidade e acabar com tudo?

Colunistas opinaram em editoriais que chegara a hora de secar a teta de petróleo. Habitantes do litoral da Louisiana escreveram de volta dizendo que uma moratória nas perfurações seria o golpe final na comunidade.

As pessoas apontavam para a British Petroleum, para a Halliburton, até mesmo para os petroleiros, dos quais onze estavam mortos e mais de cem feridos. Os habitantes de Barataria só tinham certeza de uma coisa: nenhum dos apresentadores de TV estava dizendo a verdade. A BP dissera que a maior parte do petróleo havia sido tirada da água, que a operação de limpeza era um sucesso, mas a maior parte dele ainda estava lá, bem no fundo e fora de vista.

E os habitantes de Barataria não precisavam ouvir a verdade para conhecê-la. Só precisavam olhar ao redor. A verdade estava na água, no ar e nas estranhas marés que levavam para a costa os pássaros e peixes mortos, um osso enegrecido após o outro.

A empresa instalou Grimes em um motel decrépito em Jeanette, Louisiana, e, no final da primeira semana, Grimes perdera a conta das horas que passara em salas de estar e cozinhas, em cabanas de *bayou* e barracos, escutando pescadores vociferarem sobre o derramamento de petróleo. Alguns dos homens eram velhos, outros, jovens, mas todos tinham em comum um ultraje aparentemente inesgotável. Levantavam-se de cadeiras e erguiam as camisetas, exibindo as violentas irritações no peito e nos braços. Reclamavam de misteriosas irritações nos olhos, orelhas e garganta, que disseram nunca ter experimentado antes da explosão da plataforma ou dos dispersantes. Esmurravam mesas com os punhos, diziam expressões obscenas e faziam ameaças. Alguns poucos até mesmo xingaram em francês.

Quase sempre terminavam pegando o dinheiro.

Ele passou inúmeras horas debruçado sobre os documentos do acordo, dolorosamente explicando cada nuance no jargão legal enquanto os homens escutavam, imóveis. Algumas vezes, Grimes suspeitava que os pescadores estivessem simulando estupidez por rancor. Um cansaço cajun de estranhos. Mas Grimes não era um estranho. Ele era de Barataria, não conseguia se lembrar de um tempo em que não tivesse querido sair dali. Uma de suas frases marcantes quando as pessoas faziam perguntas sobre seu passado era que nascera querendo sair do pântano. Que queria sair dele ainda no útero.

Achara que poderia ficar à vontade facilmente quando estivesse em Nova York, Boston ou Chicago. Mas o tempo passou, ele chegou à casa dos trinta e começou a perceber que sempre tinha sido um estranho. Era um estranho em Barataria enquanto crescia, então fora tolice sua achar que pertenceria a algum outro lugar simplesmente por querer estar lá. Algumas vezes, Grimes desconfiava de que não importava o quanto se distanciasse, não importava quanto tempo passasse longe, havia um certo fedor do Sul que nunca sairia dele.

No Norte as pessoas ouviam o *bayou* em sua voz, aquela cadência reveladora. Impossível de rastrear a seus ouvidos, mas ainda assim lá. E ao ouvir seu sotaque, as pessoas queriam saber sobre seu passado. De onde era?

– Bem do Sul – dizia. – Um lugarzinho no meio do nada. Há muito tempo. Em outra vida.

– Ah, uau, que coisa – diziam, fingindo estar mais interessados do que estavam.

Eu sabia que esse cara era um caipira, Grimes tinha certeza de que estavam pensando. *Caipira*: uma daquelas palavras, como *crioulo*. Você podia usá-la como um xingamento, um menosprezo, um carinho, uma autodepreciação, uma condenação. Podia ser uma mistura complexa de todas essas coisas, dependendo de quem dizia a palavra. Contexto era tudo, contexto e intenção.

– Viver lá embaixo devia ser uma maravilha, todos aqueles frutos do mar – diziam.

E Grimes:

– Ah, claro.

Grimes detestava frutos do mar. Tudo. Ele herdara de algum tributário obscuro do pacote genético da família uma aversão à coisa. Camarão, caranguejo, vermelho, tudo tinha o mesmo gosto. Como lixo podre marinado em água com enxofre. Mas, enquanto Grimes crescia, a família era tão pobre que com frequência tinha de capturar suas refeições, o que significava frutos do mar. Ele mergulhava camarão e lagostim em ketchup e molho picante Zatarain simplesmente para engolir aquele lixo.

E ali estava ele, anos depois, dirigindo horas seguidas por Barataria em seu carro alugado. Nada tinha mudado; ainda mal era uma cidade. Nada de lojas enormes e mega-shoppings, apenas um punhado espalhado de mercados, restaurantes e bares de strip nos cruzamentos. A espiral caiada de uma igreja católica, a massa baixa de blocos de cimento de uma instituição penal, um salão de dança zydeco de teto de zinco. Barracas de beira de estrada comandadas por pescadores, creoles, cajuns e isleños vendendo lagostins e tangerinas mikan.

Era impressionante que o lugar ainda estivesse de pé. As casas de tábuas sobre palafitas creosotadas, tão improvisadas que pareciam prestes a despencar para o esquecimento no pântano. Igualmente os píeres improvisados, os barcos de fundo chato e os esquifes de pesca. De vez em quando, Grimes localizava placas anunciando passeios pelo pântano, algum morador empreendedor que prendera um anúncio magnético na lateral do barco. Grimes participou desses passeios contra a vontade durante saídas escolares no secundário. Por vinte dólares a cabeça, um sujeito o levava ao *bayou*. Apontava o bosque onde escravos fugidos se escondiam de seus donos. A colina artificial onde uma mansão de trinta e dois aposentos de antes da guerra se erguia antes do furacão de 1915. O lugar no horizonte onde os navios carregados de tesouros do pirata Jean Lafitte tinham um dia velejado.

A carência de infraestrutura do estado era assombrosa. Países do Terceiro Mundo considerariam o lugar o limite da civilização. Ele passou por enclaves liliputianos, a maioria sem nome, não mais que algumas casas de tábuas e barracos sobre palafitas espalhados ao longo dos diques. Fez inúmeras curvas erradas, seguiu por estradas de mão dupla até elas se transformarem em estradas de terra que terminavam no pântano.

– Recalculando – dizia o GPS. Uma voz feminina censurando. Ele mandava a máquina calar a porra da boca.

– Recalculando – repetia o GPS.

– Eu mato você – disse Grimes, esmurrando o painel.

– Vire à esquerda na primeira – comandou o GPS.
Não havia esquerda. Não havia nada. Apenas tifas, utriculárias e poças de lama negra até onde os olhos podiam ver. Um pântano sem trilhas.

Grimes fez uma curva de trinta graus como uma velha megera, o motor roncando e soltando fumaça, rodas cuspindo gotas de limo.

Quanto tempo mais ficaria ali? Um mês? Um ano? Talvez ele tivesse morrido e ido para o inferno.

No banco de couro do carona do Town Car havia uma lista impressa de nomes, pescadores e donos de barcos que tinham entrado com queixas e pedidos de indenização contra a petrolífera. Até então ele chegara à metade da letra K. Por um período, isso o animou. Aquela foda épica logo chegaria ao fim. Mas depois olhou a lista com mais atenção, notou todos os sobrenomes começando com T e S. E os com Z. Ele nunca vira tantos Z em toda a vida. Uma orgia de Zs. *Zatarain. Zimboni. Zane.*

Depois os outros nomes. *Trench* e *Toup. Lindquist* e *Larouche.* Nomes que ele conhecia. Nomes que estavam gravados em lápides nos cemitérios modestos ao redor de Jeanette.

E entre os nomes da lista estava o seu próprio: *Grimes.* O único sobrenome começando com G que restava. *Chris Grimes.*

Sua mãe.

Uma visita que ele estava temendo e adiando.

À noite, Grimes retornava a seu quarto de hotel à beira do colapso. Servia três dedos de uísque em um copo plástico do motel, afrouxava o nó da gravata e se jogava na cama. Zapeava os canais com o controle remoto, a sequência de imagens o embalando e deixando atordoado. O presidente Obama dando uma entrevista sobre a futura retirada de soldados dos Estados Unidos do Afeganistão. O vaso sanitário de J.D. Salinger à venda no eBay. Uma possível conferência de paz entre Israel e Palestina em setembro.

Barataria era tão pequena e sufocante que era possível esquecer que havia um mundo inteiro girando lá fora.

Algumas vezes, Grimes sintonizava nos canais locais cobrindo o derramamento de petróleo e olhava nauseado para as horrendas imagens em vídeo. Aves marinhas, golfinhos e peixes, todos mortos em lagoas podres. E em Nova Orleans, em uma entrevista coletiva concedida pela petrolífera no centro cívico, um pescador jogara uma torta de limão e merengue no rosto de um advogado. O noticiário mostrou a gravação que alguém fizera com um celular. Um velho de macacão parecendo um Ichabod Crane desgrenhado atravessou o palco correndo e enfiou a torta na cabeça do advogado. O rosto do homem se tornou um merengue com uma boca gritando no meio. As pessoas aplaudiam e urravam. O advogado pingava a gosma do rosto e a tirava com os dedos quando um segurança atirou no pescador com um taser. Depois, três outros seguranças arrastaram o homem para fora do prédio.

As pessoas estavam perdendo o controle, certamente. Ele precisava ser cuidadoso. Talvez devesse comprar uma arma. Uma faca. Pelo menos um porrete.

– Este lugar é um inferno – dizia Grimes ao chefe, Ingram, pelo celular.

– Você é o melhor cara que temos.
– O cacete.
– Claro que é.
– Não sou.
– Bem.
– Jesus. Então coloque mais alguém no caso.
– O caso. Você faz soar como se fosse um assassinato misterioso.
– O trabalho, seja o que for. Arrume outro.

Ingram deu um longo suspiro aborrecido para Grimes ouvir.

– Ninguém mais quer ir até aí. Todos têm família, essas merdas.
– Deve ter alguém mais baixo na hierarquia. Que tal Franklin?

— A mulher de Franklin tem câncer de mama.
— E quanto a Snyder? Coloque-o em um avião.
— Ele está em Pittsburgh.
— Pittsburgh tem aeroporto.
— É o bar mitzvah do sobrinho dele.
— Estou começando a odiar essas pessoas.
— Está vendo? Por isso você está aí.

Grimes bateu em muitas portas fechadas em suas primeiras semanas em Barataria, e a cada descortesia, a cada xingamento e ameaça que os pescadores lançavam em sua direção, seu desafio e seu desprezo cresciam. Em pouco tempo se deu conta de que não era apenas alguma fidelidade à empresa, algum medo profundo de perder o emprego que o mantinha ali. Ele era compelido por uma ressentida disposição de levar tudo ao limite. Uma noção de que tudo aquilo era um jogo levado a cabo contra um grupo de pessoas de quem nunca gostara e que nunca gostara dele. Uma vingança muito postergada.

Ingram queria que ele conseguisse assinaturas? Bem, Grimes conseguiria mais assinaturas do que Ingram ousara sonhar, tantas assinaturas que iriam erguer sua estátua no viveiro da sede da empresa. Os pescadores e suas famílias tinham dito que nunca assinariam? Bem, Grimes continuaria a bater em suas portas e a jogar conversa em suas varandas até que mudassem de ideia, até que lhe implorassem papéis e caneta.

Porque Grimes era acima de tudo um homem prático. Números: a vida era um jogo de números. Quanto dinheiro você tem no banco, quanto dinheiro você ganhou, quantos anos ainda tem para viver. Números murmuravam em sua cabeça o dia todo. Mais três assinaturas hoje, trezentas assinaturas este mês, duzentos mil na poupança, cem mil na carteira de ações. Ele fizera cinquenta flexões de braços naquela manhã, cinquenta abdominais à noite. Tomara três doses de bourbon nas noites de semana, cinco nos finais de semana. Comia carne uma vez por semana, frango cinco vezes, massa e carboidratos apenas aos domingos, uma maçã vermelha ou verde todo dia.

Até aquela altura da vida, os números estavam a favor de Grimes.

Algum dia, em um futuro não muito distante, recontando as conquistas de Grimes, Ingram diria: "Esse filho da puta", e da cabeceira de uma mesa grandiosa de clube de campo ergueria sua taça de conhaque em homenagem a Grimes. Empresários de rostos redondos com sorrisos secos e bronzeados de golfe o acompanhariam enquanto Grimes se sentava novamente, tentando parecer humilde, por dentro embalado em glória. "A história?", continuaria Ingram. "Este filho da puta? Bem ali? Vai até lá, para a porra da cidade, a porra da cidade onde ele nasceu e foi criado. Eles cuspiram na cara dele e cagaram em seus sapatos. Mas Grimes? 'Assine aqui na linha pontilhada.' Esse cara bem ali. Para a própria mãe. Isso é ter colhões. Assine aqui na linha pontilhada. Salvou minha vida indo para lá. Eles teriam colocado os bagos do meu neto em um pote de conserva. Teriam me crucificado só pela diversão."

LINDQUIST

Com uma dor de cabeça fazendo as têmporas latejarem, Lindquist acordou vestindo os mesmos jeans e camiseta que usara no dia anterior. Foi ao banheiro, enfiou a cabeça sob a torneira aberta e passou os dedos pelos cabelos, um emaranhado insano, pois ele mesmo os cortara – com a mão esquerda, como se houvesse outra opção –, olhando no espelho.

Depois, Lindquist revirou o sótão em busca do velho braço de gancho. Demorou meia hora até encontrá-lo em uma caixa de papelão cheia de decoração de Natal. A coisa era feia e pequena demais, mas imaginava ser melhor do que circular com seu coto, deixando todo mundo constrangido e nauseado.

Na cozinha, ele encheu uma geladeira Igloo de dez galões com água gelada e depois foi à sala de estar e escolheu entre os frascos de comprimido que lotavam a mesinha portátil: Oxycontin, Xanax, Percoset. Soltou as tampas plásticas com os dentes, tirou seis ou sete comprimidos de cada frasco e os jogou com a mão na bolsa de cintura com zíper.

Do lado de fora, Lindquist procurou a picape na rampa vazia e no quintal. Foi só depois de procurar na garagem, sair para a rua e olhar ao redor que se lembrou da noite anterior. Não tinha conseguido encontrar a picape porque a picape não estava lá para ser encontrada. Villanova o levara do bar para casa e a picape ainda estava no estacionamento do Sully's.

Lindquist balançou a cabeça. Mesmo esse pequeno movimento acendeu uma chama branca atrás dos olhos, produziu uma onda verde de náusea em suas entranhas.

Voltou para dentro e chamou um táxi pelo telefone da cozinha. A despeito da insistência da filha, ele não tinha um celular e não queria um. Afinal, quem ligaria para ele? Cobradores. A filha, querendo dinheiro. Certamente não sua esposa.

Saiu para o acesso e ficou esperando em pé nas ervas daninhas, insetos zumbindo no mato, andorinhas cantando nas árvores. Não eram nove horas e já estava quente como massa de parede se assentando em seus pulmões. Ainda demoraria alguns meses, final de outubro, antes que o clima começasse a refrescar.

Logo parou um táxi, um Buick cor de cerveja escura com um brasão pintado à mão na porta lateral. Dizia TÁXI.

Lindquist entrou e o motorista o espiou pelo retrovisor.

– Sully's.

– Sully's? – reagiu o motorista, balançando levemente a cabeça.

– O Sully's ainda não está aberto.

– Minha picape está lá.

– Dez dólares – disse o motorista.

Lindquist mandou o motorista seguir em frente.

Eles passaram por um campo alagado tomado por tifa, tendo no meio uma cabana sobre palafitas, geradores e tonéis de óleo enferrujados no quintal enlameado. Uma família chamada Robicheaux vivera ali por três gerações, mas partiu para a Flórida assim que o mais velho, Larry, vendeu seu negócio de camarões depois do Katrina.

O motorista observava Lindquist pelo retrovisor. O rosto parecia familiar. Aqueles olhos de raposa, a curva amarga do lábio. Como se acreditasse que se tornava cada vez mais improvável que fosse receber algo que lhe era devido. Um homem-menino magoado.

De repente lhe ocorreu o nome: Naquin. Jeremy Naquin, um dia um *wide receiver* ascendente do futebol americano na escola secundária de Lindquist. Aquilo foi então, isso era agora, e ali estava o filho da puta. Dirigindo um táxi.

– Naquin? – perguntou Lindquist.

Os olhos do taxista o avaliaram pelo retrovisor.

– Gus Lindquist. Jeanette High.

Os olhos do homem sorriram.

– Merda, Lindquist. Achei que era você. Como tem passado?

Ele balançou a mão. Depois se deu conta de que Naquin não conseguia ver, então disse:

– É.

– A história da minha vida – disse Naquin. – De certo a medíocre. Se um dia escrever um livro sobre mim, é assim que vou chamar. *De certo à porra do medíocre.*

Certa vez na aula de educação física, décadas antes, Naquin agarrara Lindquist pelo meio do corpo como um porco guinchando e o segurara de cabeça para baixo acima do sanitário do vestiário. Mergulhara sua cabeça repetidamente enquanto doze outros garotos o estimulavam. Isso era quando Lindquist pesava cinquenta e dois quilos, contando o troco nos bolsos. Naquele momento, metade da vida depois, Lindquist se viu estranhamente sem rancor. Ali estava Naquin, engordado, dirigindo um táxi que cheirava a chulé e cebola frita.

– Nunca vejo você por aí – Naquin disse. – Achei que tinha ido embora.

– Não saio muito, eu.

O carro chacoalhava sobre a estrada esburacada. Ao lado de Lindquist, o gelo chacoalhava na geladeira.

– Ei, eu simplesmente vou dizer. Puta azar. Seu braço.

– É – Lindquist disse.

– Sabe do que lembro de você?

Lindquist pensou: *Enfiar minha cabeça na porra de um vaso?* Mas perguntou do quê.

– Os livros de piratas. Estava sempre com o nariz enfiado em livros de piratas. Continua com essa merda?
– Meio que.
– Já encontrou alguma coisa?
Agora tudo que Lindquist conseguia ver de Naquin era o sorriso no retrovisor.
– Não muito, eu.
– Eu poderia precisar me meter nisso – disse Naquin. – Detectar metais. Minha esposa diz que eu preciso de um passatempo, além de foder com suas esperanças e seus sonhos.
Lindquist deu uma risada irônica pelo nariz e os dois ficaram calados por um minuto.
– Ei – chamou Lindquist.
– Ahn?
– Por que cegos não saltam de paraquedas?
– Quem não faz o quê?
– Porque isso faz o cachorro se borrar.
Os olhos de Naquin estavam confusos no retrovisor.
– Piada.
– Ah, certo – disse Naquin. Deu a Lindquist um sorriso atrasado. – É, vou me lembrar dessa. As pessoas vão gostar.
No estacionamento de cascas de ostras do Sully's, Lindquist saltou do táxi e tirou uma nota de vinte. Esticou a nota, mas Naquin dispensou o dinheiro pela janela aberta do motorista.
– Merda, eu me sinto meio que mal por tudo, Lindquist – Naquin disse.
Apertando os olhos sob o sol, Lindquist enfiou a mão no bolso, inseguro sobre o que dizer. "As pessoas não mudam", sua esposa costumava lhe dizer nos últimos dias juntos. Isso, claro, depois de Lindquist prometer que mudaria.
Bem, lá estava alguém para refutar a teoria dela.

– Ei – disse Naquin, sacudindo a cabeça como se saindo de um transe. – Você sempre acha algum tesouro e necessita de um cara para cavar? Do jeito que as coisas vão, não acho que irei ganhar na loteria tão cedo.

Lindquist disse que claro. Naquin acenou, depois Lindquist. Ele acompanhou o táxi sair, sacolejando e levantando poeira.

Lindquist estava uma hora atrasado quando chegou à marina. Um dos homens, King, já tinha ido embora. Apenas Dixon, sentado em uma geladeira plástica azul, sem camisa, permanecia no cais. Seus olhos estavam inchados e injetados e ele fez uma careta ao se levantar, esfregando a lombar com a palma da mão. Menos de trinta, pensou Lindquist, e o corpo do pobre filho da puta já estava desmontando como um abridor de lata de Taiwan. Antes que percebesse, estaria engolindo analgésicos aos punhados, os esmagando com pilão e almofariz e cheirando o pó.

Como ele mesmo.

– Onde está King? – perguntou Lindquist.

– Indiana – respondeu Dixon.

Lindquist esperava que Dixon dissesse que estava na cama. No hospital. No bar. Não em Indiana. Não em algum lugar a meio país de distância.

– Que porra ele está fazendo em Indiana?

– Ele cansou. Não vai voltar.

– Cansou?

Dixon confirmou, olhos se virando para todos os lados, menos o único lugar para onde queria olhar. Onde deveria estar a prótese de braço de Lindquist.

– Foi o que ele lhe disse? "Cansei? Cansei e estou indo para Indiana?"

— Ele disse: "Diga a Lindquist que estou indo para Indiana. Cansei."

— Bem, o dia não está começando mais cedo — disse Lindquist com um suspiro cansado.

Eles subiram no *Jean Lafitte*, um camaroeiro de cinquenta pés e fundo curvo, com pintura verde-abacate e uma bandeira pirata pendurada de uma verga de costado. Em pouco tempo entraram no *bayou*, a água cintilando como papel alumínio sob o sol, os bancos de areia tomados por carvalhos e cisternas de ciprestes ficando para trás.

Após preparar as redes, Dixon subiu para a cabine de comando e ficou de pé atrás de Lindquist. Pegou um palito de dentes no bolso do jeans. Apoiado na parede da cabine, começou a limpar os dentes.

— Veja como a água está se movendo — disse Lindquist. — Uma corrente forte vai arrastar aqueles camarões para fora do pântano direitinho.

Dixon estava ocupado com o palito de dentes.

Lindquist tirou do bolso o tubo de balas do Pato Donald e apertou a cabeça. Um comprimido saiu e ele o esmagou entre os molares, o maxilar trabalhando em um lento ritmo bovino. Com o passar dos anos, passara a gostar do sabor amargo dos comprimidos.

Dixon o observava.

— Está olhando para o meu coto?

— Não.

— Pode olhar.

Dixon olhou para o chão da cabine, as tábuas gastas lisas e prateadas, a sujeira tão entranhada nos veios da madeira que nenhuma esfregação um dia iria removê-la.

— Parece a ponta de uma salsicha, não é?

Dixon avaliou o coto de Lindquist.

— O traseiro de um elefante — Lindquist retrucou.

Dixon sorriu, desconfortável.

– Não.

– Que tipo de filho da puta roubaria um braço? – perguntou Lindquist.

– O que vai fazer?

– Não há muito que se possa fazer.

– Quero dizer, você pode conseguir outro.

– Eu tenho aquele velho braço de gancho ali – disse Lindquist, apontando com o queixo para o canto da cabine, onde a velharia gasta estava apoiada junto a um bastão de beisebol Louisville Slugger.

– Apenas odeio usar.

Ficaram em silêncio por um tempo, os únicos sons o grunhido do motor e a marola.

– Talvez tenha sido um cara também sem braço – sugeriu Dixon.

Lindquist não sabia se Dixon estava brincando.

– Seja quem for, a esta altura provavelmente está a meio caminho do Missouri.

Dixon observava Lindquist timidamente.

– Tem uma coisa que preciso lhe contar – falou.

– Ahn?

Ele passou o palito de um canto da boca para outro.

– É difícil.

– Que inferno. Simplesmente diga, Dixon.

– Provavelmente é a minha última.

– Última o quê?

– Pesca de camarão.

Lindquist tirou o quepe de capitão e passou os dedos pelos cabelos que raleavam. Virou-se para a janela da cabine de comando e mudou de direção. O *bayou* estava se abrindo, pequenas ondas de crista branca batendo no casco do barco, um grupo de pelicanos voando com formação em V sobre a água.

– Bem, vamos simplesmente ver como sai – disse Lindquist.

Dixon se desgrudou da parede da cabine e deu um passo na direção da escada como se prestes a sair, mas depois parou.

– Bem. Provavelmente não é por isso. A minha mulher quer que eu pegue o dinheiro da BP. Vá colocar barreiras flutuantes. Estão dando dinheiro a torto e a direito. Notas como se fossem cupons. Lindquist esperou.

– Acha que isso é ruim? – Dixon perguntou.

Sim, ele queria dizer, mas disse a Dixon que não.

– Você está me julgando.

– Que merda, dinheiro é dinheiro. Especialmente quando você tem filhos.

Lindquist falava sério. Ele raramente via ou falava com a própria filha, embora morasse apenas a três quilômetros, no novo estacionamento de trailers no limite da cidade. Uma vez por mês, duas se tivesse sorte, ela aparecia na casa para ver como estava. Pelo menos era o pretexto. Lindquist costumava desconfiar de que a mãe a mandava até lá. *Vá ver se seu pai não tomou uma overdose de comprimidos. Vá ver se ele está se cuidando. Vá dizer alô ao seu pai, provavelmente está solitário.*

Em outros momentos, Lindquist calculava que Reagan só o visitava por causa de dinheiro. Não que ele tivesse algum sobrando, mas ainda assim sempre dava algum. Vinte aqui, cinquenta ali. Lindquist sabia muito bem para onde a porra do dinheiro estava indo. Drogas. Só maconha, esperava, mas sabia que provavelmente também havia alguma coca na mistura. Conhecendo Reagan, alguns comprimidos. Anfetaminas, ele rezava a Jesus que não.

Partia o coração de Lindquist pensar em como se afastara da filha. Tentava não pensar em como tinha sido bonita. Como sua pele, um dia leitosa, já estava marcada por linhas amargas ao redor dos olhos e da boca. Ela cobria o rosto com maquiagem, mas qualquer um podia olhar e ver que estava em apuros.

– Você mesmo deveria fazer isso – Dixon disse então.

– Trabalhar para a petrolífera?

Dixon anuiu.

Lindquist reagiu:

— Não ligo para isso, eu.

— Bem, você não tem de casar com eles.

— Vamos ver o que acontece.

— Lindquist. Escute o que estão dizendo nos noticiários. Mostram um restaurante em Nova York. O dono pendurou uma placa na porta. Vangloriando-se de como o camarão deles vem da China. "Nada de camarão do golfo servido aqui", dizia.

— Foda-se Nova York.

— Você só tem de colocar umas barreiras flutuantes – disse Dixon. – Não pode ser tão difícil.

Ele abriu a boca como se fosse dizer algo mais, mas se deteve. *Mesmo com um braço só* era o que ia dizer.

— Você acha que essas barreiras estão ajudando?

— Dizem que isso deteve uns oitenta por cento do petróleo no Alabama.

— Claro que sim – retrucou Lindquist.

— O quê? – perguntou Dixon.

— Não seja idiota, Dixon.

Ele não falava grosseiramente, e não soou assim quando foi dito.

— Não estou sendo idiota. Estou sendo otimista. Há uma diferença.

Dixon abriu a janela da cabine de comando e arremessou na água o palito de dentes quebrado. Pegou outro no bolso e o enfiou na boca. Depois se recostou com o calcanhar da bota apoiado na parede.

Lindquist fez uma curva, esticando o pescoço para conseguir ver na água verde-escura. Do lado de fora da janela de bombordo havia um falcão, pequeno como um pedaço de cinza à deriva, circulando acima de uma ilhota tomada por acácias-bastardas.

Garças com pernas como palafitas espreitavam no capim do pântano. Havia poucos outros barcos tão longe, lugres de ostras e esquifes Lafitte.

No rádio, vozes estalavam de um lado para outro, capitães resmungando das cargas pobres.

– Trouxe seu detector de metais hoje? – Dixon quis saber.

Lindquist sempre levava o detector de metais quando saíam para pescar. Eram inevitáveis as horas mortas no *bayou*, quando as marés baixavam e o camarão nadava de volta para o mangue, quando não havia muito a fazer, a não ser jogar cartas, fazer uma refeição ou tirar uma soneca. Lindquist ancorava o *Jean Lafitte* e ia de bote até uma das ilhas de barreira, passando o detector de metais por qualquer trecho de terra acessível a pé. Nunca encontrou muita coisa, e os homens o provocavam por causa disso, mas ele gostava de imaginar o dia em que levaria algo de volta ao barco. Uma peça de ouro espanhola. Um colar de pedras ou um anel de diamante. Gostava de imaginar a expressão em seus rostos quando vissem o tesouro reluzindo na palma de sua mão, prova, depois de tantos anos, de que havia alguma verdade em sua maluquice. Merda, eles provavelmente comprariam seus próprios detectores de metais depois disso. Não haveria um trecho de terra intocado em todo o sul da Louisiana.

– O filho da puta está quebrado – Lindquist disse a Dixon.

– Jesus, Lindquist. Você fez um trato com o diabo ou algo assim?

– Eu o tenho procurado para fazer um trato, eu, mas ele está fora da cidade.

Dixon sorriu.

– É, estou gostando da cara desta maré – Lindquist disse.

– Acho que eu deveria estar baixando aquelas barreiras – Dixon disse.

– Ei, Dixon.

Dixon parou e o encarou.

– Vamos apenas ver como sai, hein?
Dixon deu de ombros, um pouco em dúvida.
– Estou com uma boa sensação, eu – Lindquist mentiu.
– Aquele otimismo? – perguntou Dixon.
– Vá baixar as barreiras, Dixon.

- - - - - - - -

Eram dez da manhã, o ar encharcado de calor, quando atracaram no cais de Monsieur Montegut. Os filhos de Montegut, quatro garotos sem camisa usando short jeans e botas de trabalho, colocaram as cestas carregadas de camarões nos ombros e passaram por cima de cordas para o cais, onde derramaram os camarões na mesa de seleção. Na pressa, os garotos deixaram dezenas de camarões caírem das cestas, e eles ficaram brancos assim que bateram no convés.

O modo com que os filhos de Montegut continuaram a trabalhar despreocupadamente, como se a perda não significasse nada, deixou Lindquist furioso.

– Devem ser cinco pratas bem ali – disse aos garotos. – Vocês vão me dar cinco pratas do seu bolso?

Os filhos estrábicos de Montegut não disseram uma palavra, apenas o encararam, soturnos.

Lindquist e Dixon entraram no barracão para acompanhar a pesagem. Monsieur Montegut enfiou a concha metálica no monte brilhante de camarões e pesou um quilo. Depois colocou os camarões na mesa de contagem e começou a contar.

Lindquist observou de boca aberta. Pensou na esposa. Pelo que sabia, ela estava ganhando mais dinheiro naquele dia do que ele embolsaria na semana seguinte. Enquanto isso, os papéis do divórcio esperavam na mesa da cozinha e ela estaria pedindo pensão assim que os assinasse. Pensou na filha, fumando e cheirando um dinheiro que ele não tinha. Vinte e quatro anos de idade. Ele era um homem velho quando tinha vinte e quatro. Atualmente os garotos dessa idade ainda estão mamando nas tetas.

Dixon esperou tenso ao lado dele, se preocupando com os próprios problemas.

– Oitenta e nove – Montegut finalmente disse.

– Bem, inferno – disse Lindquist.

Montegut trincou os maxilares, mas, quando falou, sua voz era contida e cordial:

– Passamos por isso todo ano, Lindquist. Todo ano você acha que o estou roubando, quando você sabe a verdade tão bem quanto eu.

Lindquist se viu olhando para os dentes de Montegut, falsos, grandes demais e brancos como em um clube de campo. O V da camisa de cambraia estava aberto e uma corrente de ouro com um medalhão de Nossa Senhora das Graças se aninhava no castanho suave de seus pelos do peito.

– Conte novamente – disse Lindquist.

– Contarei mil vezes, caso queira.

– Conte. Por favor.

Montegut começou a contar novamente. Os olhos de Lindquist se moviam para a frente e para trás, sua mente trabalhando como um contador.

Na segunda vez o número foi o mesmo.

Lindquist e Dixon seguiram Montegut pelo cais até o escritório. Lindquist podia ouvir os filhos do homem rindo e falando merda às suas costas.

No calor de sauna do seu escritório, Montegut destrancou uma gaveta da mesa e tirou uma caixa-forte metálica. Apoiou a caixa--forte no mata-borrão, abriu-a e pegou um bolo de notas. Lambeu o polegar, tirou seis de vinte e as estendeu para Lindquist.

Lindquist pegou o dinheiro e o enfiou no bolso da camisa.

Apesar de todas as suas dúvidas a respeito de Montegut, toda a inveja que sentia dele, sabia que o homem não era ladrão. Que inferno, com os preços do camarão como estavam e todas aquelas coisas no noticiário, provavelmente estava lhe pagando mais do que podia.

– Até mais ver – Lindquist disse a Montegut, toda a educação que conseguiu reunir.

Montegut aceitou com um aceno de cabeça o cumprimento de Lindquist, depois Dixon.

No porto, eles atracaram o *Jean Lafitte* novamente em sua vaga e saltaram para o cais rigidamente, como zumbis. Quando estavam de pé no estacionamento de cascalho junto à picape de Dixon, Lindquist meteu a mão no bolso e tirou o dinheiro. Pegou quatro de vinte e as deu a Dixon. Depois, Dixon contou o dinheiro ele mesmo e olhou para Lindquist.

– Que inferno, Lindquist.
– O quê?
– Eu contei o dinheiro que ele lhe deu.
– E?
– Você me deu mais da metade.
– É.
– Não posso.
– Mais um dia, Dixon. É tudo o que peço. Todo mundo tem dias ruins.

Dixon baixou os olhos para as botas, como se sua disposição pudesse fraquejar caso olhasse diretamente para Lindquist.

– Não posso, Lindquist – retrucou.

Lindquist estava olhando por sobre o ombro de Dixon para as copas das árvores distantes, verde-acinzentadas e nubladas no calor.

– Bem, caso mude de ideia – disse.

Dixon assentiu, subiu na picape e ligou o motor. Levantou os dedos do volante em um pequeno aceno e engrenou a picape.

Ao ver a picape se afastar, Lindquist enfiou a mão no bolso do quadril e pegou o tubo de balas. Apertou a cabeça do pato e tirou um comprimido. Ele o jogou na boca e mastigou até uma poeira amarga cobrir sua língua.

Naquela manhã, antes de voltar para casa, Lindquist foi à loja Trader John's e prendeu no quadro junto à porta um cartaz de oferta de trabalho escrito à mão. PROCURA-SE AJUDANTE, CEM DÓLARES DIÁRIOS GARANTIDOS. NADA DE BÊBADOS. NADA DE DOIDOS. Lindquist colocou no pé da página o endereço de e-mail e o telefone de casa, e o horário em que podia ser encontrado no porto.

WES TRENCH

O pai de Wes costumava perguntar o que Wes queria fazer da vida. Não era realmente uma pergunta, Wes sabia, mas a forma dissimulada de o pai mostrar o que ele quase certamente iria acabar fazendo, gostasse disso ou não: pescar camarão. Como seu pai, como o pai do seu pai, como seis gerações de Trench antes disso. O pai de Wes não estava tentando ser cruel, apenas realista. E a realidade era essa: garotos do *bayou* quase sempre cresciam e se tornavam homens do *bayou*.

Também uma realidade: Wes perdera tantos dias letivos naquele ano ajudando o pai que teria de repetir a décima primeira série. Caso tivesse sorte, se formaria aos dezenove anos. Já tinha quase dezoito. A maioria de seus amigos, também filhos de pescadores, havia largado a escola para trabalhar em tempo integral nos barcos dos pais. "Idiota demais para a escola" era o lema deles.

Apenas um, Jason Talbot, recebera uma bolsa de futebol americano na LSU.

Wes não era atleta e não era bom aluno. Suas maiores notas eram em inglês, porque o sr. Banksey, o mais paizão dos professores da escola, deixava que seus alunos escrevessem contos para os trabalhos finais. Quem não sabia contar uma história, raciocinou Wes, então fez isso.

"Você tem uma bela imaginação e o coração de um poeta", o sr. Banksey escrevera no final do trabalho, dando a Wes um A, o primeiro desde o ginásio. Wes ficou orgulhoso. Por um ou dois dias. Mas então o velho pragmatismo teimoso que herdara do pai esmurrou seu ouvido como se fosse um demônio em seu ombro. Raciocinou que não poderia exatamente escrever em um pedido de emprego: *O sr. Banksey diz que tenho uma bela imaginação e o coração de um poeta.*

Em um mundo ideal, pensou Wes, ele teria mais tempo para descobrir o que queria fazer da sua vida. Mas dezessete anos em Barataria eram diferentes de dezessete anos em outros lugares. Muitos caras em Jeanette já estavam noivos aos dezessete, alguns eram pais. Duas das treze garotas na turma de Wes estavam explicitamente grávidas, as barrigas tão grandes e inchadas que tinham de se sentar em cadeiras especiais em uma mesa de carteado dobrável na lateral da sala. O professor de biologia, sr. Hargis, brincou que daria créditos extras às garotas caso dessem à luz em sua aula. Experiência instrutiva para todos, disse.

Mas Wes, de fato, queria ser pescador de camarão, com seu próprio barco e negócio. O pai construíra seu barco aos dezoito anos e tinha uma tripulação de três homens aos vinte. O plano de Wes, revelado ao pai, era criar um novo tipo de negócio de pesca de camarão assim que tivesse terminado de construir seu barco. Iria contratar alguns de seus colegas de escola como tripulantes e eles venderiam o camarão diretamente no cais, evitando intermediários, armazéns e atacadistas. Ofereceriam apenas os camarões maiores e mais frescos, saídos da água poucas horas – minutos – antes, camarões tão grandes que seus clientes não teriam dificuldade em limpá-los, não como o camarão medíocre vendido nos supermercados. Com Facebook e Twitter, ele poderia criar uma espécie de clube do bacon do mês, do tipo que vira anunciado na quarta capa das revistas de caça, mas com camarão. E em vez de todo mês, seria todo dia. *O camarão mais fresco do mundo, vaga 89 do porto, seis em ponto*, ele enviaria aos assinantes. Nos fins de semana, poderia até receber no barco turistas, visitantes de Nova Orleans. Por cinquenta dólares por pessoa fariam um passeio pela baía Barataria e poderiam pegar camarões eles mesmos, ou pelo menos ver de perto todo o trabalho envolvido nisso. Wes os deixaria embarcar com suas geladeiras para enchê-las até a borda, em vez de pagar pelo quilo.

O pai de Wes parecera gostar da ideia, o que o surpreendera. Exceto pela parte da internet. Ele odiava computadores e celulares.

– Tem certeza de que tudo isso é legal? – perguntara a Wes.

– Bastante certeza – Wes respondera.

O pai balançara a cabeça e fizera um raro elogio.

– Tenho de admitir que você tem cabeça, garoto.

Algumas vezes por ano, Wes e os amigos iam ao Bairro Francês, onde encontravam garotos e garotas de todo o país, garotos e garotas que, mesmo sendo dois ou três anos mais velhos, pareciam muito mais jovens. Emotivos e poupados pelo mundo. Nunca tinham perdido um olho para um anzol de pesca como Monty Blevins, da aula profissionalizante. Nunca conheceram alguém que cortara três dos próprios dedos para receber o dinheiro do seguro, como o pai de Peter Arcinaux. Nunca viram suas mães se afogarem na inundação de um furacão.

Em cinco ou dez anos, aqueles garotos seriam médicos, advogados e professores universitários, e Wes ainda estaria pescando em Barataria. Um dia no futuro distante, eles se veriam sentados sob a luz elegante de um restaurante de Manhattan sem ter como saber se comiam camarões que Wes apanhara pessoalmente. Camarão tirado do *bayou* e levado de caminhão Costa Leste acima, desde Jeanette. Então, Wes provavelmente teria uma esposa e filhos. E um pensamento que achava deprimente, mas não conseguia evitar: talvez já estivesse corcunda, amargo e de coração partido como o pai.

Esperava que não. Esperava estar feliz pescando camarão, e esperava que a baía estivesse então limpa, porque adorava a vida na água.

Em retrospecto, talvez o conto que havia escrito para o sr. Banksey fosse mais como memórias. Exceto que também não era exatamente isso, porque memórias não deveriam ser a pura verdade? No conto, ou o que quer que Wes tivesse escrito para o sr. Banksey, verdade e fato se fundiam, um caos de confabulação.

Tudo que Wes escrevera no conto sobre as horas antes da tempestade era absolutamente verdade. O pai de Wes protegendo as escadas do andar de cima. As vans e picapes carregadas de malas e crianças passando por sua casa. O modo com que as sombras das árvores no quintal ficavam tensamente imóveis e como o ar do lado de fora se comprimiu em uma respiração presa.

E a mãe de Wes suplicando ao pai para partir.

A tempestade iria enfraquecer e desviar no último instante, insistia o pai de Wes. Exatamente como o resto delas.

– Você ficou *braque* – dissera a mãe de Wes.

A raiva despertava o francês de minha mãe, escrevera Wes em seu conto.

Na margem, o sr. Banksey escrevera: *Bom.*

Quando a tempestade chegou, não soou como um trem de carga, como Wes com frequência ouvira ser descrito em outras histórias de furacão. Soava como nada que já tivesse ouvido. *O rugido de um kraken* fora o que ele tinha escrito. Um canhoneio de entulho martelou a casa enquanto um dilúvio caía do céu, a chuva enchendo rua e quintal, se levantando tanto que engoliu roseiras e hortênsias. Logo a água batia nos degraus da varanda e passava sob a porta da frente. Inicialmente três ou cinco centímetros, mas, em uma hora, trinta centímetros de água enlameada agitada enchiam o térreo e Wes e os pais perambulavam pela casa. Um dique se rompera em algum lugar e Jeanette fora engolida por uma inundação.

Quando a energia foi interrompida, Wes e os pais subiram ao segundo andar com lanternas e galões de água. Sentaram-se sobre almofadas no chão e jogaram Scrabble à luz da lanterna enquanto Max, cabeça apoiada nas patas da frente, se encolhia debaixo da cama.

Eles jogaram Scrabble: mais tarde Wes ficaria maravilhado com isso.

Em dado momento durante o jogo, a mãe de Wes usara a palavra TEIMOSO.

O pai de Wes lhe dissera que tinha coragem. Estava tentando demonstrar calma, mas Wes sabia pelos ombros tensos que estava assustado.

Alguns minutos depois, sua mãe soletrou IDIOTA com suas peças.

– Certo – disse o pai. – Saquei.

Em algum momento depois de meia-noite, o vento arrancou uma folha de compensado de uma das janelas do térreo e o vidro se partiu, com seguidas ondas de água tomando a casa.

Foi então que pararam de jogar Scrabble e começaram a rezar.

O amanhecer os encontrou no telhado da casa. Todos os habitantes de Barataria mantinham machados no sótão, com medo de tempestades como aquela, e o pai de Wes abrira um buraco no telhado para que pudessem passar. Max andava de um lado para outro ao longo da cumeeira, ganindo, balançando o rabo e olhando para a água agitada abaixo. O furacão transformara as ruas em canais rápidos cheios de entulho rodopiando. Pedaços de madeira e tiras de plástico, tampas de latas de lixo e venezianas. Carros e picapes foram totalmente submersos, mas o céu estava estranhamente sereno, cinza como uma moeda velha.

Antes da tempestade, o pai de Wes amarrara a piroga ao carvalho do jardim da frente. A única coisa inteligente que havia feito. O barquinho balançava na água, mas estava intacto e flutuando.

O pai de Wes pegou trinta metros de corda de atracação de nylon no sótão e arremessou como um laço, tentando fisgar a piroga. Errou na primeira vez e na segunda. No terceiro lançamento, Max desceu pelo telhado, abanando o rabo, e pulou na água.

Instantaneamente a corrente violenta o sugou para baixo e longe. Wes nunca soube se o que aconteceu a seguir foi um acidente ou se a mãe quisera ir atrás do cachorro. Escorregou sentada pela água do telhado e se prendeu com os tênis na calha. O cano cedeu, desgrudando da casa com um grandioso guincho metálico, e ela despencou na água.

– Ah, merda! – disse, enquanto voava. Foram as últimas palavras da mãe de Wes. Aquelas que ele ouviu.

Wes e o pai observaram a água furiosa, os corpos colocados como se prestes a se lançarem na inundação. E então os olhos de Wes encontraram os do pai. Puro pânico animal. Um olhar medonho que Wes soube que nunca iria esquecer.

Por um segundo, a três metros ou três metros e meio de distância, a cabeça da mãe de Wes saltou como uma boia. Era aquilo de que Wes sempre se lembraria mais claramente. Seu rosto enlouquecido e distorcido, a expressão aterrorizada em seus olhos. A boca aberta não produzindo som. Depois a água a sugando para baixo novamente.

O pai gritara o nome da mãe de Wes.

– Sandy! – gritara, repetidamente, como se isso fosse trazê-la de volta.

A partir desse ponto, em seu conto para o curso do sr. Banksey, tudo o que Wes escrevera fora pura ficção.

Por exemplo: semanas depois, quando ele e o pai moravam em Baton Rouge, estavam jantando galinha frita em um restaurante e o pai de Wes, bêbado de uísque, perguntara:

– Você me culpa?

No conto, Wes dissera: *Claro que não.*

No conto, Wes e seu pai falaram da sorte de ter um ao outro. Na vida real, Wes tinha dito: "Sim." Aquilo havia sido cinco anos antes e, mesmo meia década depois, nada parecia curado. Não, as feridas da morte de sua mãe ainda pareciam tão grandes quanto o próprio furacão.

— — — — — — — —

Na noite seguinte, quando Wes chegou à marina a tempo, o pai não estava em parte alguma. Era crepúsculo, silencioso, a não ser pelo falatório de sapos e insetos. No final do cais, o *Bayou Sweetheart* estava às escuras em sua vaga. Wes saltou da picape e andou de um lado para outro no estacionamento de conchas alvejadas. Outro pescador saltou de sua picape e acenou para Wes antes de se arrastar pelo cais até o barco.

Enquanto andava, Wes tinha uma sensação persistente de que estava se esquecendo de algo. Ele atribuiu isso ao desconforto constante que vinha sentindo perto do pai. Nos últimos tempos, eles discutiam por causa de tudo. Sobre quanto dinheiro devia ser gasto em uma lâmpada, sobre como ajustar o termostato da casa, sobre que tipo de combustível Wes colocava na picape.

O pai o atormentava principalmente por duas coisas: o barco de Wes e o dinheiro de indenização da BP.

Wes começara a construir o barco no quintal ao completar quinze anos, assim como o pai e o avô de Wes tinham feito com a mesma idade. Naquele momento a quilha do barco, apoiada sobre blocos de cimento sob uma lona grossa no quintal, não era tocada havia meses. O pai de Wes costumava debochar de sua pouca habilidade e sua solda ruim, olhando as costuras irregulares, passando a mão ao longo do casco como um barão de gado e dizendo: "Está vendo isto? Esta madeira você vai ter de jogar fora, o trecho todo. E este metal, veja. Está vendo como está curvado? Nenhuma chance de um barco flutuar construído assim. Vai desmontar como um submarino polonês. Um erro leva a outro. É melhor me escutar."

Wes se continha, ardendo com o impulso de dizer ao pai que nunca pedira seus conselhos. Que o barco era um trabalho em andamento. Que iria provar que o pai estava errado e o barco seria o mais bonito que ele já tinha visto, demorassem três meses ou três anos.

Mas Wes não tocara no barco em meses, e agora ele sofria no quintal sob uma lona vinílica mofada. Como um elefante morto. O pai de Wes parara de mencionar o barco, o que, de alguma forma, era pior que falar merda. Talvez o pai estivesse certo. Talvez tivesse desistido sem saber. Com medo de seguir em frente, medo de que, quanto mais construísse, mais provaria que o pai estava certo. O primeiro Trench em gerações ao não construir sua própria embarcação.

– Você parece contente – Wes dissera certo dia, surpreso de ter dito, quanto mais pensado.

Eles estavam carregando as caixas de ferramentas do porto para casa quando passaram pelo barco no quintal. O céu de final de tarde estava roxo e escarlate acima do topo das árvores, uma noite abafada de primavera.

– Contente com o quê? – perguntou seu pai.

– Com o fato de eu ter parado de construir o barco.

Eles continuaram a caminhar por um momento, antes de o pai dizer:

– Por que estaria contente?

– Por estar certo – disse Wes. – Que eu não iria terminar.

Seu pai lançou um olhar para ele.

– Eu não penso no barco.

– Porque você nunca o levou a sério.

– Se você não o leva a sério, como pode esperar que eu o leve?

– O que quer dizer com isso?

– Esqueça.

Eles pararam e se encararam.

— Para onde vai seu tempo? Seu dinheiro? — começou o pai. — Vou lhe dizer. Farra.
— Eu trabalho o tempo todo. Para você.
— É, tá.
— Se tivesse mais tempo, o barco teria ficado pronto há muito.
— Com o quê? — perguntou o pai. — Palitinhos de sorvete?
— Você quer que eu roube a madeira? — retrucou Wes. — Vá ao estaleiro e roube as partes?
— Por que está engrossando tanto? Você puxou o assunto.
— Então me empreste o dinheiro.
— Papo de doido.
— Empreste o dinheiro e eu termino o barco em três meses. Você vai ver.
— Que dinheiro, Wes? Não tenho um níquel no qual mijar.
— Bem, nem eu. Quando tiver, termino o barco.
O pai de Wes apenas olhou feio para ele e balançou a cabeça.

E então, outra noite, no jantar, Wes mencionou o dinheiro da BP. Ele e o pai jantavam quando apareceu na TV uma notícia sobre o derramamento de petróleo. A bela repórter falava dos cheques de indenização que os pescadores estavam recebendo pelo trabalho de limpeza e pelos prejuízos da primavera.

— Aquele cara veio falar novamente sobre a indenização? — Wes perguntou.

— Vem quase todo dia, aquele cretininho bem-vestido — respondeu o pai.

Wes olhou para o pai e esperou.

— Por quê? — o pai perguntou.

— Por que você simplesmente não aceita o dinheiro? — Wes perguntou. — É de graça.

— De graça? É assim que você vê as coisas?

Wes deu de ombros.

— Alguém queima sua casa e lhe oferece cinco dólares. Isso é de graça?

Wes ficou em silêncio, já lamentando ter puxado o assunto.

— Vamos esclarecer isso. Não é de graça. Não quando eles destroem o lugar onde você passou a vida inteira. Isso é o mais longe de grátis possível.

Todas essas coisas estavam na cabeça de Wes quando o pai entrou com a picape no estacionamento de cascalho às nove e meia. Wes estava sentado no cais, com os pés pendurados para fora, e se levantou quando o pai cruzou o estacionamento com dificuldade e seguiu pelo cais. Os cabelos brancos estavam amassados de um lado, como se tivesse dormido, e a camisa polo cranberry com listra branca no peito parecia amassada. Passou por Wes sem olhar ou dizer uma palavra.

Só falou assim que estavam a bordo do *Bayou Sweetheart* e o motor roncava.

— Seu amigo apareceu — disse.

Wes olhou para ele intrigado.

— O cara do petróleo. O cara com quem você quer que eu vá ao baile.

Wes não disse nada. Ia ser uma daquelas noites.

— O cara não me largou. Um verdadeiro pilantra. Não parava de falar. Tente ser educado e as pessoas vão foder com você.

Wes se curvou para soltar uma corda de atracação de um pilar no cais.

— O que foi? — perguntou o pai da cabine de comando.

— Não falei nada.

— Então tudo certo. Já está tarde.

Wes conferiu as redes e varas enquanto o pai pilotava através do *bayou* roxo opressivo. Wes não podia ver óleo na água, não ainda. Um bom sinal.

Assim que chegaram à passagem, Wes baixou as redes e o pai dirigiu o barco contra a corrente. Vinte minutos depois, colocou o barco em ponto morto e Wes ergueu as redes inchadas. A carga parecia considerável, muito melhor do que na noite anterior. O pai desceu da cabine, calçou luvas e ajudou Wes a levar a carga para a mesa de seleção.

Enquanto mexiam nos camarões, uma compreensão atingiu Wes como um raio. O gelo. "Lembre-se do gelo", o pai tinha dito.

Revirou a carga agitada, o medo dando um nó na barriga. Ele se preparou para o momento inevitável, pensou no que poderia fazer. Decidiu se fazer de sonso. Fingir que era seu pai quem deveria trazer o gelo.

Quando chegou o momento de colocar gelo no camarão, o pai de Wes olhou ao redor do convés. Colocou as mãos nos quadris e olhou de boca aberta.

– Onde está o gelo? – perguntou o pai de Wes.
– Ahn?
– O gelo. Onde está?
– Não sei.
– Você não sabe.

Wes balançou a cabeça.

– Qual foi a última coisa que eu disse ontem?

Silêncio.

– Eu falei para trazer o gelo.

Wes mexeu na sobrancelha.

– Pegue a porra do gelo. Dezenove mil vezes. Poderia muito bem falar em seu ouvido com um megafone.
– É.
– Ahn?
– Certo.
– Certo? – repetiu o pai, os olhos o perfurando. – Em que porra de planeta você está? Certo?

– Eu lamento, certo? – disse Wes.
– Tomou drogas?
– Não senhor.
– Espero que tenha tomado drogas. Espero pelo senhor Jesus que tenha tomado drogas. Espero que esteja completamente doidão com alguma merda agora mesmo.
– Certo – disse Wes.
– Certo. Certo. Certo. Porque, se não estiver, temos um problema. Temos de procurar um médico. Esta noite, cacete. Examinar a porra do seu cérebro. Porque tem a porra de um problema.
– Estamos perdendo tempo.
– Perdendo tempo, ele diz. Eu estou perdendo tempo. Espero que tenha tomado drogas, cara. Rezo a Deus.

O pai de Wes foi até ele e lhe deu um tapa atrás da cabeça. Wes se virou, incrédulo. O pai não batia nele desde que era um garotinho, na primeira série, quando o colocou sobre os joelhos e lhe deu uma surra por usar um palavrão.

– Você me acertou – Wes disse.
– Sorte sua não ter chutado seu traseiro para a água.

Wes o olhou com raiva.

– Você nunca cometeu um erro? Nunca?

Assim que as palavras saíram de sua boca, ele lamentou ter dito, pois seu pai sem dúvida sabia o que queria dizer.

O rosto do pai se contorceu e ele trincou os dentes. Balançou a cabeça com força e rápido, como se para lançar para fora o que acabara de ouvir.

– Espero por toda porra mais sagrada que esteja doidão. Porque podemos consertar isso. Podemos levar você a algum lugar e consertar isso. Se não estiver, não sei o que iremos fazer.

Ficaram se encarando no barco que balançava, o ronronado do motor o único som. A oitocentos metros estavam as luzes de dois ou três outros barcos.

O pai de Wes bufou por entre os dentes e subiu a escada da cabine.

Quando retornaram ao porto, Wes saiu o mais rápido possível do *Bayou Sweetheart*. Saltou no cais e foi na direção de sua picape, o pai o seguindo de perto.

– Onde está o coração? – perguntou o pai de Wes às suas costas.

Wes olhou para o pai por sobre o ombro como se fosse maluco, mas seguiu em frente.

– Onde está o coração, Wes? Para o transplante? O transplante de coração? O que foi? Você esqueceu? Bem, a garotinha que precisava do coração agora está morta. Garoto, desta vez você fodeu tudo.

Wes se virou. Surpreso, o pai parou de repente.

– Eu me demito – disse Wes.

– Demitir?

– É. Cansei.

– Você está pedindo demissão? O cacete. Você está demitido. Quando você fode tudo é demitido. Não pede demissão.

– Estou demitido. É. Que seja. Não vou mais fazer isto.

– Você não vai mais se esquecer de me trazer o gelo?

Wes se virou novamente e andou em passos largos para sua picape.

– Onde você vai trabalhar? – perguntou o pai de Wes às suas costas.

Wes não disse nada.

– Acho que não vi nenhum anúncio de emprego dizendo que precisavam de caras que esquecem o gelo.

Wes pegou o chaveiro no bolso e destrancou a porta da picape. Podia ouvir o pai a poucos metros dele, desacelerando o passo. Cauteloso, quase pedindo desculpas.

– Vamos lá, estamos perdendo tempo – disse o pai, a voz mais macia. – Vamos pegar o gelo e voltar para lá.

– Não posso – disse Wes, sem conseguir olhar para o pai.

– Isso é maluquice. Você esquece o gelo e fica com raiva de mim? Wes se sentou atrás do volante com a porta ainda aberta e ligou o motor.

– Certo – disse o pai. – Vamos ver. Eu lhe dou dois dias. Merda, um dia. Traga o gelo. Quer saber, esqueça. Eu trarei o gelo. Porque você provavelmente não vai lembrar.

Wes fechou a porta.

O pai ficou ali de pé, olhando.

– Boa sorte! – berrou. – Você vai precisar.

COSGROVE E HANSON

Cosgrove estava sentado no pórtico dos fundos da casa da viúva, em seu intervalo de almoço, quando sentiu alguém atrás dele. Virou-se e viu a viúva olhando de cara feia pela porta entreaberta. Cosgrove vira muitas velhas odiosas ao longo da vida, mas os olhos daquela senhora irradiavam desprezo. Ele se sentiu censurado por um crime que nunca cometera. Um crime que nem sequer lhe ocorrera. Todos os crimes já cometidos pelo homem.

— Tarde — disse Cosgrove. Levantou-se e recuou do pórtico para a grama. Ele deveria manter distância, uma das regras do agente Lemon.

— Vá para o inferno — disse a velha.

Cosgrove, sem palavras, baixou os olhos para a maçã verde intacta na palma da mão.

— Quem é você? — a mulher perguntou.

— Serviços comunitários. Consertando sua casa.

— Seu nome.

— Nate Cosgrove.

— Eu nunca autorizei isto.

— Não precisa. A cidade autorizou.

O olhar maligno da mulher permaneceu fixo em seu rosto. Ela parecia vê-lo como inferior, um bandidinho. Cosgrove, por alguma razão, queria explicar que se formara no secundário. Que fizera três semestres em uma faculdade comunitária antes que a mãe adoecesse. Se a vida tivesse corrido de certo modo, o que não acontecera, ele poderia ter sido um médico, advogado ou professor universitário. Poderia ter sido o que quisesse, ou pelo menos esse era seu consolo. Uma coisa de que tinha mais certeza a cada dia: tudo de que você precisava era um bom começo.

– Não gosto da sua aparência – disse a velha, as rugas amargas ao redor da boca se apertando.

– Bem, eu lamento.

– Você está me respondendo?

Ainda era primavera, mas o clima já era quente. Uma gota de suor pendeu da testa de Cosgrove e pingou em seu olho. Ele piscou com a ardência do sal.

– Não pisque para mim – disse a mulher.

– Não fiz isso – respondeu Cosgrove.

A mulher se virou e bateu a porta. Cosgrove ouviu o estalo da tranca, o chacoalhar da corrente na porta. Você é um estuprador, a velha estava tentando dizer com o som. Ele xingou a senhora, jogou a maçã nos ligustros doentes e voltou a pintar a cerca dos fundos.

Vinte minutos depois, a mulher saiu novamente de casa. Cosgrove parou de pintar, o pincel pingando manchas cor de caramelo na grama. Ele observou a mulher cruzar o gramado com cautela exagerada, passos lentos e medidos, como se fosse desmontar caso se movesse mais rápido.

Quando finalmente alcançou Cosgrove, a mulher enfiou a mão no bolso do roupão. Quando Cosgrove se deu conta do que ela havia tirado, era tarde demais para pular de lado. Ela apertou o botão de uma latinha de spray e uma névoa letal se formou ao redor dos seus olhos.

Spray de pimenta.

A dor foi instantânea e surreal. Cosgrove uivou e caiu de joelhos. O mundo foi apagado por uma névoa branca excruciante. Ele apertou os olhos e esfregou as pálpebras, mas a dor se espalhou como fogo para as palmas. Engatinhou cegamente para a casa, até sua cabeça bater em algo duro. Esticou a mão. Uma das extremosas. Passou os braços ao redor do tronco como um marinheiro se agarrando ao mastro em um navio sacudido pela tempestade.

Cosgrove viu uma figura se aproximando em meio à névoa quente que ardia. Ele se encolheu e bloqueou o rosto com o braço para impedir outro ataque da velha.

– Mas que porra?

Era Hanson.

– A piranha jogou spray de pimenta em mim – disse Cosgrove, soluçando e esfregando os olhos com a base das mãos.

– Bem, pare de mexer no rosto. Merda.

Eles ficaram sentados em silêncio por algum tempo, Hanson na posição do lótus na grama, Cosgrove apoiado na árvore, com lágrimas e catarro escorrendo pelo rosto. Sua visão começou a voltar em melhoras lentas. As folhas da relva. A casa com suas tábuas descascando e feias venezianas roxas. O rosto pensativo de Hanson. A luz do sol refletindo na fivela do cinto.

– Mate aquela piranha – Cosgrove disse.

– Você vai contar a Lemon? – Hanson quis saber.

– O que você acha?

– Conte a Lemon. Veja o que acontece. A piranha velha maluca vai acusar você de estupro. Deus sabe quais aspectos. E adivinhe em quem eles irão acreditar, primeiro.

– Por que você se importa? – Cosgrove perguntou.

Os olhos de Hanson eram graves com algum conhecimento secreto.

– Acho que você talvez não esteja vendo uma oportunidade bem na sua frente.

O raciocínio de Hanson: toda a maldita cidade estava quebrada mesmo. Assim que a velha senhora morresse – aquela velha senhora escrota, por sinal, jogara spray de pimenta em Cosgrove sem motivo –, o lixo acabaria em um vazadouro. Isso se os funcionários municipais não ficassem eles mesmos com as coisas e enchessem os bolsos com extras, mais do que já estavam roubando. Além disso, que bem um punhado de velhos discos de vinil faria à mulher? Tapetes antigos, castiçais de prata, saleiros e pimenteiros de antes da guerra? Um livro de obstetrícia de 182 anos de idade?

Talvez Hanson estivesse certo. O que ele fizera para merecer duzentas horas de serviços comunitários no final do verão? Quanto teria ganhado abrindo ostras aquele tempo todo? E o que fizera para merecer spray de pimenta no rosto?

Alguns dias depois de a velha ter jogado spray de pimenta em Cosgrove, Hanson foi até ele enquanto terminava a última demão de tinta na cerca dos fundos e pediu que conferisse algo. Os olhos de Hanson estavam arregalados, quase jubilantes, e, apesar de tudo, Cosgrove ficou curioso. Apoiou o pincel na tampa da lata de tinta na grama e seguiu Hanson até uma das janelas da sala de estar. Através dela pôde ver a sra. Prejean caída no sofá da sala de estar em seu roupão de banho atoalhado. Os olhos estavam fechados, a boca, aberta.

– Agora veja isso – disse Hanson, sorrindo para Cosgrove. Bateu a palma da mão no vidro, esperou, bateu novamente. A mulher permaneceu inerte como uma pedra. – A senhora deve ter tomado mil analgésicos – comentou.

– Não a sacaneie – Cosgrove disse.

– Vá até a porta da frente e espere um segundo.

– O que é isso tudo?

– Por Deus, cara, confie em mim uma vez.

Fingindo estar mais incomodado do que estava, Cosgrove contornou a casa até a porta da frente e esperou. Logo ouviu alguém do lado de dentro destrancando a fechadura e deslizando a corrente da porta. Esperando outro ataque da velha, ele recuou um passo e bloqueou o rosto com o antebraço, mas era apenas Hanson, sorrindo.

– Entre. Confira isto.

Cosgrove ficou parado lá.

– Ela está morta para o mundo, cara. Estou lhe dizendo.

Do lado de dentro, a casa vitoriana decadente era tão decrépita quanto do lado de fora. Escura e empoeirada, transpirando velhos odores entranhados no papel de parede de rosas azuis. E ali estava a velha sra. Prejean ressonando no sofá, sobre os joelhos uma bandeja tomada por frascos de comprimidos e lenços de papel amassados como flores sujas. Um fio de baba brilhava no queixo com pelos brancos.

– Como entrou aqui? – perguntou Cosgrove, sussurrando.

– Janela da cozinha. Acima da pia. Sem trinco. Abri e passei por ela.

Hanson se aproximou da velha e se curvou, erguendo as mãos diante do rosto dela. Bateu palmas, um único estalo agudo que ecoou fracamente pela casa, mas a mulher não se mexeu.

Cosgrove disse a Hanson que deviam sumir dali.

Hanson pegou um dos frascos de comprimidos na bandeja e examinou o rótulo. Tirou um comprimido, o colocou na boca e engoliu a seco. Depois devolveu o frasco ao seu lugar.

– Vamos lá, só demora um segundo – disse a Cosgrove. – Você vai querer ver isto, acredite em mim.

No andar de cima, um corredor escuro levava a vários cômodos, um deles um pequeno escritório com escada fixa levando ao sótão. Hanson subiu os degraus e Cosgrove o seguiu. Assim que Hanson estava curvado no espaço baixo, Cosgrove enfiou a cabeça. Uma luz fraca passava pelo pequeno vitral, mas era claro o bastante para ver o butim espalhado à sua frente.

Havia bonecas de porcelana e espelhos antigos, pratos de vidro colorido e garrafas de perfume, colchas antigas e porcelana azul, cadeiras e cristaleiras vitorianas. Havia luminárias coloridas e velhos instrumentos de sopro em estojos de couro com dobradiças decoradas. Sem falar nas caixas de papelão em pilhas de quatro e cinco, cheias de Deus sabe o quê. O butim parecia infinito. Seria possível mobiliar três casas com o que havia ali em cima. O palácio de um xeique.

Nos poucos dias seguintes de seu serviço comunitário, Cosgrove e Hanson tiraram pela porta da frente mesinhas laterais antigas, luminárias Tiffany e caixas de porcelana decorada. Como operários de mudança. Nada fora do comum aqui, pessoal.

Um parceiro de Hanson, um caolho cozinheiro de uma lanchonete de waffles, aparecia todo dia com um caminhão aberto e eles enchiam a caçamba. Greenfoot levava o saque a uma loja de penhores no centro e retornava mais ou menos uma hora depois com bolos de dinheiro. Cem, algumas vezes duzentos ou trezentos.

Vinte por cento para Greenfoot, o resto para Cosgrove e Hanson. Um por fora.

Certa tarde, Greenfoot voltou da loja de penhores com muito mais dinheiro do que eles esperavam. Quinhentos. Pela primeira vez em anos, Cosgrove tinha uma reserva, dois mil dólares, guardados em sua conta corrente. Não era muito comparado com a maioria dos caras de sua idade, mas uma pequena fortuna considerando a miséria com que chegara a Nova Orleans. Cosgrove estava quase exultante. E se sentia mais saudável do que se sentira em anos. O trabalho na casa da viúva enrijecera os pontos macios de seu corpo, fortalecera sua barriga.

Talvez ele tivesse tomado a decisão correta permanecendo em Nova Orleans.

– Arrumei mais uma coisinha para vocês, caras – Greenfoot disse a eles com um sorriso malicioso.

Cosgrove e Hanson seguiram Greenfoot até o abrigo de carros de teto de zinco e Greenfoot tirou do bolso uma bolsa ziplock. Dentro dela havia um bolo de erva do tamanho de uma bola de golfe, verde-clara e salpicada por pequenos pelos laranja e roxos. Mesmo dentro da bolsa ziplock lacrada o cheiro era esmagador, inebriante.

– Cheira como a xoxota de uma sereia – disse Hanson, polegares no cinto de lona.

– É mesmo – disse Greenfoot.

Eles se sentaram à sombra no concreto, Greenfoot pegou um cachimbo de vidro verde e colocou um bocado de erva no fornilho.

– Lemon – Cosgrove disse.

– Você e Lemon – Hanson disse. – Vocês dois estão transando?

Greenfoot ofereceu o cachimbo a Cosgrove, mas ele balançou a cabeça. Greenfoot deu de ombros e passou o cachimbo a Hanson.

– De onde é? – Cosgrove perguntou, esperando que Greenfoot dissesse Califórnia. Afeganistão. Marte.

– Onde eu comprei?

– Onde foi plantado.

– Barataria – disse Greenfoot, os olhos injetados fixos em Cosgrove. O olho de vidro, castanho mais claro, estava sempre apontado na mesma direção, ligeiramente para cima.

Hanson soprava uma nuvem de fumaça ardente. Sacudiu a cabeça lentamente para frente e para trás, o rabo de cavalo balançando ritmadamente. Sempre que Cosgrove achava que Hanson terminara de exalar, fumaça continuava a sair como em uma piada de Cheech e Chong.

– O quê? – reagiu Cosgrove. Ele nunca ouvira falar em Barataria.

— O pântano. Baía de Barataria. Não pode ser a mais de oitenta quilômetros daqui. Merda feita em casa, filho.

As cigarras cantavam nos carvalhos e carros chacoalhavam Napoleon abaixo.

Greenfoot tragou fumaça, prendeu, exalou.

— Merda alta — disse Hanson. Olhou com olhos vítreos e sorrindo para um ancinho apoiado no canto do abrigo de carros. — O cérebro está gritando comigo. Estilo livre.

— As pessoas plantam maconha no pântano? — perguntou Cosgrove.

— Plantam. Maconha é maconha, filho — disse Greenfoot, professoral. — Cresce em qualquer lugar. Basta você saber o que está fazendo.

— Passe o cachimbo — pediu Cosgrove.

Pegou o cachimbo de Greenfoot e o acendeu. Tragou a fumaça, prendeu-a nos pulmões, soltou-a.

— Aí vai você, filho — disse Greenfoot.

— Eu tenho os pulmões de um elefante — Hanson falou. — Conheço cada maldito aspecto do universo.

Logo a cabeça de Cosgrove parecia um balão de hélio subindo para o éter.

— Olha para esse escroto — disse Hanson, apontando com o queixo para Cosgrove. — Ele parece um lobisomem. Alguém já lhe disse isso? Essa porra de barba crescendo até os olhos. Um lobisomem. A porra de um Sasquatch.

Hanson e Greenfoot riram. Depois, Cosgrove riu com eles. Por Deus, ele não se sentira tão bem em anos. Talvez o que as mulheres costumavam lhe dizer fosse certo, ele sofria de uma leve depressão, talvez devesse tomar alguma medicação. Ficou sentado em um transe relaxado, um sorriso doidão no rosto. Era isso o que as pessoas queriam dizer com *paz*?

— A melhor maconha que já fumei foi Ouro de Cáli — Cosgrove ouviu Hanson dizer.

— Sensi — disse Greenfoot.

— Coruja branca — falou Hanson.

— Lemon — Cosgrove disse.

— Lemon — gargalhou Hanson. — Quem se chama Lemon, cacete?

— Lemon e Lime, parceiros no crime — Greenfoot falou.

— Lembram-se daquele cara Lemon-lime? — Hanson perguntou. — O cara preto Lemon-lime? Nos comerciais?

— Que porra você está falando? — perguntou Greenfoot.

— Sinto como se olhasse para esse ancinho há mil anos — declarou Hanson.

Eles gargalharam juntos por meio minuto. Depois circularam a erva de novo.

— O cara Lemon-lime me deixava em pânico quando eu era garoto — disse Hanson, indignado. — O sujeito do 7-Up, cara.

— Preciso de mais dessa merda — falou Cosgrove.

— O cara preto Lemon-lime com a voz grossa.

— É a melhor — Greenfoot falou.

— Dreadlocks estão crescendo na minha bunda — anunciou Hanson.

— Barataria? — perguntou Cosgrove.

— Dois irmãos têm uma ilha naquela merda — disse Greenfoot. — É o que eles dizem nas conversas. Eu pertenço a um fórum. Ganjadude ponto com. Tinha um barco. Fui procurar eu mesmo.

— Eu preciso de mais — disse Cosgrove.

— Trovão do Alasca — disse Hanson.

— A coisa é um cruzamento entre Vômito Sulista e Mil Estrelas do Mar — contou Greenfoot. — Vem de uma planta-avó com trinta anos. Um inferno de viscosa. Eles só usam as folhas de cima. Segundo o Ganjadude ponto com.

– Ganjadude ponto com – repetiu Hanson. – Podem me chamar assim a partir de agora.
– Conhece alguém com um barco? – Cosgrove perguntou.
– Aqueles caras são merda – falou Greenfoot. – Pelo que ouvi, eles cortam seus braços. Uma merda louca.
– Vou cagar nos sapatos do Lemon – Hanson anunciou.
– Mas uma ilha inteira – falou Cosgrove.
– Já esteve em Barataria? – perguntou Greenfoot. – Você nunca encontrará aquele lugar. Pode muito bem ser Ponce de Leon procurando pela Fonte da Juventude.

GRIMES

Lindquist: Grimes desconfiava de que o homem fosse retardado, no mínimo um doente mental. Grimes sabia por histórias e ouvir dizer que metade de Barataria considerava Lindquist inofensivo. O idiota da aldeia. A outra metade acreditava haver algo muito errado com o cara, desencavando joias de pessoas mortas, queimando o cérebro com comprimidos.

Grimes fora à casa de Lindquist duas vezes querendo conseguir sua assinatura e duas vezes saíra de mãos vazias. O homem não parava de falar. Falando, brincando e tagarelando sobre tesouros de piratas. Era evidente para Grimes que ele estava em péssima forma, que a esposa fora embora – as peças de detector de metais e mapas marítimos espalhados, a poeira ao longo de rodapés e nas pás do ventilador de teto, os pratos e copos imundos empilhados em mesinhas laterais e da TV.

Naquele momento, Grimes estava na casa de Lindquist pela terceira vez, sentado a uma mesa de jantar coberta de papéis, enquanto Lindquist contava uma de suas piadas idiotas. Algo sobre um cão weimaraner com três paus. Grimes não estava prestando atenção. Estava pensando na mãe. Naquela manhã, no estacionamento do Magnolia Café, ele tivera um vislumbre dela pela vitrine, sentada sozinha em seu reservado. Virara-se rapidamente e voltara para o carro, fora embora com o coração acelerado e as palmas das mãos suadas.

– E então – dizia Lindquist. – Então o weimaraner diz à freira: "Cachorrinho quer enterrar seu osso."

Ele deu um tapa no joelho, se curvou sobre a mesa e explodiu em um riso agudo.

Grimes sorriu rigidamente para Lindquist, dentes trincados como se mordesse uma corda.

– Já ouviu aquela da senhora gorda no desfile de Ação de Graças, sr. Grimes? – perguntou Lindquist.

– Sr. Lindquist – retrucou Grimes. – Eu tenho um compromisso em breve.

Lindquist fez um O exagerado com a boca. Os cabelos grisalhos saíam de sob o quepe de capitão em cachos oleosos. Vestia a mesma camiseta larga e calças largas de camuflagem de quando Grimes o vira da última vez. Talvez o homem nunca trocasse de roupas, o que não surpreenderia Grimes, considerando o estado da casa.

– Então volte mais tarde – disse Lindquist. – Estarei aqui à mesma hora amanhã.

– Se assinar agora não terei de incomodá-lo novamente.

– Ah, não é incômodo algum. Pode vir.

Grimes se empertigou e respirou fundo. Depois se inclinou para a frente, palmas na mesa.

– Meus chefes? Aqui entre nós? São um bando de cretinos.

Lindquist concordou:

– Ah, sim senhor. Eu sei como isso é, eu – disse, e depois, franzindo os lábios: – Mas eu não gostaria de fazer nada correndo.

– Sr. Lindquist. Entre amigos? Olhe o número no terceiro parágrafo.

– Volte mais tarde. Depois que eu conversar com meu advogado.

– O senhor tem advogado?

– Bem, terei de encontrar um.

Grimes respirou fundo.

– Importa-se se eu fizer uma pergunta pessoal, sr. Lindquist?

Lindquist fez um gesto de mão: vá em frente.
– Onde está seu braço?
Grimes perguntou porque já sabia a resposta. Alguns dias antes, no Magnolia Café, ouvira falar do braço roubado de Lindquist. Dois operários de poços de petróleo estavam brincando sobre isso no balcão. "A coisa provavelmente está conseguindo mais xoxotas do que Lindquist conseguiu a vida toda", um deles dissera.
Lindquist balançou a cabeça, sombrio.
– Roubado – disse.
– Está brincando.
Lindquist balançou a cabeça novamente.
– Eu tenho uma irmã. Regina. Não tem uma perna. Perdeu em um acidente de esqui aquático no lago Heron. Se algum cara roubasse a perna dela? Não sei o que faria. Provavelmente mataria o cara.
Grimes não tinha irmãos. Algumas vezes pensava se seria diferente caso tivesse um irmão ou irmã.
– O que aconteceu? – perguntou Lindquist.
– Foi direto sobre uma boia. Bam. Adeus perna. Férias de primavera.
– Bem, que inferno. Ela mora por aqui? Uma perna não me incomoda.
Grimes não sabia se Lindquist estava brincando.
– Gostaríamos de repor esse braço – falou. – Eu e a empresa.
– Aquele braço, não sei. Insubstituível.
– Compraremos um melhor.
– Um braço de trinta mil dólares.
Um braço de trinta mil dólares. Grimes nunca ouvira falar de tal coisa. Além de tudo, Lindquist era um extorsionário.
– Verei o que posso conseguir – disse Grimes.
– Foi o único com o qual consegui ficar confortável. Os outros me deixavam coçando ou me sentindo engraçado.

— Caso assine isto, conseguiremos um novo. Um melhor.
— Eu quero um exatamente como o velho.
— Claro – disse Grimes, pensando: *Eu mato esse escroto.*

A casa dos Toup ficava a pequena distância do porto, uma pré-fabricada verde-hortelã sobre pilares de dois andares bem no fundo de um lote cheio de pinheiros. Venezianas brancas e bem conservadas, um jardim da frente cheio de bananeiras enormes, um banco de ferro fundido em frente a um forno de barro. Um dos irmãos, ombros enormes em uma camiseta Guy Harvey, estava de pé no capacho de boas-vindas enquanto Grimes subia os degraus. Protegia os olhos do sol de dez horas e escutou com uma expressão enganosa enquanto Grimes explicava o assunto. Grimes ficou surpreso quando o homem fez um gesto para que entrasse na casa. Esperara mais resistência, considerando os boatos que ouvira sobre os irmãos.

Na sala, o outro irmão estava sentado em uma poltrona de couro, comendo uma tigela de flocos de milho. Fez uma careta para Grimes, uma grande gota de leite pendurada do lábio inferior, depois olhou para o irmão, pedindo uma explicação.

O primeiro gêmeo contou ao outro que Grimes era da petrolífera, que viera para oferecer um acordo.

Eles sentaram-se à mesa de jantar e Grimes enrolou as mangas da camisa três vezes, como um político em campanha. Abriu sua bolsa e tirou dela uma pilha de papéis de três centímetros de espessura.

Os olhos do irmão ranzinza queimaram, incrédulos.
— Senhora maldição. Papelada até a bunda. Livre-se de um pouco e então um pilantra coloca o dobro cinco minutos depois.

Grimes não gostou de ser chamado de pilantra, especialmente por um caipira tatuado. Mas sabia que dizer alguma coisa não seria benéfico. Caipiras do pântano, achando que eram durões. Gostaria de vê-los em Nova York. Em Boston ou Chicago. Não sobreviveriam um dia sem ser enrabados de mil formas diferentes.

— Bem, sente-se — disse a Grimes o irmão ranzinza.

O primeiro gêmeo começou a folhear os papéis. Terminou uma página, passou-a para o irmão e avançou para a segunda.

— Vocês morreriam se escrevessem em inglês simples? — perguntou o irmão tatuado. Uma teia de aranha. Um tridente. Um grande tubarão branco.

— Ei, eu não escrevo isso — disse Grimes. — Se escrevesse, diria que é um bom negócio. Assine aqui. Curto e bom.

Os irmãos continuaram lendo, os únicos sons sendo o tiquetaque do relógio de parede na cozinha, o zumbido do ar-condicionado. Grimes olhou ao redor. A casa era limpa, bem iluminada e arejada, decididamente classe média. Os móveis eram pesados e escuros, cerejeira e mogno africano, não as coisas vagabundas de aglomerado que Grimes viu em salas de estar e cozinhas por toda a Barataria. Cacete, havia até mesmo violetas africanas no peitoril da janela, uma figueira em um canto.

Grimes observou os irmãos. Assombrosa a semelhança.

— Eu tenho um irmão gêmeo — disse.

— É? — reagiu o primeiro gêmeo.

— Basicamente o fim da história — falou.

— Somos meio que almas gêmeas porque você tem um gêmeo? — perguntou o segundo.

Grimes pigarreou. Levantou-se e esticou as calças.

— Usar o banheiro? — perguntou.

— Merda? — perguntou o irmão tatuado.

Grimes balançou a cabeça.

— Seguindo pelo corredor. Segunda à direita. Nem pense em cagar.

No banheiro do corredor, Grimes xingou o irmão enquanto mijava. No meio, ele pegou a escova de dentes do suporte de por-

celana junto à pia, mijou nas cerdas e depois recolocou a escova em seu orifício.
De volta à sala, Grimes passou pela porta aberta de um quarto e percebeu algo que o fez parar. Uma prótese de braço se elevando com a mão para cima de um vaso de boca larga ou apoio de guarda--chuva no canto.

Maldição, pensou Grimes.

Quando Grimes retornou, o irmão tatuado estava de pé junto à mesa e a papelada, feita em pedaços, confetes espalhados sobre o chão. O outro irmão, parecendo desconfortável e constrangido, estava na cozinha, tirando pratos de uma lava-louça.

– Esse é o tipo de dinheiro que estão oferecendo a todo mundo? – perguntou o irmão tatuado.

Grimes pegou sua bolsa e a pendurou no ombro.

– Agradeço por seu tempo – falou.

– Some daqui – disse o irmão tatuado.

Grimes desceu os degraus rapidamente, um arrepio na nuca como se estivesse na mira de um rifle.

⸻

No dia seguinte, ao anoitecer, Grimes encontrou Lindquist no porto e disse que tinha uma notícia importante para lhe dar.

Lindquist desceu a prancha, cambaleando para o píer instável. Sobrancelhas franzidas, ele levantou a cabeça de seu porta-balas, jogou um comprimido na boca e o esmagou com os molares.

– Seu braço – Grimes disse.

Os olhos injetados de Lindquist se arregalaram.

– Você o encontrou?

– Não estou certo se posso revelar. É uma questão sensível.

Lindquist caminhou suplicante na direção de Grimes.

– Senhor, sabe como eu fico fodido sem esse braço?

Grimes ficou em silêncio.

– Quero dizer, olhe esta maldita coisa – disse Lindquist, balançando o braço de gancho.

Ficaram de pé no crepúsculo abafado, junto ao barco de Lindquist. Mesmo o *Jean Lafitte* parecia a Grimes uma loucura, seu verde creme de ervilha, sua madeira envernizada empenada e descascando.

– Vamos dizer apenas que estou bem certo de ter encontrado seu braço – Grimes disse a Lindquist. – Mas tenho de ser discreto.

– Não somos amigos?

Isso deixou Grimes chocado. Ele tinha sido chamado de todo tipo de coisa nas várias semanas anteriores, mas amigo certamente não era uma delas.

– Certamente somos – respondeu.

– Diga – falou Lindquist.

A distância na baía, as luzes de navegação verdes e vermelhas de camaroeiros e lugres de ostras cintilavam. No momento a maioria delas trabalhava para a empresa petrolífera como "Embarcações de Circunstância".

– Não quero criar nenhuma confusão. Nem para você nem para mim.

– Não haverá confusão.

Mosquitos zumbiam ao redor deles.

– Bem, se somos amigos, vamos fazer um favor um ao outro – disse Grimes, suando.

Lindquist refletiu sobre isso. Depois falou:

– Refere-se aos papéis?

Grimes anuiu.

– Bem, que inferno. Senhor, eu assinarei aqueles papéis. Pode me dar. Assino aqueles papéis com meu sangue, eu.

– Prometa que não dirá como soube – pediu Grimes.

– Juro por minha vida.

– Poderia me colocar em sérios apuros.
– Juro por Deus – disse Lindquist, colocando a mão sobre uma Bíblia invisível.
Eles subiram a prancha instável até o *Jean Lafitte*. Grimes tirou os papéis da bolsa, os colocou em uma tábua de cortar de madeira e deu a Lindquist sua caneta Mont Blanc. Lindquist assinou rapidamente a papelada e devolveu a caneta.
– Os irmãos Toup – contou Grimes.
Lindquist pareceu chocado. Incrédulo.
– Eu o vi na casa deles – contou Grimes. – Saindo de um vaso. Uma escarradeira ou algo assim. Como se fosse alguma piada doentia. Lindquist, já planejando, movia os olhos de um lado para outro.
– Você prometeu – lembrou Grimes. – Não soube disso por mim.

OS IRMÃOS TOUP

Era crepúsculo, morcegos disparando acima dos grupos de árvores como partículas de cinza, quando os gêmeos Toup viram, pela janela da frente, Lindquist subir os degraus da varanda. Agarrando o corrimão com uma só mão, ele se ergueu lentamente, tendo no lugar de sua prótese sumida um braço de gancho desajeitado, pequeno demais para seu corpo. Quando Lindquist chegou à varanda elevada, Reginald e Victor já esperavam do lado de fora.

– Vou perguntar diretamente a vocês, camaradas – disse Lindquist. O rosto estava vermelho e brilhante de suor, e a respiração era pesada. – Vocês viram meu braço?

Os irmãos se entreolharam.

– Na verdade, eu vi – disse Victor.

Lindquist esperou, boca flácida, olhos agitados. Vestia uma camiseta branca grande demais, quepe de capitão, calça cargo de camuflagem.

– Eu o vi bebendo no Sully's – Victor falou. – Agarrando traseiros. Dançando. Na farra.

Os irmãos deram a mesma risada relinchada equina.

O sangue subiu ao rosto de Lindquist.

– Vou chamar Villanova, se precisar.

Os irmãos pararam de rir.

– Você está nos ameaçando? – perguntou Reginald.

– Eu só quero meu braço. Devolvam meu braço.

Victor cruzou os braços sobre o peito.
– Você vai continuar indo ao *bayou*?
– São águas do governo.
– Nossas.
– Não estou caçando. Se é o que vocês pensam.
– O que vai fazer lá? – perguntou Reginald.
Lindquist ficou em silêncio, os músculos do rosto trabalhando.
– O que vai fazer lá, Lindquist? – perguntou Reginald novamente.
– Caçar tesouros.
Os irmãos relincharam.
– Cacete – disse Victor. – Você tem ideia de como é maluco?
– Não é da sua conta.
– É totalmente da minha conta – Victor retrucou.
– Bem, inferno. Se eu encontrar algo, dou um pouco a vocês.
– Não tem merda nenhuma lá – disse Reginald.
– É um braço de trinta mil dólares – disse Lindquist.
– Trinta mil dólares o cacete – retrucou Victor. – O que ele é? Gucci?
– Vão se foder vocês – falou Lindquist. Virou-se e começou a descer lentamente os degraus como um idoso, novamente agarrando o corrimão com a mão.
– Não tem nenhuma piada para nós, Lindquist? – disse Victor às suas costas. – Conte uma piada.

Sim, Reginald e Victor tinham levado o braço. Inicialmente eles consideraram guardar o braço como poder de barganha, possivelmente o devolvendo se Lindquist abdicasse de vasculhar Barataria. Mas então aquele cretino enxerido da companhia petrolífera viu a prótese. A expressão no rosto dele quando voltou do banheiro para a sala, sem dúvida alguma. E algumas horas depois, quando Lindquist apareceu exigindo seu braço e fazendo ameaças sobre Villanova, eles souberam o que tinha de ser feito. Naquela noite, quando foram de barco para Barataria, Victor arremessou a prótese na baía onde ninguém nunca a encontraria.

Na manhã seguinte, houve uma batida na porta, Reginald olhou pelo olho mágico e viu o xerife Villanova de pé na varanda com o chapéu nas mãos, o rosto de cabaça afogueado por causa do calor.

– Tem um minuto? – perguntou quando Reginald abriu a porta. Reginald soube, pela firmeza grave dos olhos, que ele viera por causa de Lindquist. Reginald sempre desconfiara de que Villanova sabia exatamente o que ele e o irmão faziam em Barataria, assim como desconfiava de que Villanova não se importava muito desde que não fosse metanfetamina ou algo ligado a armas. Desde que isso não o colocasse em problemas. Surpreendente como alguns milhares de dólares em um cofre podiam flexibilizar a moral de um homem. Especialmente se o homem tivesse um repulsivo hábito de jogar videopôquer e uma amante em Nova Orleans.

Reginald conduziu o xerife até a mesa da sala de jantar, onde Victor jogava em seu celular.

– Salve, xerife – disse, baixando o celular e o levantando. Apertou a mão de Villanova e se sentou novamente, com os braços cruzados sobre o peito.

– Café? – ofereceu Reginald.

Villanova balançou a cabeça e sentou-se. Recostou-se com o chapéu equilibrado no joelho e cruzando as pernas, calçando botas chocolate de pele de avestruz. Acariciou seu bigode fino com polegar e indicador.

– Vocês dois sabem que tenho sido legal.

– Certamente – disse Reginald, sentando.

– E vocês têm sido legais comigo.

– Esperamos.

– Então, vamos acertar isto.

Os irmãos gêmeos esperaram.

– Lindquist – disse Villanova.

– Ahn? – reagiu Reginald.

– Conhece?

– Claro – respondeu Victor.

– Alguém está de sacanagem com ele – contou Villanova.

– Acha que somos nós? – perguntou Reginald.

Villanova hesitou por um instante, prudente, espiou ao redor. Penetrava pelas janelas impecáveis o jade cintilante da manhã, os pinheiros e carvalhos sólidos. A casa era sem graça e organizada, violetas-africanas em prateleiras e peitoris.

– Não, não acho, mas ele sim – disse Villanova.

– O cara não está bem – disse Victor.

– Você sabe quem ele é – retrucou Villanova.

– É – respondeu Victor. – Um babaca de um braço só. Com o detector de metais.

– Vocês roubaram o braço dele? – perguntou Villanova.

Victor soltou uma gargalhada.

– Nem sei o que dizer – falou Reginald.

Villanova baixou os olhos para a mesa com as sobrancelhas erguidas.

– É maluquice, eu sei. Mas ele acha que vocês dois tiveram algo a ver com isso.

– O cara é um drogado – Victor falou.

– Como você sabe disso? – Villanova perguntou.

– Todo mundo sabe – Victor respondeu.

– Roubaram o braço dele? – perguntou Reginald, incrédulo.

– É – complementou Victor. – Por que iríamos querer sacanear um aleijado?

– Talvez ele estivesse usando o detector de metais no lugar errado.

— É o que ele faz — disse Victor. — Cava buracos em todos os lugares errados.

Villanova remoeu isso.

— Ele deixou muita gente puta com aquele detector de metais — disse Reginald. — Especialmente depois da tempestade.

Villanova olhou de um irmão para outro.

— Talvez vocês estejam certos, mas duvido de que elas fossem roubar o braço do cara.

— Nós também não fizemos isso — Reginald afirmou.

— Imaginei isso — disse Villanova, e se levantou. Ele enfiou o chapéu na cabeça com uma das mãos. — Mas façam um favor? Melhor nem olhar feio para ele. O cara é meio desequilibrado.

LINDQUIST

Pescar camarão com um braço só era mais difícil do que Lindquist lembrava. Quando Dixon não apareceu naquela tarde, Lindquist zarpou sozinho para Barataria no *Jean Lafitte*. Cada hora se revelava uma farsa ainda maior que a anterior. Lindquist baixava as redes, subia correndo a escada da cabine de comando, virava o barco, descia correndo a escada, erguia as redes. Depois levava o fruto das redes para a caixa de seleção.

Selecionar: essa era a parte mais difícil. Catar com uma só mão na montanha fervilhante de vida marinha, piscar para tirar a ardência do suor dos olhos. Os bagres com seus barbilhões agitados, as arraias varrendo com as caudas cortantes. Em minutos seus dedos estavam esfolados e ensanguentados e a mão parecia um bloco de madeira. Tudo isso por magros dez ou quinze quilos de camarão, que mal davam para pagar o diesel. Quase sem sobrar nada para um pacote de goma de mascar.

Depois, ele faria tudo isso novamente como um Keystone Cop. Baixar redes, subir escada, descer escada, erguer redes.

De tempos em tempos, ele olhava para o céu, suplicante, meio esperando que um raio o acertasse, matasse e acabasse com seu sofrimento. Se parasse para pensar quão cansado estava, provavelmente desmaiaria. As intermináveis noites e tardes de suadouro. Sua camisa estava grudada nas costas com suor, pernas e braço doíam e olhos ardiam de sal e fadiga. E o pior: aquele calor infernal não iria diminuir no mínimo até outubro. Caso tivesse sorte.

Comprimidos: perdera a conta de quantos comprimidos tomara. Pareciam fazer cada vez menos efeito. Precisava de dois para se sentir a metade tão bem quanto costumava se sentir depois de tomar um.

Em seu segundo dia sozinho em Barataria, ele estava fazendo a seleção da primeira carga quando um enorme caranguejo-azul agarrou o indicador de sua mão. Mesmo sob a luva, ele sentiu a mordida raivosa de sua garra. Sacudiu a mão e ele se aferrou ao dedo, sacudiu mais a mão, e ele continuou grudado. Baixou o braço e bateu com o caranguejo na amurada, depois dobrou o braço. O caranguejo despencou selvagemente na água.

Uma fúria serena se apossou de Lindquist. Havia algo de libertador, quase calmante em se render ao fato de que você estava fodido.

Carregando uma sacola roxa de veludo de Crown Royal cheia de bijuterias, Lindquist entrou no mercado Trader John's. Ele mantinha um estoque minguante para emergências quando precisava de dinheiro para remédios, diesel, contas. O dono original da loja, John Theriot, estava morto havia muito, e o lugar era dirigido pela sua esposa. Lindquist cumprimentou a velha com a cabeça e foi na direção do balcão, mas viu um casal jovem estudando a vitrine de joias. Enfiou a bolsa na calça cargo camuflada e foi em linha reta para os fundos da loja, onde parou em frente às ferramentas usadas penduradas por cavilhas no painel. Ficou no mesmo lugar com as mãos cruzadas às costas, olhando para um cortador de grama como se fosse um Picasso.

Quando o casal saiu e Lindquist ouviu o sininho tocar acima da porta, foi ao balcão. Tirou a sacola do bolso, soltou as cordas e derramou um conjunto de joias sobre ele.

– Estou querendo vender tudo isto – disse Lindquist. – Um preço por tudo.

Relógios, colares, anéis, a maioria coisas baratas com revestimento dourado, bijuterias de parque que você ganhava por acertar uma bola de pingue-pongue em um aquário de peixinhos. Mas, em meio ao lixo, havia algumas poucas peças que pareciam ter mérito, talvez até mesmo valor.

O nariz fino da sra. Theriot se expandia enquanto ela estudava as peças. Lindquist sabia que a mulher não gostava dele, achava que não tinha mais princípios que um saqueador. Os ossos de seu rosto eram duros e sérios, incompatíveis com sua camisa social brilhante demais. Enquanto ela pegava os anéis e colares, ele estudava o calendário de 2010-2011 do New Orleans Saints pendurado na parede atrás do balcão. A abertura da temporada, contra os Vikings, seria no começo de setembro.

– Onde encontrou tudo isto? – a sra. Theriot finalmente perguntou.

Lindquist deu um sorriso tímido.

– Ah, não posso lhe dizer isso.

– Quero dizer, isto pode ser de alguém.

O sorriso dele murchou rapidamente.

– Está dizendo que roubei?

– Ninguém está dizendo isso.

– Nunca roubei nada na vida, eu. Não sou ladrão.

– Também ninguém está dizendo que é ladrão.

O rosto de Lindquist estava afogueado e a boca tremia.

– Muitas coisas desapareceram depois da tempestade – disse a sra. Theriot. – Muitas coisas que as pessoas continuam procurando.

Lindquist suspirou pelo nariz e olhou para o chão. Chegou mais perto e tamborilou os dedos no vidro, bolando um esquema.

– Vou lhe dizer. Se elas vierem e reconhecerem antes que sejam vendidas, podem ficar com elas.

A mulher balançou a cabeça.
— Também não estou certa se essa é uma boa ideia.
— Como assim?
— Bem, as pessoas farão fila até o Mississippi reivindicando como delas coisas que não são.
— Que inferno, não estou sugerindo colocar uma placa de joias grátis.

A mulher esperou. Lindquist falou:
— Se alguém olhar engraçado para a coisa, você saberá que há algo e ele talvez esteja dizendo a verdade.

A sra. Theriot mexeu na pilha no balcão.
— A maior parte disso não vale nada — disse.

Lindquist apontou:
— Veja aquele relógio. Alguém irá querer aquele relógio. E aquele anel. Olhe. Ouro maciço. O diamante não é grande, mas é verdadeiro. Ouro maciço ao redor.
— Eu lhe dou cem dólares por tudo neste instante.

Lindquist desviou os olhos rapidamente, depois voltou rapidamente, uma espécie de cena de *vaudeville*.
— Cem dólares. Vamos lá.
— Cem dólares.
— Ah, inferno. Só aquele relógio ali vale cem.
— Terei sorte se vender por metade disso. As pessoas não estão comprando muitas joias atualmente. Elas não estão comprando muito de nada.
— Todo mundo precisa de um relógio.
— Se eu ganhar mais de cem dólares, nós dividimos meio a meio — sugeriu a sra. Theriot. — Mas com essas coisas, vamos precisar de sorte.

Na manhã seguinte havia um garoto sentado em sua geladeira no cais diante do *Jean Lafitte*. Cabelos pretos com grisalho já aparecendo nas laterais, olhos verde-claros mais claros que sua pele escura. Perguntou a Lindquist se ele era o capitão procurando tripulantes. Lindquist perguntou a Wes quantos anos tinha e Wes respondeu dezessete, dezoito em pouco tempo.

– Parece um pouco pequeno – comentou Lindquist. – Sabe operar um guincho?

– Sim, senhor. Sei usar tudo em um camaroeiro.

– Você só tem dezessete, mas tanto grisalho nos cabelos?

Wes deu de ombros.

– Sim, senhor.

Lindquist estudou Wes.

– Já vi você por aqui.

– Morei aqui a vida inteira, então acho que provavelmente viu.

– É, eu vi você – disse Lindquist. Anuiu vagamente, como se tentando lembrar onde. Algo acendeu atrás dos seus olhos. – No armazém de Monsieur há vários dias.

– Eu estava lá. Sim, senhor.

– Filho de Trench, não é?

Wes fez que sim com a cabeça.

– O que há de errado com o barco dele?

– Nada.

– O que quero dizer é como vocês dois não estão trabalhando juntos.

Wes enfiou as mãos nos bolsos e ficou em silêncio.

– Ah, garoto, então agora é assim?

Wes deu de ombros.

– Ele vai ficar puto?

– Talvez comigo. Não com o senhor.

– Não preciso de mais cretinos putos comigo. Já tive o suficiente deles por toda a vida.

– Eu garanto, senhor.
– Você usa drogas?
– Não, senhor.
– Queima? – Lindquist perguntou.
– Como?
– Você queima?
– Não sei o que quer dizer.
– Fuma maconha?
– Não, nada disso.
– É maluco?
– Não, senhor.
– Sabe usar um guincho?
– Sei. Sim, senhor.
– É bom em erguer redes?
– Sim, senhor.
– Já esteve em Sing Sing?
– Onde, senhor?
– Congratulações, porra – disse Lindquist. – Está contratado.

WES TRENCH

O fim de tarde estava quente e sem nuvens, o sol, uma tremeluzente moeda gorda de estanho, cigarras cantando nos carvalhos. Wes observou o *bayou* deslizar para trás, suas correntes indolentes pulsando de vida. Quem sabia que estranheza gigantesca se escondia abaixo. Wes imaginava um bagre do tamanho de um sofá, uma tartaruga do tamanho de um buggy de areia. Era uma das coisas que ele ainda adorava no *bayou*. Seu mistério.

Eles passaram por uma praia; acima da linha das árvores, um grupo de abutres em círculo. Pairava no ar um fedor de carniça. Havia algo morto na mata, um cervo ou um gambá. Mesmo depois de terem passado pela ilha, o retrogosto amargo permaneceu na boca de Wes como veneno.

– Soltou um? – perguntou Lindquist da cabine de comando.

Wes ergueu os olhos, protegendo-os com a mão.

– Disse o quê?

– Soltou um peido?

– Acabamos de passar por alguma coisa.

– Você passou alguma coisa?

– Tem alguma coisa morta naquele bosque.

– Você é tenso.

Wes não soube o que dizer.

– Acho que não – retrucou.

– Você é tenso. Todo esse grisalho na cabeça. Você é tenso.

Wes voltou a desembolar as redes. Eram as mais lamentáveis que ele já vira, cheias de furos e remendos desajeitados. Imaginou que suas redes também estariam em péssimo estado se não tivesse um braço.

Após um minuto, algo acertou Wes atrás da cabeça. Duro, como uma pedra. Levou a mão ao crânio, girou e olhou com raiva. Lindquist sorriu da cabine.

– Jogou alguma coisa? – Wes perguntou.

Lindquist ria.

– No convés. Junto ao seu pé.

Wes olhou para o rolo de balas de hortelã em papel alumínio e o pegou.

– Chupe umas dessas – disse Lindquist. – Tire essa nojeira da cabeça.

Wes abriu o rolo com o polegar e jogou uma bala na boca. Estava prestes a jogar as balas de volta quando Lindquist disse:

– Fique com elas. Tenho muitas aqui, eu.

Wes baixou as redes e deixou a água passar. Vinte minutos depois, içou as redes e levou as cargas para a mesa de seleção. Então Lindquist desceu pela escada da cabine, eles calçaram luvas e selecionaram juntos a pilha agitada de vida marinha.

– Olhe esses camarões ridículos – disse Lindquist.

Lindquist olhou para Wes como se esperando que ele contestasse. Pegou um filhote de corvina de água doce e o jogou para fora do barco. Ele sacudiu a cauda e atingiu a água.

– Toc-toc – disse Lindquist.

– É uma piada? – Wes perguntou.

– Sim, um toc-toc.

– Quem está aí?

– Garotinho Chupa.

– Garotinho Chupa quem?

– Michael Jackson.

Wes soltou um riso pelo nariz para fazer Lindquist pensar que se divertira.

Ao nascer do sol, o camarão tinha sido descarregado e pesado com Monsieur Montegut e depois Lindquist pilotou o barco de volta à marina. No estacionamento, Lindquist contou a parte de Wes e a deu a ele.

Wes agradeceu a Lindquist e colocou o dinheiro no bolso sem contar.

– Não vai contar? – Lindquist perguntou.

– Confio no senhor.

– Estará aqui ao nascer do sol?

– Se me quiser – respondeu Wes.

– Bem, inferno. Por que não iria querer? Você é um bom trabalhador.

COSGROVE E HANSON

Se algum dia Lemon desconfiou de alguma malfeitoria por parte deles, não demonstrou. "Parecendo bom, cavalheiros", dizia, inspecionando seu trabalho, ou a falta dele, no final do dia. "Parecendo realmente bom, realmente bom", falava arrastado, com um sorrisinho. De algum modo, você sabia que ele estava sacaneando você, sabia que não ligava se você o estava sacaneando. Ele sorria e dava um tapa nas costas deles com a mão roliça. Parecia doidão, bêbado ou ambos. Cosgrove não ficaria surpreso. Os dentes da frente dele pareciam roxos, manchados de vinho, e Cosgrove podia jurar ter sentido emanar dele um cheiro medicinal adstringente, talvez espermicida ou lubrificante sexual.

O último dia de trabalho comunitário de Hanson foi no final de agosto. O de Cosgrove seria apenas mais ou menos uma semana depois. Pelos velhos tempos, Hanson quis saquear o sótão uma última vez.

– Acho que já forçamos a sorte – disse Cosgrove.

– Forçamos? Assim como ela forçou o botão e jogou aquela merda na sua cara?

Foi todo o convencimento necessário. Apenas pelos velhos tempos, Hanson invadiu pela janela da cozinha e deixou Cosgrove entrar pela frente. Enquanto subiam as escadas ouviram a voz da velha, frágil e recém-desperta, vir da sala de estar.

– O peru está no forno – disse.

Cosgrove parou no degrau. Depois, Hanson parou. Cosgrove olhou por sobre o ombro: que porra?

– Meninos – disse a velha viúva. – O peru está quase pronto.

– Sem problema – Hanson respondeu.

– Que porra você está fazendo? – sussurrou Cosgrove.

– A senhora não diferencia seu traseiro de uma granada de mão.

– Os meninos podem colocar no jogo, se quiserem.

– É, bom jogo. Estamos vendo.

Em um quarto distante da casa, um velho relógio marcou uma hora.

– O peru está bom? – a mulher perguntou.

– O peru está delicioso, senhora.

– Os meninos vão para cima e brinquem até o jantar estar pronto.

– Vamos sair daqui – Cosgrove disse a Hanson.

– Um minuto – Hanson respondeu.

Eles subiram a escada para o sótão sufocante e começaram a revirar caixas de papelão. Inicialmente Cosgrove não achou muita coisa. Fotografias e daguerreótipos. Sapatinhos de bebê cobertos de bronze. Flores colocadas dentro de livros de recortes. Então se deparou com uma velha maleta de couro com dobradiças de latão. Dentro, encontrou velhas cartas escritas à mão sobre pergaminho: algumas em francês, outras em espanhol, apenas um punhado em inglês. No fundo da arca havia envelopes mais recentes, endereços de destinatário e remetente datilografados, carimbos postais dos Estados Unidos: Louisiana, Mississippi e Texas.

Cosgrove estudou as cartas rapidamente. Várias eram dos anos 1970 e 80, de doutores e professores com nomes que soavam creole e que alegavam ser membros do "Grupo de Estudos Lafitte". Depois de 1994, começaram a se referir a eles mesmos como parte da "Sociedade Lafitte". As cartas tinham em comum o tema: endereçadas a Esther Prejean, querendo saber sobre o lado materno da família, os Boudreaux. O nome de solteira de Esther seria Boudreaux, e teria ela alguma relação com Marie Boudreaux, nascida Butte, nascida Breaux, que recebera cheques de indenização do espólio Lafitte em Galveston? Caso positivo, ela poderia ser uma parte viva da lendária linhagem Lafitte, membro da sexta ou sétima geração da genealogia do famoso corsário e uma parte inestimável da pesquisa histórica deles.

E assim por diante.

Pelo que Cosgrove podia dizer, as cartas não haviam sido respondidas. Aparentemente a viúva não tivera interesse em estimular investigações genealógicas. Talvez não soubesse as respostas. Ou talvez quisesse guardar para si certos mistérios. Qualquer que tivesse sido o motivo para seu silêncio, permaneceria desconhecido, com a mulher tendo ido para tão longe. Tão longe que não notara estranhos vasculhando seu sótão dias seguidos.

– Encontrou alguma coisa? – Hanson perguntou.

– Você estava certo – disse Cosgrove, limpando as mãos empoeiradas no jeans gasto. – Sobre a velha senhora descender de piratas.

Hanson deu um grande sorriso.

– Eu lhe disse, cretino.

Cosgrove grunhiu.

– Encontrou algo bom?

– Só cartas.

Hanson se levantou, curvado para não bater a cabeça na inclinação baixa do teto. Estava um forno no sótão, seu rosto vermelho, a camisa grudada no tronco com suor.

– Talvez você acredite em mim da próxima vez – disse, e apontou com a cabeça. – Estou quase tendo um infarto. Vamos sair deste buraco.

Antes que Lemon os pegasse naquela tarde, eles estavam descansando à sombra da varanda da frente, dando goles na garrafa de bolso de tequila de Hanson.

– Você se sente mal? – Hanson perguntou. – Por todas as coisas que roubamos?
Cosgrove deu de ombros.
– Um pouco.
– A piranha jogou spray de pimenta em você.
– É, eu fico me lembrando isso.
Passaram um minuto em silêncio.
– O que vai fazer agora? – Cosgrove perguntou.
– Não faço a mínima – Hanson respondeu. – Você?
– Ostras. A mesma merda.
Hanson enfiou a mão no bolso da camisa, tirou um baseado e o deu a Cosgrove.
– Presente de despedida. Aquela merda de que você gostou tanto.
Cosgrove pegou o baseado.
– Certamente agradeço.
– Quem sabe a gente se vê.
– É, quem sabe.

- - - - - - -

No começo de setembro, Cosgrove concluiu sua pena de serviços comunitários e, logo depois, foi demitido do Capitain Larry Oyster House. Os turistas não estavam mais comprando frutos do mar do litoral do golfo. O restaurante, uma tradição local por quarenta e cinco anos, fecharia as portas em uma semana.

Cosgrove estava estudando os anúncios de emprego no *Times--Picayune* quando se deparou com um anúncio relacionado ao derramamento de petróleo. Não pedia referências nem verificação de prontuário, contratação imediata para cidadãos americanos maiores de idade. Com uma condição: "Precisa amar aves!", dizia o anúncio.

Cosgrove amava aves? Que inferno, certamente sim por quinze dólares a hora.

Ele foi contratado diante da biblioteca pública de Tulane e, naquela tarde, levado de ônibus com uns trinta voluntários até Jeanette, uma cidade do *bayou* a quarenta e cinco minutos de Nova Orleans. Havia sido construído um acampamento a pouca distância do *bayou*: cabanas pré-fabricadas e trailers duplos, banheiros químicos e um refeitório baixo, alojamentos improvisados com filas de catres dentro.

Cosgrove saltou do ônibus e caminhou pelo acampamento, levando no ombro uma bolsa preta contendo quase tudo o que tinha no mundo. Voluntários em roupas comuns circulavam, alguns vagabundos experientes como ele, outros, garotos e garotas de aparência opulenta – até mesmo seus bronzeados pareciam ricos, seus dentes –, sem dúvida alguma ali para realizar outra boa ação que poderiam colocar em suas cartas às universidades.

Havia repórteres de TV aqui e ali diante de câmeras, transmitindo notícias graves sobre o derramamento de petróleo. Uma jovem jornalista loura platinada vestindo blusa de seda azul deteve Cosgrove e perguntou o que achava da catástrofe.

Cosgrove ficou parado diante da câmera como um animal assustado.

– Acha que a situação está melhorando? – perguntou a mulher.

– Não sei. Acabei de chegar aqui.

– É tão ruim quanto você acha que seria? – perguntou a mulher com uma pronúncia dura.

Cosgrove passou o peso de um pé para outro.

– Bem – disse, cruzando os braços. – Está bastante ruim.

A mulher esperou, o microfone no rosto de Cosgrove como uma cascavel.

– Medonho – disse Cosgrove.

— Bem, boa sorte para você — disse a mulher. — Agradecemos pelo trabalho importante que está fazendo.

Cosgrove assentiu. A mulher se virou, procurando a próxima pessoa a assediar. Enquanto Cosgrove partia, as palavras da mulher permaneceram com ele. Ninguém nunca lhe dissera que seu emprego era importante ou agradecera por qualquer trabalho que tivesse feito. A aprovação, embora equivocada, o encheu de uma excitação calorosa.

─ ─ ─ ─ ─ ─ ─ ─

Havia alguma satisfação no trabalho, Cosgrove tinha de admitir.

Cinco dias por semana, às oito da manhã, ele se apresentava para o trabalho em uma instalação de limpeza que parecia um hangar, onde grandes banheiras de plástico como as de bebês estavam enfileiradas lado a lado em mesas estreitas. Em cada uma das banheiras havia um pássaro coberto de óleo: um pelicano, garça ou socó. Voluntários de jalecos e luvas jogavam spray sobre os pássaros e limpavam a gosma preta de suas aves. Davam banhos com detergente de cozinha e enxaguavam as penas com uma mangueira com esguicho, depois passavam a ave para a banheira seguinte, onde o processo era repetido. No posto de limpeza final, eles eram enxaguados, enxutos com toalha e levados para o viveiro do lado de fora, onde permaneciam em observação até ser considerados saudáveis o bastante para soltura. Finalmente, se tivessem sorte, eram levados de avião para a Flórida e libertados na baía de Tampa.

A primeira ave que Cosgrove limpou, um pelicano, berrou como uma criança torturada e se soltou de seu aperto. Duas outras pessoas, lésbicas de cabelos escovinha usando macacões e coturnos, foram até lá e o ajudaram a segurar o bicho.

Seus olhos estavam inchados com óleo endurecido, as penas, emaranhadas de gordura.

A raiva deu um nó na garganta de Cosgrove. A ave só viveria mais um ou dois dias se tivesse sorte. Ou azar.

Cosgrove apoiou a mão atrás do pescoço do pássaro e o baixou sob a água de modo batismal. Depois jogou spray em suas penas e as asas começaram a aparecer por entre as manchas de óleo.

– É isso aí, é natural em você – disse uma das mulheres.

Cosgrove, surpreso de se ver corando, agradeceu à dupla.

— — — — — — — —

Cosgrove estava em sua segunda semana no santuário quando ouviu alguém tossir em uma mesa atrás. A tosse soava como "Cos--grove! Cos-grove!". Cosgrove, limpando o óleo da asa de um colhereiro, virou-se e viu Hanson olhando ardilosamente desde o outro lado da sala. Hanson baixou o esguicho da mangueira, limpou as mãos na frente de seu short jeans largo e foi até ele, um passo de frangote desproporcional ao seu tamanho. Sua enorme fivela de rodeio refletia a luz.

– Acredita em destino, Cosgrove? – Hanson perguntou.

– Inacreditável, cacete.

– Achou que nunca me veria novamente.

– Você está me espreitando? – brincou Cosgrove.

Eles se cumprimentaram com os punhos. Cosgrove viu que o rosto de Hanson tinha um hematoma verde e roxo que já curava. Perguntou a Hanson o que tinha acontecido.

– Uns caras me pegaram olhando errado para uma dama em um bar – disse Hanson, pendurando um polegar no cinto de lona. – Inferno, eu não sabia que ela tinha homem. Não teria feito o gesto que fiz. Tentei pedir desculpas, mas o cara me mandou ficar de quatro e suplicar. Um filho da puta com merda de galinha na cabeça, de Jackson, Mississippi. Eu disse a ele: "Seu merda, John Henry Hanson nunca ficou de joelhos por merda de corpo nenhum." Depois falei alguma coisa sobre a mãe dele, e ele me acertou direitinho.

Cosgrove assoviou por entre os dentes.

– Ah, eu ganhei algumas boas lambidas. Não duvide disso, cacete.

Ele balançou a cabeça, olhos arregalados. Depois respondeu à pergunta de Cosgrove.

– Vi um anúncio no jornal. Limpar pássaros por quinze a hora. Sem testes de drogas ou outros aspectos. É, cacete.

Por alguns minutos, eles apenas trabalharam, Hanson segurando o colhereiro, Cosgrove lavando o óleo das penas do pescoço com a mangueira. Depois de um tempo, Cosgrove levantou o pássaro e o passou para a estação seguinte. Depois jogou fora a água gordurosa da banheira e a encheu com água fresca da mangueira. Finalmente, foi até a estação vizinha e pegou um pelicano do homem de avental de borracha que trabalhava lá.

Hanson segurou o pelicano enquanto Cosgrove jogava spray.

– Tem um pouco daquela merda? – sussurrou Cosgrove.

Hanson teve de inclinar a cabeça para trás para olhá-lo nos olhos.

– Gostaria. Você?

Cosgrove balançou a cabeça.

– Que tipo de pássaro é este? – perguntou Hanson.

Cosgrove olhou para Hanson por um segundo antes de responder.

– Um pelicano, cara.

– Pelicano o cacete – retrucou Hanson. Ele olhou para um dos veterinários voluntários três banheiras abaixo. – Ei, doutor. Que tipo de pássaro é este?

– Pelicano – respondeu o doutor.

– A mim parece uma ave de merda.

– Qual o seu nome?

– John Henry Hanson, senhor.
– Faça seu trabalho, Hanson – disse o veterinário.
Hanson baixou a voz:
– Está todo mundo tão agitado por causa desses pássaros. Eles curam câncer? Dão bons boquetes?
– É ecologia – disse Cosgrove.
– Você é um homem de poucas palavras, Sasquatch. Alguém já lhe disse isso?
Cosgrove grunhiu, e, por um tempo, eles trabalharam em silêncio.
– Ei, se lembra daquela ilha sobre a qual Greenfoot estava falando? – começou Hanson. – É logo aqui do lado, não é?

GRIMES

O problema com aqueles caipiras do pântano, pensou Grimes, era que eram idiotas demais para ver uma oportunidade quando você jogava uma no colo deles. Ano após ano, eles tentavam ganhar a vida no *bayou* – obstinadamente, teimosamente, deliberadamente cegos à realidade –, e a cada ano era mais como espremer sangue de uma pedra. Bob Trench. Esse homem era particularmente teimoso. Talvez pior que o lunático Lindquist.

Naquele dia, em sua terceira visita à casa de Bob Trench, Grimes bateu na porta da frente, e quando não houve resposta, seguiu pelo jardim lateral até os fundos. Enormes gafanhotos marrons decolaram, estalando como matracas quebradas de festa infantil. Trench estava de pé no quintal sob uma rede de pesca esticada como teia de aranha gigantesca entre dois pés de caqui. Soltando um nó, ele ergueu os olhos para Grimes. Seus dedos grossos, trabalhando com a agilidade de um inseto, não desaceleraram.

– Jesus – ele disse.
– Tarde, sr. Trench – Grimes disse.

Grimes colocou as mãos nos quadris e inspecionou o quintal. Grama cortada, um pé de amargosa podado, uma churrasqueira Weber com mesa de ferro fundido e cadeiras ao redor. E no ponto mais distante do quintal, pouco antes de o gramado dar lugar a arbustos, um volume em forma de barco sob uma lona com poças de chuva.

– O senhor tem um belo lugar – disse Grimes, sorrindo simpaticamente.

Trench não disse nada. Cigarras cantavam nos pinheiros distantes.

– Um quintal realmente bonito. Espero ter um lugar assim um dia. Pacífico.

– Isso é invasão. E assédio.

Ignorando a observação, Grimes prosseguiu:

– Parece mais velho que o resto ao redor. Sólido.

Ele saiu do sol para a sombra do pé de caqui. Apenas uma fração mais fresco. Sua camisa branca justa estava encharcada, grudada nas costas, e ele podia sentir o cheiro de cebola nas axilas. Ele sabia bem pra cacete que o calor iria durar bem até setembro, talvez meados de outubro.

– Só fiquei com trinta centímetros de água – disse Trench, sem erguer os olhos.

– É? – reagiu Grimes, sem se importar, mas tentando parecer que sim. Números corriam por sua cabeça, quantas pessoas tinham assinado, quantas mais precisavam fazer isso. Ele poderia visitar mais dez casas naquele dia, se trabalhasse suficientemente rápido.

– Quando eu estava de pé no telhado – completou Trench.

Grimes deu uma risada exagerada de boca aberta. Talvez estivesse conseguindo alguma abertura com o desgraçado. Finalmente.

A boca de Trench permaneceu apertada enquanto ele seguia para outro nó.

– Três metros e meio de água – disse. – Tive de reconstruir.

Grimes ergueu as sobrancelhas.

– Já ouviu falar do programa Road Home?

– Não – Grimes respondeu.

– Um desses programas do governo que deveriam ajudar as pessoas depois da tempestade. Babaquice total. Eles me mandaram uma carta dizendo que gostaríamos de lhe oferecer zero vírgula zero zero. Gostaríamos de não oferecer nada. Um formulário. Porque eu tinha seguro. Que cobriu um terço dos meus prejuízos.

– Acho que eu também ficaria puto – disse Grimes, afastando uma varejeira. Ficou pensando que, se contasse a Trench que era filho de Chris Grimes, amaciaria o homem. Provavelmente. E provavelmente essa era uma carta a ser usada mais tarde.

– Quer saber? – disse Trench. Deu um tapinha no bolso da frente da camisa polo laranja e tirou um cigarro. Um daqueles cigarros esguios de mulher, um Virginia Slim. Acendeu e o deixou queimar entre os lábios colados, apertando os olhos por causa da fumaça que tinha o mesmo tom de branco de seus cabelos.

– Adicionando insulto à injúria. Eu tinha um marinheiro. Um bêbado. Inútil como tetas em um tomate. Fiquei com ele porque tinha esposa e filho. Tinha um barco antes da tempestade. Um barco de merda. Não poderia valer mais que alguns milhares. Sem seguro. O escroto nunca pagou uma conta no prazo a vida inteira. Bem, o governo paga a ele setenta mil dólares pela coisa. Ele compra um barco de trinta mil dólares, embolsa o resto. Gasta o resto no cassino Harrah's, em Nova Orleans. Em seguida, grande surpresa, ele destrói o maldito barco um mês depois. Maldito bêbado.

Grimes ficou chocado com a sociabilidade de Trench. Estava começando a desconfiar de que Trench poderia tagarelar com qualquer um perto para ouvir. O Anticristo.

– Não entenda errado, sr. Trench, mas por que está me contando tudo isso? – perguntou Grimes.

– Pode ir se quiser – disse Trench, com um dos cantos da boca. O cigarro, cinzas compridas, ainda queimando no outro. As cinzas caíram, sujaram a frente de sua camisa polo laranja, e ele limpou a sujeira.

– Não, é interessante. Mas por quê? Se me despreza tanto?

Trench avançou para outro nó.

– Eu não o desprezo.

— Não?
— Eu o odeio – respondeu Trench, sem erguer os olhos.
— Sangue subindo às faces, orelhas queimando, Grimes retrucou:
— Entendo que esteja com raiva, sr. Trench.
Trench continuou a trabalhar, respirando com força pelo nariz.
— Só estou tentando ajudar.
Silêncio.
— Acha que há alguma terrível conspiração contra o senhor?
— Vá embora.
— Eu não sou do governo.
— Você é o governo.
— Eu sou da companhia petrolífera.
— Nenhuma porra de diferença.
— Não sou um homem político, sr. Trench.
— No segundo em que você começou a trabalhar para aquela empresa, você se tornou político. Bobby Jindal, Haley Barbour, a porra do Riley. Uma enorme orgia. E você está no meio.

Grimes suspirou e balançou a cabeça. Viu que as bochechas e as orelhas de Trench estavam com um tom insalubre de vermelho. Se o homem não tomasse cuidado, teria um ataque cardíaco a qualquer momento. Seria bom para o escroto. Imaginou Trench caindo de joelhos, se retorcendo de costas na terra, um besouro virado. "Pronto para assinar?", perguntaria Grimes, pairando acima dele com a caneta Mont Blanc e os papéis, como a Ceifadeira.

— Vou perguntar diretamente – disse Grimes. – Quanto custará?
— Para o quê?
— Assinar.
— Nada.

Grimes beliscou a base do nariz e respirou fundo, como se a paciência fosse algo que ele conseguisse extrair do ar.

— Eu não entendo, sr. Trench.
— Tudo bem. Não precisa.

— Mas eu quero.
— Para onde esse pessoal vai? – perguntou, apontando com o queixo para o lado do quintal. Como se houvesse alguém ali para ser visto.
Grimes olhou.
— Seus vizinhos?
— O pessoal no meu quintal.
— Pessoal no seu quintal? – repetiu Grimes, olhando de novo e balançando a cabeça, atônito.
— Meu pessoal, enterrado no chão.
Então Grimes viu. Além de um grupo de carvalhos, no limite do quintal, havia um punhado de lápides cobertas de líquen, uma muito mais nova que o resto e reluzindo como um dente brilhando ao sol.
— Eles podem ser enterrados novamente – disse Grimes.
O queixo de Trench caiu em uma paródia de incredulidade.
— Desenterrá-los? – perguntou.
Grimes sabia que teria de avançar com cuidado.
— Isso é feito com muito mais frequência do que o senhor imaginaria.
Trench olhou para o chão, coçou o lado do nariz com o indicador.
— São pessoas autorizadas. Grandes profissionais. Seu pessoal será tratado com o maior cuidado e delicadeza – disse Grimes, e aos seus ouvidos a palavra "pessoal" saiu com o tom melífluo de bosta caindo em um balde de zinco, então só Deus soube como Trench ouviu isso.
— Acho que isso não teria qualquer importância para eles.
Depois de um momento, Grimes admitiu que talvez não tivesse.
— Eu nunca vou assinar – disse Trench. Deu um último trago no cigarro e o cuspiu na grama, onde foi apagado com o salto da bota.
— Eu ouço muito isso.

— Escute – disse Trench, apontando. – Você pode colocar fogo em mim e pedir para apagar as chamas com mijo, e ainda assim não vou assinar.

— Mais uma pergunta – disse Grimes.

Trench cruzou os braços sobre o peito e olhou para o chão com raiva.

— Por que aqui? O que há de tão especial?

Trench ficou calado. E seu silêncio deixou Grimes tão furioso que ele cuspiu o veneno que aumentava havia semanas:

— Aqui é o meio do nada, o fim do mundo.

Trench deu um sorriso debochado.

— Agora é?

Estava escuro quando Grimes retornou ao seu quarto de hotel. Serviu três dedos de bourbon em um copo plástico de motel e se sentou na beirada da cama barulhenta. Arrancou os sapatos, afrouxou o nó da gravata e ligou para Ingram pelo seu celular.

— Eu cometi um erro – disse.

— O que foi agora, Grimes?

— Eu perdi a calma.

— O que aconteceu?

— Não consegui evitar.

Do lado de Ingram veio o som de um isqueiro. Ingram estava tentando largar o cigarro, mas parecia que fumava sempre que estava ao telefone com Grimes.

Ingram perguntou o que havia acontecido.

— Eu disse ao tal Trench que este lugar era uma merda.

— Não, Grimes. Não.

— Não usei exatamente essas palavras. Disse alguma coisa sobre ser o fim do mundo.

Ingram respirou lentamente por entre os dentes.

— E o que ele disse?

— Ele não disse nada. Mas não pareceu ter gostado.

– Grimes. Você acabou de foder semanas de trabalho. Meses. Por que não conseguiu manter a boca fechada? Quantas vezes temos de repassar isso?
– Não acontece há algum tempo.
– Não deveria acontecer nunca.
– Você não entende. Esse cara. Esse cara é como Bartleby, a porra do escrivão.
– Vou desligar, Grimes.
– O conto. De Melville. Aquele sobre o escrivão? O chefe dele fica pedindo para que faça as coisas mais simples, as porras das coisas mais simples, mais básicas, mais senso-comum que se pode imaginar, e o cara, não importa o quê, continua dizendo que preferiria não. Quer uma limonada? Preferiria não. Quer um aumento? Preferiria não. Quer um boquete? Preferiria não.
– Honesto comigo, Grimes.
– O quê?
– Você está bebendo novamente?
– Não – mentiu Grimes. – Por quê?

OS IRMÃOS TOUP

Passava de uma hora quando o Suburban preto subiu, sacudindo, a rampa com dois sulcos até a casa de Lindquist, cuja única luz vinha de um globo envolto por mariposas na varanda, que lançava sobre o jardim uma comprida sombra da banheira de pássaros, semelhante à silhueta de um homem com um chapéu de feltro.

Os irmãos Toup sabiam que Lindquist estava em seu barco em Barataria. Que sua esposa saíra de casa meses antes. Que a filha, Reagan, a ruiva com peitões, era crescida e morava sozinha. Em uma cidade pequena como aquela, você só precisava sair perguntando. Algumas vezes, você nem sequer precisava fazer isso. Eles também sabiam que alguém que passava tantas horas detectando metais no *bayou* tinha de estar convencido de caçar algo que valia a pena.

Victor e Reginald contornaram a casa, olhando por todas as janelas. A noite estava silenciosa, a não ser pelo canto de grilos e sapos, seus passos sobre folhas mortas e arbustos. A corrida furtiva de um animal, gambá ou guaxinim, penetrando mais no bosque.

A tranca da porta da frente era barata e frágil, e Victor só precisou de cinco segundos para abri-la com uma gazua. Eles entraram, Victor procurou o interruptor na parede e o apertou.

Sofá de segunda-mão. Carpete grosso verde dos anos 1970. Paredes revestidas de madeira.

– Parece um lugar para morrer – disse Victor.
Um fedor de lixo vinha dos fundos da casa. Os irmãos se entreolharam com rostos torcidos. Passaram pela mesa de jantar atulhada na direção da cozinha, onde encontraram três sacos de lixo pretos empilhados ao lado da porta dos fundos. Um dos sacos estava rasgado e uma poça de gosma preta como alcatrão se formara no linóleo verde-oliva.

– Maldito bagunceiro – disse Victor, cobrindo o nariz com as costas da mão.

Os irmãos voltaram para a sala de estar, seguiram até o fim do corredor até o quarto principal. Victor acendeu a luz, foi até o gaveteiro e procurou entre meias, roupas de baixo e camisetas. Reginald se sentou na beirada da cama por fazer e vasculhou o lixo na gaveta da mesinha de cabeceira. Um tubo de unguento enrolado pela metade. Uma Bíblia de bolso verde. Um par de óculos de leitura comprados em farmácia. Frascos vazios de remédios receitados.

Os irmãos procuraram em outro quarto, depois voltaram à cozinha, onde abriram armários e examinaram latas de café e caixas de cereal.

Victor ficou parado um momento com as mãos nos quadris, olhando para o teto manchado de água. Foi à geladeira, abriu e olhou para as prateleiras vazias. Uma cebola podre com pontos de mofo azul-acinzentado. Seis latas de cerveja Abita. Uma garrafa de molho picante Texas Pete.

Os irmãos estavam de volta à sala de estar quando Reginald chamou Victor até a mesa de jantar. Eles ficaram algum tempo estudando um conjunto de velhos mapas. Victor pegou um deles, dos cursos de água e ilhas de Barataria, o labirinto complexo de canais e bancos de areia. Eles mesmos tinham mapas assim. Naquele, Lindquist marcara com caneta roxa seu avanço sinuoso pelo *bayou*, uma linha soluçada, como pontos. O caminho parava no pequeno banco de areia em forma de pera onde eles o tinham visto naquela noite. A menos de oitocentos metros estava a forma de gota de sereno de sua ilha.

– Veja isso – disse Victor, apontando.

Reginald olhou e bufou.

– Maldição, se esse cara não é maluco – disse Victor.

LINDQUIST

Lindquist estava dormindo no sofá quando alguém bateu na porta da frente e o acordou. Ele se sentou, esfregou os olhos ardentes e piscou ao olhar para o relógio. Três da tarde. Na noite anterior, ele voltara para casa e descobrira as gavetas do quarto abertas e mexidas, latas e caixas viradas nos armários da cozinha. Inicialmente imaginara que Gwen ou Reagan poderiam ter entrado, mas depois lembrou que elas não tinham as chaves novas. Não, ele mesmo deveria ter bagunçado tudo, andando sonâmbulo em uma névoa de cerveja e comprimidos.

Houve outra batida, desta vez mais insistente. Levantou-se do sofá e se arrastou na direção da porta – silenciosamente, para o caso de ser um credor. Prendeu o fôlego e olhou pelo olho mágico. Viu no umbral a filha, vestindo uma blusa roxa com estampa de florezinhas coloridas e um cachecol de chiffon largado ao redor do pescoço. Os cabelos estavam arrumados com presilhas e parecia descansada e com olhos brilhantes. Uma mudança bem-vinda.

– Estou ouvindo você aí dentro, papai – disse Reagan do outro lado da porta.

– É, é – respondeu Lindquist. – Espere um pouco.

Ele se virou e olhou rapidamente ao redor. Os restos de um comprimido esmagado na mesinha de café, uma tira incriminatória de poeira farmacêutica. Foi até lá, jogou o pó no chão e o esfregou no carpete.

Lindquist alisou os cabelos atrás e abriu a porta. Reagan entrou, deu um beijinho em sua bochecha e olhou ao redor da sala.

– Deus do céu, papai. Deu uma festa?

– Eu, não. Nada assim agora.

Ela foi ao sofá e se sentou com a bolsa de couro vermelha no colo. Lindquist sentou-se na espreguiçadeira xadrez desbotada em frente a ela.

– Não estava esperando companhia – ele disse.

– Parece mais magro.

– Perdi um braço.

– Papai. Isso não é engraçado.

Lindquist deu de ombros.

– Ei, você esteve aqui a noite passada? – perguntou. Com leveza, pois não queria que soasse como uma acusação.

– Aqui, na casa?

– É, eu cheguei em casa esta manhã e alguns dos meus papéis estavam bagunçados. Coisas no meu quarto.

– Eu nem tenho mais uma chave. Lembra? Mamãe trocou a fechadura depois que vocês tiveram aquela briga há dois ou três anos.

Lindquist fez um O com a boca. Sim, a famosa briga do Quatro de Julho em que ele ficara bêbado e doidão com comprimidos em uma festa dada por um dos colegas de Gwen. Fizera piadas grosseiras com poloneses, explodira fogos em sua prótese e acabara acidentalmente queimando alguns móveis do gramado. Gwen o expulsou de casa por causa do fiasco e ele tivera de passar uma semana no Econo Lodge, em Houma.

– Talvez tenha sido Bosco – sugeriu Reagan.

– Ah, querida. Aquele gato morreu há dois anos.

Foi a vez de Reagan parecer surpresa.

Finalmente Lindquist viu por que a filha usava um cachecol, o medalhão carmim de um chupão aparecia acima do limite do tecido. Pensou em perguntar a Reagan se o namorado era uma lampreia. Se havia sido atacada por um desentupidor de pias. Mas algumas brincadeiras eram proibidas, uma cortesia que ele fazia exclusivamente à filha.

Tirou um pedaço de linha do braço gasto da espreguiçadeira, fez uma bola com ele entre o polegar e o indicador e o lançou pela sala como uma meleca. Raspou na orelha da filha – Lindquist pôde ver a coisinha do tamanho de uma mosca à luz do sol – e caiu em algum ponto do carpete.

– Belo chupão – disse Lindquist, sem conseguir se conter.

Reagan ignorou o comentário.

– Por que está usando essa velharia nojenta? – ela perguntou.

– Gosto dessa camisa, eu.

– O braço de gancho.

– Não gosta dele?

– Onde está o seu outro?

– Eu meio que gosto deste velho braço de gancho, eu. Espere até o próximo cara mexer comigo. Vap! Bem na cara com esta coisa. A cidade inteira vai saber. Não mexa com Lindquist. Ele vai mexer com você com seu braço de gancho.

A filha estava observando. Esperando.

– Foi roubado – Lindquist disse.

Reagan ficou boquiaberta e os dentes de baixo apareceram, a mesma expressão que sua esposa fazia quando perturbada. Estava ficando cada dia mais parecida com a mãe, essa garota.

– Meu Deus, papai. Por que não me contou?

– De que adiantaria isso? Você iria montar uma equipe de busca?

– Eu teria vindo. Para cozinhar. Sei lá.

– Para cozinhar? – perguntou Lindquist.

– Por que você tem de falar assim?

– Estou só brincando.

– Está brincando grosso hoje.

Ela pegou um maço de cigarros na bolsa, tirou um e o acendeu. Tragou, soprou a fumaça e se inclinou para bater as cinzas no cinzeiro mole na mesinha de centro.

Lindquist conferiu o relógio. Em cinco horas, ele teria de estar de volta ao *bayou* caso quisesse ter uma pescaria decente. A perspectiva de quase se matar lá fora com os mosquitos, tudo por quarenta ou cinquenta dólares, o deixava nauseado.

– Que tipo de escroto doentio roubaria um braço? – Reagan quis saber.

Lindquist deu de ombros.

– Como está sua mãe?

Reagan virou o rosto e o olhou de esguelha.

– Não posso perguntar?

– Não vou servir de intermediária.

Ficaram em silêncio por um tempo, Reagan examinando a sala atravancada, a mesa de jantar coberta de cartas de marés, mapas de navegação e livros de piratas.

– Ainda está na detecção de metal? – Reagan perguntou.

– Acha que é esquisito?

– Um pouco.

– Bem, inferno. Você costumava achar legal.

– É. Quando eu era pequena.

Lindquist deu um tapa na coxa e se levantou.

– Quase esqueci – disse. – Tenho uma coisa para você.

– O quê?

– Uma surpresa.

– Não vim para conseguir nada – disse Reagan às costas de Lindquist enquanto ele seguia pelo corredor.

No quarto, ele abriu uma gaveta da cômoda e vasculhou entre os trocados, recibos e colares de Mardi Gras. Pegou um camafeu de coração pendurado em uma corrente dourada fina e soprou pelos e poeira. Teve um vislumbre da filha no espelho da cômoda. Estava de pé junto à mesa de jantar, pegou um de seus frascos de remédio e o abriu. Tirou dois comprimidos, os passou para a bolsa e recolocou o frasco no lugar.

Na sala, Lindquist ergueu o colar para a filha. O sorriso dela fraquejou. Estava esperando mais, outra coisa. Dinheiro, sem dúvida.

– Encontrei isso com o detector de metais.

Ela balançou o colar nos dedos, para refletir a luz.

– É bonito – disse.

– Diga à sua mãe. Diga a ela que estou encontrando tesouros.

– Você é uma coisa – disse Reagan. Ela o abraçou, ele retribuiu, seu braço de gancho em um ângulo desconfortável.

Havia algo na postura dela, um ar de expectativa, que lhe disse que esperava algo. Lindquist enfiou a mão no bolso, tirou uma nota de vinte dólares e deu a ela.

– Tem certeza?

Ele esticou a mão e fechou os dedos dela ao redor da nota.

– É só dinheiro – falou.

WES TRENCH

Após Lindquist deixá-lo no porto, Wes abriu todas as janelas de sua picape Toyota detonada e improvisou uma cama na cabine. Um cobertor de mudança cheirando a poeira para cobrir-se, uma camiseta velha como travesseiro, uma toalha de praia como lençol. Ele estava sujo, com calor e exausto, mas teve dificuldade em dormir porque era o quinto aniversário da morte da mãe. Em algum momento, naquele instante, seu pai sem dúvida estava sofrendo por causa disso. Como ele. Bem, teria de sofrer sozinho. Agora ambos tinham de sofrer sozinhos. Wes pensou na voz da mãe, tentou encher a cabeça com sua doce cadência suave – *está tudo bem, Wessy* – e chorou até dormir. De tempos em tempos, os gritos dos pescadores o despertavam, suas vozes ásperas se propagando pelo *bayou*, mas ele se virava de lado e voltava a dormir.

Anoiteceu e ele acordou assustado quando alguém bateu com os nós dos dedos no vidro da janela. Lindquist. Só havia uma fraca luz laranja acima da copa das árvores, como a beirada rasgada de um papelão cor de abóbora, pássaros disparando no crepúsculo.

Wes abriu a porta de trás da cabine e deslizou para fora.

Carregando um detector de metais na mão boa, Lindquist se encolheu à visão de Wes.

– Por Cristo, garoto. Você morreu?

– Desculpe.

– Bem, inferno. Pelo menos troque de roupa. Tem um armário na cabine. Pegue qualquer coisa velha. Só para eu não ter de sentir seu cheiro.

Wes subiu a bordo e Lindquist o seguiu. Wes pegou no armário da cabine um velho short jeans, tão grande na cintura que ele teve de amarrá-lo com um pedaço de corda de nylon. Depois Wes encontrou uma camiseta velha com uma estampa THE BAHAMAS na frente e a vestiu.

Quando Wes subiu ao convés de roupa nova, Lindquist estava olhando para baixo desde a cabine de comando enquanto seguia pelo *bayou* ao crepúsculo.

– Quero lhe dizer uma coisa – anunciou Lindquist.
– O que é?
– Você parece um babaca.
– As roupas são suas – respondeu Wes.
– Você as está usando do jeito errado.

Depois de um tempo, eles estavam na baía, Wes colocou a rede de estibordo na água, soltou trinta metros de corda e travou o guincho. Fez o mesmo a bombordo, então esperou de braços cruzados sobre a amurada. Pairava no ar um fedor químico, como ele imaginava que napalm poderia cheirar naqueles filmes sobre o Vietnã que seu pai gostava de ver. Seu pai: tentou tirá-lo da cabeça. Cuspiu na água e olhou para a baía escura e abafada. Veio de longe um ronco agudo, que ficou mais alto até um avião de dois motores a hélice passar cento e cinquenta metros acima, seu rugido tão alto que Wes tampou os ouvidos.

Logo Lindquist desacelerou o barco até um quarto de impulso e Wes içou as redes, observando as cordas e grades enquanto chegavam a bordo. Derrubou a carga no convés, pegou a pá de madeira de seu suporte na parede e começou a revirar a pilha de vida na marinha agitada.

Lindquist desacelerou o *Jean Lafitte*, desceu a escada da cabine e se acocorou no convés, separando os filhotes de peixe e camarões minúsculos com o gancho da prótese de braço. Vários dos peixes estavam mortos. Igualmente alguns caranguejos azuis.

Lindquist pegou um, virou-o e olhou para as guelras dele, que deveriam ser branco-rosadas, mas estavam cinza e sujas.

– Alguma vez pensou em por que estamos fazendo isto? – perguntou.

– Algumas – respondeu Wes. Seus olhos estavam cheios d'água e ardendo pelos vapores químicos. Limpou a face com as costas da mão.

– Não importa o quanto você trabalhe, não consegue nada.

– Meu pai diz muito isso.

– Seu velho está certo.

Ficaram um tempo em silêncio. Lindquist jogou uma corvina de volta na água, Wes fez o mesmo com um filhote de vermelho com lesões do tamanho de cascas de pimenta.

– Sentiu o cheiro? – perguntou Lindquist.

Wes balançou a cabeça em afirmação, fez uma careta.

– Acha que essa coisa está envenenada?

– Dizem no noticiário que está legal. A sei lá o que ambiental.

– A agência do governo?

– Sim, senhor.

– Você acredita neles?

– Não sei.

– Eu vi camarões sem olhos, eu – disse Lindquist.

– Eu vi um vermelho com três olhos uma vez.

– Vi uma sereia com três peitos, eu.

Eles riram.

– Só você e seu pai? – perguntou Lindquist.

– Sim, senhor.

– Mãe separada?

– Ela foi embora.
– Indiana?
– O quê?
– Ela foi para Indiana?
– Não, ela faleceu.

Os olhos de Lindquist pousaram sombrios sobre Wes.

– Bem, inferno. Lamento ouvir isso, garoto.

Então, só alguns segundos depois:

– Toc-toc.

Inicialmente Wes achou que não tinha entendido bem Lindquist. Ele certamente não iria contar uma piada naquele momento.

– Toc-toc.
– Quem é? – perguntou Wes, de má vontade.
– Babaca.

Wes esperou.

– Boa.
– Não, você tem de perguntar "babaca quem".
– Babaca vestindo minhas roupas dorme na traseira da picape.

Wes balançou a cabeça.

Ao amanhecer, eles entregaram sua carga e Lindquist pagou a Wes no estacionamento do porto. O ar já estava começando a queimar e vibrar, vapor subindo do *bayou* em uma neblina densa. Estavam caminhando para suas picapes na marina quando Lindquist perguntou:

– Vai dormir na picape de novo?
– Acho que sim – respondeu Wes.

Lindquist grunhiu e foi até Wes. Procurou em um dos bolsos fundos de sua calça cargo, tirou um chaveiro e jogou para ele. Wes apanhou com uma das mãos sobre o peito e Lindquist disse para pegar a pequena chave prateada no fim.

Wes perguntou se ele tinha certeza.

Lindquist assentiu e disse:
— Apenas não queime a porra do barco, certo?

Durante os dias seguintes do começo de setembro, depois que ele e Lindquist voltavam da pesca de camarão ao amanhecer, Wes ficava para trás no *Jean Lafitte*. Lavava com a mangueira a gosma que sobrava no convés da pesca, tomava banho no minúsculo chuveiro do barco, depois se deitava na única cama com o colchão, com calombos e travesseiro. A cabine era pequena e revestida de madeira, havia nas paredes um antigo barômetro de latão, uma placa de carro enferrujada da Louisiana, um cartaz desbotado dos anos 1970 de Farrah Fawcett em traje de banho vermelho. As prateleiras estavam abarrotadas de livros do tesouro e revistas, e Wes os folheava enquanto tentava pegar no sono. Encontrou um punhado de coisas sobre locais da Guerra Civil e naufrágios, sobre tesouros dos piratas na Louisiana, no Alabama e Flórida. As páginas deles estavam sempre amassadas e sujas de dedos. Wes tinha de admitir que as imagens e histórias eram interessantes, embora delirantes e loucas.

Então, havia alguns livros sobre o pirata Jean Lafitte. Wes leu um deles até o fim. Ele já sabia um pouco da história desde a escola. A Louisiana um dia foi um lugar distante e selvagem, dizia o livro, trocou de mãos entre França e Espanha como uma criança enjeitada. Então Thomas Jefferson comprou o território de Napoleão por menos de um centavo o hectare. Mas a Louisiana continuou sendo um posto avançado. Uma estação de passagem atrasada ao longo da rota da expansão para o oeste. Especialmente Barataria, sua área labiríntica de canais e ilhas de barreira se tornando um abrigo ideal para escravos fugidos e refugiados.

E segundo o livro, piratas, motivo pelo qual Jean Lafitte escolheu Barataria como sua base de operações. Ali, Lafitte e seus corsários montavam ataques a navios cargueiros, levavam o butim de piroga a Nova Orleans. Os franceses e espanhóis da cidade não se importavam de onde vinham seus produtos, desde que os conseguissem. As piranhas recebiam seus perfumes e sedas; os creoles, suas especiarias e seu tabaco; a burguesia, seu álcool e seus escravos.

Por algum tempo o negócio e a infâmia de Lafitte só fizeram crescer. Canhoneiros, construtores de barcos e carpinteiros – marginais de todo o planeta – se juntaram à equipe de Jean Lafitte. Formaram famílias, cuidaram de plantações, construíram defesas e bordéis. Barataria se tornou a casa longe de casa para piratas, marginais e bastardos. E dizia-se que o próprio Lafitte germinara um ou dois bastardos. A palavra do autor: *germinara*. Wes não sabia o significado e não tinha um dicionário, mas deduziu que deveria significar gerara.

Quando o governador Claiborne ofereceu uma recompensa pela captura de Lafitte, o pirata fez o que um pirata faz. Escondeu suas riquezas por todo o *bayou*. Seus colegas bandidos, sabendo que sua glória chegara ao fim, provavelmente fizeram o mesmo.

Não havia no livro muitas passagens sobre ouro perdido, mas todas estavam marcadas. Talvez afinal Lindquist estivesse na pista de algo, pensou Wes. Ele não via mal algum na caça ao tesouro de Lindquist. E não achava que fosse louco. E daí se nunca tinha encontrado nada? Não estava fazendo mal a ninguém.

E quem não gostava de uma caça ao tesouro? Wes desconfiava de que, de certa forma, todos estavam caçando tesouros. Um bilhete de loteria, um cartão de beisebol, uma foto havia muito perdida ou um amor do secundário.

Um barco.

- - - - - - - -

Wes e Lindquist continuaram a pescar camarão, uma saída desalentadora depois da outra. Eles partiam ao anoitecer e retornavam ao alvorecer, se arrastando para fora do barco como manequins. O pagamento de Montegut sempre era muito menor do que esperavam. Quase insultuoso. Todo dia restaurantes cancelavam seus carregamentos e encomendavam camarão congelado importado da China, explicava Montegut. Até mesmo se vangloriavam disso em cartazes e cardápios.

Wes tinha dificuldade para dormir à noite porque continuava a se preocupar com o pai. Sabia que, quanto mais tempo ficasse longe de casa, mais difícil seria voltar. Caso um dia voltasse. Provavelmente voltaria. Talvez seu pai tivesse tentado entrar em contato, mas Wes não pagara a conta do celular. Qual o sentido? Não era como se tivesse vida social. E as garotas, as garotas eram tão inalcançáveis quanto deusas. Ele só beijara e sentira uma garota, Lucy Arcinaux, uma bela loura *jolie* do secundário que namorara por um mês. Mas Lucy era como qualquer garota de dezesseis anos, e quando soube quanto tempo Wes passava no barco do pai, como tinha pouco tempo para socializar, o largou. Parte de Wes ainda sentia raiva do pai por isso.

Dia após dia, Wes e Lindquist viam cada vez menos camaroeiros em Barataria. Às vezes parecia haver mais aviões e helicópteros no ar que barcos na água. Em dado momento, Lindquist estava reclamando da BP, de como gostaria de explodir todos aqueles poços com dinamite. No seguinte estava contando piadas sobre putas francesas, pinguins homossexuais e padres poloneses com pernas de pau. A Wes, as piadas não soavam diferentes de seus xingamentos raivosos. Como se ambos fossem arrancados do mesmo lugar amargo profundo.

Wes gastava o pouco dinheiro que ganhava em produtos enlatados, artigos de toucador e outros. O resto, ele poupava para seu barco. Sabia que não iria juntar muito, mas o que não pudesse fazer com sua poupança ele poderia suplicar, tomar e pegar emprestado. Uma coisa que crescer no pântano lhe ensinava era ter recursos. Tinha havido um tempo em Barataria, não muito antes, em que as pessoas ganhavam a vida exclusivamente do *bayou*. Pegavam camarões e caranguejos. Caçavam aligátores para tirar a pele e faziam armadilhas para ratos-almiscarados e ratões-do-banhado com o mesmo objetivo. Foi na época de seus avós e bisavós, antes que todos tivessem vendido suas terras por centavos o hectare para as companhias petrolíferas nos anos 1920 e 30, antes que a BP cavasse o mangue com seus canais e oleodutos. Os poucos octogenários ainda vivos em Jeanette falavam dessa época com uma saudade melancólica. Falavam de como Barataria era diferente na época, uma selva ampla intocada por homem e tempo. Como eram diferentes água e ar, como os frutos do mar eram muito mais doces. Mesmo a luz do sol parecia diferente.

Mas algo dessa antiga habilidade dos habitantes de Barataria permanecia nas pessoas de Jeanette. Em Wes e provavelmente em suas filhas e seus filhos, caso os tivesse. Depois disso, quem sabe. Em outros lugares, mesmo perto como Nova Orleans, Wes sempre ficava chocado ao descobrir como eram ignorantes os garotos de sua idade. Não sabiam trocar o óleo e os pneus de seus carros, quanto mais construir algo como um barco a partir de um esboço.

Certa noite, Lindquist levou seu detector de metais para o Jean Lafitte e, às duas da manhã, quando não havia camarões, remou sua piroga até um dos bancos de areia que pontilhavam o *bayou*. Wes foi com ele, e chegaram à margem de uma ilhota do tamanho de uma piscina de criança. Lindquist passou a espiral sobre o terreno molhado enquanto Wes seguia atrás com lanterna e pá.

Depois de um tempo, Lindquist se apoiou no detector de metais e esfregou o ombro do braço de gancho. A boca estava retorcida, o rosto, vermelho e ele parecia sentir algum tipo de dor. Flagrou Wes olhando.

– Está olhando para o meu gancho? – quis saber Lindquist.
– Não – respondeu Wes, desviando os olhos, rosto queimando.
– Não embrome um embromador.
– Como o perdeu? – soltou Wes, nervoso.
– Vietnã.
– Uma mina? Ou foi baleado?
– Um tigre saltou da selva e o arrancou.

Wes olhou para Lindquist, chocado.

– Simplesmente saiu da selva, me derrubou e o arrancou da articulação. Simples assim. O desgraçado era um profissional. Depois foi embora. Com meu braço pendurado na boca. Como um charuto.

Wes ficou olhando para Lindquist, boquiaberto.

Lindquist bufou:
– Garoto.
– O quê?
– Eu não estive em nenhuma guerra, eu.

Wes ficou em silêncio.

– Não estive no Vietnã. Acha que sou velho o bastante para ter estado no Vietnã?
– Então como foi?

Lindquist encarou Wes.

– Um acidente com o guincho. Apenas isso. Um acidente. Eu não estava salvando bebês ou recebendo uma bala no lugar de alguém – disse, depois desviou os olhos, rosto endurecendo. A voz era dura e objetiva. – Eu estava fodido. Bêbado e com um monte de comprimidos. Não me lembro sequer do que estava fazendo. Tão fodido, quem sabe. Palavras cruzadas. Alguma coisa. Em um momento, meu braço estava lá; no seguinte, não estava, e foi um espetáculo de terror. Ainda tenho pesadelos com isso quando não tomo meus comprimidos. Então, eu sempre tomo.

Surpreso com a honestidade de Lindquist, e sem saber o que dizer, Wes olhou para o chão e raspou a frente da bota na lama.

– Bem, inferno, chega disso – disse Lindquist.

Ele pegou o tubo de balas do Pato Donald na calça cargo e jogou um comprimido na boca. A noite estava tão silenciosa que Wes podia ouvir os dentes de Lindquist esmagando o comprimido.

COSGROVE E HANSON

Cansados de morar nos alojamentos, Cosgrove e Hanson alugaram quartos contíguos a cem dólares por semana em um motel vagabundo de Jeanette, com uma placa de SEM PROSTITUIÇÃO no estacionamento e uma infestação de gatos vira-latas no pátio. Uma aura nefanda tomava o lugar. As portas nunca ficavam abertas, as janelas estavam sempre fechadas com cortinas, os ocupantes, quase todos homens solitários de meia-idade, entravam e saíam de seus quartos com ilícita furtividade. O vizinho de Cosgrove era um jovem homem de negócios de aparência cretina que dirigia um Town Car Lincoln e deixava miolos de maçã amarronzados no cascalho. Nunca falou com Cosgrove e Hanson, nunca sequer olhou na direção deles mais que uma espiada de fração de segundo, como se achando que não valiam a pena. Pelo menos era silencioso. Cosgrove não podia dizer o mesmo de outros ocupantes. Sons de farra com frequência o despertavam no meio da noite. O gemido de uma mulher abafado por um travesseiro, o grunhido de babuíno de um homem, uma garrafa de bolso de uísque se quebrando no asfalto.

Os dois quartos tinham carpete azul-aeroporto, pinturas equestres a óleo e televisores de tubo dos anos 1980. As paredes de blocos de cimento eram pintadas de bege brilhante com gotas escorridas endurecidas como veias. Musgo e ferrugem manchavam banheiras e vasos. Com frequência, eles encontravam um pelo púbico em uma das toalhas encaroçadas cheirando a alvejante.

Pelos púbicos de cortesia era a piada de Hanson. Hanson começou a deixar os gatos selvagens entrarem em seu quarto em grupos de seis ou sete. Muitos deles tinham seis dedos. Gatos de Hemingway, segundo Hanson. Ele era cheio de conhecimentos gerais como esses. O homem não conseguia dizer o nome do presidente dos Estados Unidos, não conseguia identificar os continentes em um mapa, mas sabia tudo que havia a saber sobre insetos, os vikings e o assassinato de Kennedy. Um repositório enciclopédico de besteiras, o que Hanson era.

Hanson alimentava os gatos com pedaços de carne seca que guardava em uma bolsa ziplock que mantinha na mesinha de cabeceira. Segurava os pedaços entre o polegar e o indicador, esperando que os gatos ficassem de pé sobre as patas traseiras como focas de circo. Ele passava horas assim, instalado na beirada da cama com uma cerveja em uma das mãos e a carne seca na outra.

Várias vezes, Cosgrove lembrou a Hanson que gatos não eram cachorros.

– Aposto cinquenta dólares como farei um desses filhos da puta caminhar pelo quarto em uma semana – ele disse. – A passos largos.

Em uma semana as pernas de Hanson estavam cobertas de calombos vermelhos. Ele passava o dia inteiro se coçando como um leproso. A faxineira, uma vietnamita de rosto redondo que estava sempre gritando palavrões em seu fone Bluetooth, devia ter denunciado Hanson ao gerente, porque um aviso manuscrito foi colocado por debaixo de sua porta dentro de um envelope. A carta dizia que o motel não era abrigo de animais. A carta também dizia a Hanson para parar de encher sua geladeira Igloo com o gelo do motel.

– Essas pulgas estão aqui desde que este buraco de merda foi construído – disse Hanson a Cosgrove, furioso. – Provavelmente são a única coisa que mantém o lugar de pé. Abra as paredes e verá um bando de pulgas de mãos dadas.

— Você está pensando em cupins — disse Cosgrove. Ele coçou a barba e zapeou entre os canais da televisão. Nascar. Destaques do futebol americano universitário. Imagens de um urso polar mutilando um tratador de zoológico em Milwaukee.

Hanson não conseguia parar de falar, especialmente quando bêbado e doidão. Naquela noite ele tinha feito um cachimbo de gravidade com uma garrafa de dois litros de refrigerante de abacaxi Big Shot e fumara o que chamava de "mediana" na pia do banheiro. Hanson contou a Cosgrove nunca ter tido esposa ou filhos. Não queria, não tinham utilidade. Tinha passado por todos os Estados Unidos contíguos a não ser as Dakotas, que ele achava que o governo deveria bombardear por razões nunca explicitadas. Seguira Bob Dylan e Tom Petty por três meses na turnê conjunta dos dois de 1987. O AC/DC por dois meses na turnê Blow Up Your Video, de 1988. Seu pai, um vendedor de cachorro-quente, fora atropelado e morto por um caminhão-betoneira quando Hanson era menino. Um ano depois a mãe se casou novamente com um criador de araras que quis Hanson fora da casa no instante em que completou dezoito anos. Hanson largou o secundário e se alistou no exército no dia do aniversário. Algumas semanas depois estava em um ônibus da Greyhound a caminho de Fort Bragg, mas foi dispensado logo depois, quando o médico da enfermaria descobriu um sopro cardíaco em um exame de rotina.

Hanson também passara um ano na Penitenciária Estadual do Texas em Huntsville.

— Não há policiais como os do Texas — ele disse a Cosgrove. Acha que os policiais da Louisiana são escrotos? Fazem Lemon parecer um santo. Eu estava construindo telhados em Austin e me meti com as pessoas erradas. A porra do Texas é cheia de pessoas erradas. A maioria delas na construção civil. Que porra é essa merda em que você colocou? *Cosby Show*? Troque de canal.

Da pequena mesa de fórmica, Cosgrove apertou o botão com o polegar. Passava de meia-noite, ele estava na nona cerveja e sua cabeça girava. As paredes continuavam a se lançar sobre ele, como se o quarto estivesse desmoronando para dentro. Disse a Hanson que precisava dormir.

– Quer saber? – disse Hanson. – E se eu pudesse mudar essa vida de merda?

Cosgrove se levantou da cadeira.

– Estou indo.

Na cama, de olhos fechados, Hanson continuou a falar. Cosgrove saiu do quarto e fechou a porta silenciosamente atrás dele.

— — — — — — — —

Os produtores de maconha, souberam depois, eram irmãos gêmeos. Reggie e Victor Toup. De início as pessoas em Jeanette relutaram em dar mais informações. Um cara disse que era melhor manterem o nariz no próprio traseiro, se sabiam o que era melhor para eles. Outro cara perguntou se eram do governo. E um terceiro quis saber de que porra de lugar eram, disse que acabariam no hospital, cagando os rins, caso não tomassem cuidado.

Como último recurso, Cosgrove e Hanson convenceram os homens com álcool. Logo descobriram que o pai e a mãe dos gêmeos tinham morrido nos anos 1980. Algum bizarro triângulo amoroso que terminara em tiroteio no Roosevelt Hotel de Nova Orleans. A mãe dos gêmeos, farta dos casos do marido, buscou consolo nos braços do próprio amante. Um *restaurateur* grego, casado havia vinte e cinco anos, pai de três universitárias. Um dia o pai dos gêmeos seguiu o casal até o Roosevelt, bateu na porta da suíte de lua de mel quando sabia que os pegaria em flagrante. Quando o grego abriu a porta, o pai dos gêmeos invadiu o quarto e atirou no estômago dele com uma Colt .45. O grego despencou no chão, engatinhou até onde seu terno estava caído no carpete e pegou sua própria arma, uma Smith & Wesson Modelo 13. O grego acertou a rótula do pai dos gêmeos, que caiu e atirou novamente, desta vez acertando o ombro do grego. Depois mais balas foram disparadas e, no final do pandemônio, o pai dos gêmeos atirou no rosto da esposa. Ninguém nunca soube se de propósito ou por acidente. E quando a polícia chegou, dez minutos depois, os três estavam mortos. Um banho de sangue. Você só precisava ir à biblioteca pública de Nova Orleans e procurar a história nos microfilmes do *Times-Picayune*.

Depois os gêmeos foram morar com a avó, que já era tão velha e confusa que os adolescentes basicamente mandavam no terreiro. Aos treze anos, os garotos davam voltas à meia-noite no Cadillac dela. Aos catorze, roubavam bebidas e cigarros do armazém e vendiam o material a preços inflacionados no pátio. Em dois ou três anos tinham largado o secundário e eram os maiores produtores de maconha de Barataria.

─ ─ ─ ─ ─ ─ ─

Eles deixaram a picape de Hanson no estacionamento do porto e atravessaram a rua até a casa dos gêmeos. Passava de meia-noite e o fedor de lama e peixe do *bayou* pairava denso no ar. De vez em quando o vento mudava de direção e um fedor químico, de petróleo ou óleo, passava por eles.

A casa ficava exatamente onde tinham dito. Um lugar arrumado, verde-hortelã, sobre pilares em frente ao cais, uma luz acesa em uma das janelas. A cozinha: eles podiam ver os armários de madeira escura, a luminária de teto de vidro colorido.

─ Não me incomodaria morar em um lugar assim ─ Hanson comentou

Cosgrove grunhiu, coçou a barba. Estava pensando em como Hanson o convencera a participar daquela loucura. Ele queria dinheiro e queria mais da maconha, mas muitas pessoas queriam essas coisas e não saíam invadindo casas.

Eles subiram a escada e Hanson bateu na porta. Sem resposta. Depois, Hanson desceu a escada, achou no jardim uma pedra do tamanho de um tomate e a jogou por um dos painéis de vidro.

O alarme disparou.

Hanson enfiou a mão cuidadosamente pelo vidro quebrado, destrancou a porta e entrou. Cosgrove o seguiu. Hanson pegou a pedra no piso do saguão, recuou e a jogou na caixa do alarme. A pedra esmagou o plástico e pedaços voaram, mas o alarme continuou a berrar ensurdecedoramente.

Cosgrove viu a boca de Hanson se agitando loucamente, mas não conseguiu ouvir uma palavra.

Hanson pegou a pedra de novo. Jogou.

O alarme berrou.

– Que merda – disse Cosgrove, mas não conseguiu se ouvir.

Hanson ergueu três dedos: três minutos.

Hanson foi à cozinha e abriu armários. No quarto no final do corredor, Cosgrove estripou gavetas, arremessando meias, roupas de baixo e camisetas. Entrou em outro quarto e fez o mesmo. Nada. No banheiro do corredor, olhou no armário de remédios e viu apenas as coisas habituais: pasta de dentes, fio dental, aspirinas.

Cosgrove e Hanson se encontraram no saguão. Hanson gritava sem som, fazendo mímicas enlouquecidas. Cosgrove gritou de volta e balançou a cabeça.

Saíram da casa e desceram correndo a escada. Depois dispararam pelo jardim e atravessaram a rua.

Na picape, eles ainda podiam ouvir o alarme da casa.

Ficaram sentados, recuperando o fôlego, Cosgrove olhando feio para Hanson.

– Que porra você quer de mim? – perguntou ele.
– Inacreditável – disse Cosgrove.
Hanson enfiou a mão no bolso e deu a Cosgrove uma toalha de papel com números escritos com esferográfica.
– Coordenadas – disse Hanson, acariciando o rabo de cavalo, ainda com a respiração pesada. – De um GPS no balcão da cozinha. Algum lugar na baía.

GRIMES

Ao contrário do que o pessoal da cidade imaginara, Grimes não era um estranho perdido que saíra da estrada no lugar errado. Mesmo? O rosto dele era familiar, olhos e boca. Talvez fosse parente de alguém que tivessem conhecido. E depois de correr pela cidade a notícia de que estava ali a negócios, era um homem do petróleo, os olhares das pessoas em Jeanette se tornaram afiados e ameaçadores. No café, no mercado, no bar Sully's.

Mesmo os garotos de Barataria, crianças magricelas com olhos de almas antigas, sentiam algo nele. Algo estranho. Passando tempo no estacionamento da loja de conveniência, jogando videogames nas salas de pescadores, jogando bola no contorno do motel, elas o observavam com sincera apreensão. Como se ele fosse algum tipo de bicho-papão de camisa social branca e gravata.

Por toda a sua vida as pessoas o trataram assim. Com desconfiança. Mesmo quando ele era criança. Especialmente quando era criança. Os colegas de turma de Grimes diziam que era perturbador, diziam que os encarava como um assassino em série. Eles o chamavam de Jeffrey Dahmer, Charles Manson, Crazy Eyes.

Durante o futebol americano, na aula de educação física, os garotos o acertavam com mais força que aos outros, jogando-o na terra com tanta dureza que uma vez desmaiou. E deixavam em seu armário do vestiário imagens obscenas, de paus enormes, recortados de revistas pornográficas.

Certa vez, na fila da lanchonete, um grupo de garotos atrás de Grimes caiu na gargalhada como hienas. Ele foi na direção da mesa com o rosto ardendo, agarrando a bandeja, e o riso aumentou. Quando se sentou à mesa com os outros enjeitados – os esquisitões que jogavam Dungeons & Dragons, os góticos deformados –, esticou a mão e procurou nas costas.

Certamente: um adesivo roxo com VIADINHO DOCE em grandes letras maiúsculas.

O que quer que isso significasse.

Simplesmente havia algo nele de que as pessoas nunca tinham gostado.

– As pessoas aqui me odeiam – Grimes disse a Ingram ao telefone certa noite.

– Eles odiariam Madre Teresa. As pessoas atiram no mensageiro.

Grimes estava deitado na cama, equilibrando um copo de motel de uísque sobre o peito com uma das mãos. O travesseiro era fino e cheirava a molhado. No dia seguinte, ele falaria com a faxineira sobre os travesseiros. Caso houvesse uma faxineira. Talvez fosse à loja de departamentos e comprasse seu próprio travesseiro. Caso houvesse uma loja de departamentos em 130 quilômetros quadrados daquele buraco vagabundo esquecido por Deus.

– Não me sinto bem. Tenho sangrado pelo nariz.

– Alergia.

– Algo no ar, acho.

– Não diga isso. Não diga isso a ninguém. Nunca.

– Sinto como se estivesse morrendo.

– Na última vez que fui à Louisiana não consegui cagar direito por um mês. Algo na água. Não beba a água. Você tem bebido?

Grimes se sentia nauseado e cansado, sentia falta dos dias cinzentos e frescos da cidade, as noites elétricas multicoloridas. Os letreiros reluzentes em chinês, francês e espanhol. Falta das limusines parecendo tubarões, dos táxis suicidas, dos restaurantes e bares

abertos a noite toda, o vidro fumê e as luzes submarinas. A panóplia de rostos estranhos, nunca os mesmos. Falta do barulho. Deus, ele sentia falta do barulho, o zumbido grave da cidade, as sirenes berrando, os lunáticos discursando nas esquinas. O tráfego grave e trêmulo. Você poderia ter qualquer passado que quisesse desde que conseguisse imaginar e contar a alguém com expressão séria. Algumas vezes você conseguia enganar até a si mesmo.
– Você voltou ao Trench? – Ingram perguntou. – É esse o cara?
– Trench – repetiu Grimes. – Não.
– Volte.
– Eu sei.
– Amanhã.
Grimes ficou em silêncio.
– Vamos fazer um trato.
– Estou escutando.
– Que tal férias remuneradas quando você voltar? Duas semanas. Novembro, dezembro, quando quiser.
– Que tal aquela promoção?
– Podemos conversar. Se tudo der certo.
Grimes tomou seu uísque, pensativo.

– – – – – – – –

No dia seguinte, Grimes foi à casa de Trench, mas ele não estava lá, então seguiu até o porto. Era final de tarde, o calor sufocante quase irrespirável. Grimes encontrou Trench jogando entranhas de peixe para fora do convés do barco com uma mangueira. Os restos se acumulavam na água, onde peixinhos frenéticos mordiscavam a coisa.

Quatro assinaturas naquele dia, pensou Grimes. Caso tivesse sorte, Trench seria a quinta. Talvez ainda tivesse tempo de conseguir seis ou sete. "Sete assinaturas hoje", diria a Ingram pelo telefone.

– Onde está o garoto? – perguntou Grimes. Porque tinha de dizer algo. Com uma maçã-verde comida pela metade na mão, ele ficou de pé no cais instável, a madeira tão gasta pelo tempo que parecia osso alvejado. Água banhada pelo sol cintilava através das rachaduras da madeira.

Trench não respondeu. Enfiou o bico da mangueira na axila de sua camisa polo verde-limão, meteu a mão no bolso da frente do jeans e tirou um cigarro. Virginia Slim. Como sempre.

Trench acendeu o cigarro e empalou Grimes com os olhos.

– Sou apenas o intermediário, sr. Trench – disse Grimes, pensando: *cinco*. – Conhece Chris Grimes?

Trench coçou a lateral do nariz com o polegar, soltou fumaça.

– É minha mãe – disse Grimes. Sorriu e deu uma mordida na maçã.

Trench absorveu aquilo.

– Boa senhora. Grande senhora. Mas a maçã caiu longe da árvore. A maçã rolou pela sarjeta e escorreu com a merda para fora da cidade.

– Estou tentando ser educado, sr. Trench.

Trench sibilou por entre os dentes.

– Estou tentando ajudar – disse Grimes, que olhou ao redor à procura de uma lata de lixo para jogar a maçã, não a encontrou, então lançou o miolo na água.

– Ajudar? Cem mil em equipamento de pesca simplesmente parado ali. Está pagando por isso?

– Você voltará a usar esse equipamento de novo. Antes mesmo que perceba.

– O cacete que vou. As distribuidoras de gelo do Mississippi não estão sequer comprando.

– Está chateado, sr. Trench. Eu também estaria.

– Chateado? É isso o que eu estou?

Naquele momento, Trench esguichava um equipamento que parecia metade um monóculo gigantesco e metade peneira.

– É, e quanto a isto? Também está pagando por isso? Quarenta mil essa porra de coisa.

Grimes limpou a testa encharcada com as costas da mão.

– Ajuda a salvar tartarugas que, mesmo assim, nós não costumávamos pegar. O governo as plantou. Por aqui chamam isso de Domingo Negro. Um cara gravou em vídeo. No telefone ou alguma outra porra. Helicópteros jogando merda em um domingo. Na segunda, as pessoas estavam pegando toneladas de tartarugas. Tartarugas que nunca tínhamos visto antes. Você pegou uma tartaruga? Eu peguei vinte. Pegou uma tartaruga? Eu peguei trinta. Antes disso? Nenhuma. No dia em que a porra dos meus cabelos ficaram grisalhos.

Grimes ficou de pé, mudo, sob o sol violento. Pensando se haveria uma alma em Barataria que não fosse falha.

Por Deus, acabar com esse homem de uma vez por todas.

– Você está pensando por que estou lhe dizendo tudo isso – falou Trench. Foi até a amurada, se inclinou sobre a água e cuspiu a guimba do cigarro. Depois voltou a esguichar a selecionadora de tartarugas. – Estou farto de ser enrabado. Então não vou assinar.

– Sr. Trench – começou Grimes.

– Sr. Trench, sr. Trench. Eu lhe pedi um milhão de vezes para me deixar em paz. Você está me assediando.

Grimes apertou os olhos em uma expressão de sinceridade.

– Sabe, sr. Trench, algumas vezes as pessoas querem ajudar. Ajudar. Mesmo pessoas que trabalham para empresas. Sabe-se que isso acontece.

Com o rosto distorcido, Trench hesitou, absorveu isso. Depois ergueu as mãos.

– Certo – disse. – Vou olhar seus papéis. Por um minuto. É isso. Mostre o número.

Incrédulo, Grimes não se moveu.

– O que está esperando? Melhor vir antes que eu mude de ideia, cacete.

Grimes subiu na prancha e, quando estava na metade do caminho para o barco, Trench apontou o bico da mangueira e o cobriu com uma água tão fria que Grimes sentiu o coração vacilar. Ele deu um guincho, virou-se, cambaleou e quase caiu na água. Depois pulou de volta para o cais.

Trench continuou a esguichar.

– Maldito caipira – disse Grimes.

– Ah, finalmente a verdade – disse Trench, começando a rir. – Sr. Caipira. Sr. Caipira.

Grimes se virou, se obrigando a caminhar devagar, enquanto a água continuava a bater em suas costas.

– Um grande erro – falou.

Trench continuava a gargalhar e esguichar.

OS IRMÃOS TOUP

A casa deles estava revirada, vidro quebrado no saguão, gavetas evisceradas nos quartos, caixas e latas jogadas no chão da cozinha. Reginald percorreu a casa rapidamente, como se o culpado pudesse estar escondido em algum lugar. Victor se agachou e estudou as pegadas no chão do saguão, xingando em voz baixa. Dois pares diferentes iam para a frente e para trás, um grande, outro pequeno. Quando Reginald retornou ao saguão, Victor mostrou as trilhas.
– Lindquist – disse Victor.
– Poderia ser qualquer um – retrucou Reginald.
– O cacete – disse Victor, o rosto vermelho e apertado como um punho. – Lindquist.
– Parece alguém mais velho e talvez um garoto – Reginald acrescentou.
– Eu vi um garoto com Lindquist.
– Estatura mediana.
– Quem mais poderia ser?
– Qualquer um.
– O cacete.
– Melhor não tirar conclusões precipitadas – Reginald sugeriu.
– Alguém vai ser morto.
– Não, também não vai.
– Alguém vai ficar machucado – Victor disse.

Por alguns dias, Lindquist se manteve distante da ilha dos gêmeos, mas, certa noite, sem o garoto, ele se aventurou a sudeste, na direção da região deles do *bayou*. Os irmãos seguiram seu camaroeiro verde-abacate a distância, luzes apagadas e motor a meia potência. Quando Lindquist ancorou, os irmãos fizeram o mesmo. Reginald olhou pelo binóculo enquanto Lindquist baixava a piroga do camaroeiro e remava na direção do pequeno banco de areia, uma figura solitária sob o fraco brilho laranja de sua lanterna Coleman.

Depois de um tempo, ele levou o barco para a margem, ergueu sua máquina e começou a balançar a espiral do detector de metais para a frente e para trás ao longo da linha de maré. De tempos em tempos pousava a máquina no chão e cavava um buraco com a pá. Examinava a terra revirada com a ponta da bota.

Reginald notou que Lindquist vestia calça de camuflagem cargo, excedente do Exército. Uma prótese de braço com gancho. E ficava tirando alguma coisa do bolso e mexendo nela, jogando balas ou goma de mascar na boca.

Reginald tinha de admitir que o sujeito era persistente. E minucioso. Um ou dois alertas não iriam afugentá-lo. Talvez nem mesmo um tiro. Seria necessário algo mais persuasivo.

Não assassinato. Não ainda. Isso era totalmente último recurso. Além disso, o pântano já abrigava demasiados segredos seus. Se um fosse descoberto, provavelmente outros se seguiriam. Um erro gerando outro, uma suspeita levando à seguinte. Embora o pântano sempre tivesse se provado seu principal álibi e cúmplice, só daria conta de um determinado número de corpos antes que começassem a chegar a terra osso por osso.

A contagem de corpos estava em três, todos pertencentes a falastrões ambiciosos demais e talentosos de menos que tentaram roubar seu negócio de maconha. Nenhum deles dera atenção aos alertas dos irmãos Toup, e acabara morto, escondido nos pontos mais distantes do *bayou*, afundados na lama e lodo com pedras nos bolsos, um com a garganta cortada de orelha a orelha, dois com balas perfurando o coração.

Lonny Brewbaker, um respeitável irresponsável, devia aos irmãos Toup quinhentos dólares em drogas. Dinheiro que eles provavelmente nunca veriam, mas ainda assim deixaram que a dívida aumentasse, sabendo que, mais cedo ou mais tarde, teria de lhes fazer um favor. Certa noite, Victor chamou Brewbaker para receber a dívida e disse que precisava do maior aligátor vivo que conseguisse encontrar, não importava para o quê.

Brewbaker pediu a Victor um dia.

Na noite seguinte, os irmãos Toup foram à casa de Brewbaker, um trailer duplo arruinado pela ferrugem, com um quintal tomado por esmilaces e um sofá xadrez-Scotch na varanda. Victor esmurrou a porta e Reginald ficou atrás enquanto joaninhas se chocavam contra o tostador de insetos.

Um homem de costas curvadas e bochechas fundas abriu a porta. Vestia bermuda e uma camiseta do New Orleans Saints com o nome de Drew Brees e calçava Crocs laranja fluorescente. Projetou o maxilar para frente em cumprimento e desceu os degraus cambaleando.

Os irmãos seguiram Brewbaker até o quintal dos fundos. Sob um carvalho enorme havia uma jaula de cerca e, dentro dela, um aligátor encolhido com um metro e oitenta ou dois metros. Brewbaker tirou a lanterna do bolso e a apontou para a cerca. Os olhos do aligátor refletiram as luzes e brilharam como rubis. Seu focinho estava amarrado com fita adesiva.

– Veja o tamanho dessa coisa – disse Reginald.

— Como você pegou essa coisa, cacete? — Victor perguntou a Brewbaker.

— Merda — disse Brewbaker. Colocou a lanterna no chão, ajeitando-a para que o facho iluminasse a jaula.

— Isso pode ser radical — disse Reginald.

Mãos nos quadris, Brewbaker hesitou. Talvez esperando que os irmãos desistissem de qualquer que fosse o esquema maluco que tinham planejado.

— Radical o cacete — disse Victor.

— Vamos simplesmente colocar essa maldita coisa na picape — Reginald disse.

Brewbaker destrancou a porta, abriu-a e entrou. O aligátor sibilou e recuou para o canto. Reginald e Victor entraram na jaula com Brewbaker e os homens foram na direção do aligátor agachados como lutadores de sumô. Brewbaker se lançou à frente, deu uma gravata no aligátor, depois Victor avançou, passando os braços pela cauda. Reginald se juntou a eles, abraçando o meio do corpo.

— Segurem — disse Brewbaker. — Que merda, segurem.

Eles saíram da jaula andando de lado, escorregando na lama, agarrando o aligátor, seus quase cento e quarenta quilos de músculos agitados. Cruzaram o jardim lateral até a picape de Brewbaker.

Vinte minutos depois, com o aligátor embarcado, eles se sentaram na picape, fedendo a lama e mijo de réptil. Roupas e rostos imundos, à luz fraca, o branco de seus olhos parecia alucinado.

Brewbaker riu, depois os gêmeos.

— E agora? — perguntou Brewbaker.

— Dirija — disse Victor. — Vamos lhe contar.

Na casa de Lindquist, Reginald e Brewbaker esperaram na picape enquanto Victor subia até a varanda e tocava a campainha. Conferiu o relógio, depois olhou por sobre o ombro. Após um minuto tirou sua gazua, abriu a fechadura, entrou e acendeu uma luz. Depois saiu novamente e ergueu o polegar para eles.

Os homens carregaram o aligátor para dentro de casa, pelo corredor, até o quarto principal, onde o prenderam no chão. Brewbaker agarrou o pescoço do aligátor enquanto Victor pegava um canivete e cortava a fita adesiva. Depois os homens pularam para longe do aligátor como se fosse uma bomba, saindo do quarto aos tropeções, Victor apagando a luz e batendo a porta.

Os três ficaram escutando no corredor. Logo vieram os bang, bang, bang da cauda do aligátor batendo nas paredes, as garras raspando.

Brewbaker sorriu e balançou a cabeça. Depois os gêmeos sorriram, e logo estavam todos rindo.

Brewbaker perguntou:

– Estamos quites?

LINDQUIST

Lindquist novamente visitou o Trader John's com sua sacola de veludo roxa de Crown Royal cheia de joias baratas, os resíduos de seu estoque de emergência. Tinha os olhos remelados e barba por fazer, a calça de camuflagem suja de lama nos joelhos. Viu no balcão três outros homens, que reconheceu como pescadores, e seus olhos saltaram. Depois notou os olhos dos homens fixos na bolsa em sua mão e soube que seu golpe chegara ao fim. Relutante, foi até o balcão.

– Como vão, pessoal? – cumprimentou.

– Aí está ele – disse um dos homens. – O pirata barba-negra.

Era Michael Franklin, um sujeitinho de peito de pombo que sempre lembrava a Lindquist um jóquei.

Lindquist deslocou o peso de um pé para outro e deu uma risadinha desconfortável entre dentes. Por um momento, o único som foi dos reservatórios borbulhantes de iscas, o zumbido elétrico dos refrigeradores de bebidas. Os outros dois homens, Jarred e Ricky, observavam Lindquist, olhos brilhando ameaçadores.

– O que você traz hoje, Lindquist? – perguntou a sra. Theriot.

Lindquist colocou a bolsa no balcão, mantendo a mão em cima dela, protetor.

– Vendeu algumas daquelas coisas? – perguntou.

– Por falar nisso – disse a velha. – Alguém apareceu reivindicando o relógio. Garret? O pastor?

Lindquist a observou, mastigando o ar. Haveria alguém na Terra que não tentasse sacanear o próximo?

– Eu teria ligado, mas não tinha um número – disse a mulher, cruzando os braços sobre o peito, a camisa abacaxi estufada. – E imaginei que você tomaria a mesma decisão que eu. Um pastor, provavelmente honesto.

– Bem, que inferno. Ele tinha alguma prova?

Ela encarou Lindquist: prova?

– Um recibo? – perguntou Lindquist. – Alguma coisa?

– O quê? Agora você tem de carregar uma licença de relógio? – reagiu Jarred. – *Green card* se for estrangeiro?

– Ele não tinha nenhum recibo – disse a sra. Theriot a Lindquist.

– Ele basicamente apenas olhou para a coisa, fez uma careta e disse: "Ei, este relógio é meu." E pelo rosto dele eu soube.

Os olhos de Lindquist percorreram a mercadoria na vitrine de vidro.

– E quanto àquele anel? – perguntou.

– Conhece Tracy Bascomb?

Lindquist brincou com o queixo.

– Tracy Bascomb, filha de George?

Lindquist esperou.

– Casada com aquele garoto Marshall ainda no Afeganistão? Organizou toda aquela coisa de sacos de areia?

– Milhões de anéis no mundo se parecem com aquele – Lindquist disse.

– Isso é verdade. Mas, antes mesmo de tocar no anel, ela me disse para verificar se havia uma pequena inscrição do lado de dentro. Sabe o que as pessoas fazem com data e tudo mais? Não havia como ela ter visto de onde estava.

Lindquist desviou os olhos, olhou para a grelha de cachorro-quente. Atrás do vidro sujo de gordura, as salsichas giravam preguiçosamente em seus espetos.

– Onde você está achando essa merda, Lindquist? – Michael perguntou. – Está invadindo as casas das pessoas?

Lindquist o ignorou.

– Alguma coisa foi vendida? – perguntou. – Alguma maldita coisa que não foi reivindicada?

– Aquele relógio de bolso – respondeu a sra. Theriot.

– Quanto?

– Cinco dólares.

– Cinco dólares?

– Vou lhe dizer uma coisa, Lindquist – falou Jarred.

Os olhos de Lindquist pousaram duros em Jarred.

– As pessoas não gostam de você cavar as merdas delas e tentar vender.

– Escute. Isso é babaquice. Só estou procurando coisas. O que eu encontro está na terra e não pertence a ninguém. Ninguém que não seja uma empresa.

Todos os olhos estavam sobre ele.

O rosto de Lindquist se contorceu.

– E se por acaso for delas? Bem, que inferno. Então deveria haver um limite de tempo.

– Um o quê? – Jarred perguntou.

Lindquist hesitou.

– Veja, basicamente tudo em algum momento pertenceu a alguém, certo?

Os homens trocaram olhares.

– Quer nos mostrar o que conseguiu hoje, Lindquist? – perguntou a sra. Theriot.

– Tenho de admitir que estou curioso – afirmou Michael. Olhou para os outros.

– Estou curioso – Ricky disse.

– Certamente você está curioso, cacete – disse Jarred.

Lindquist virou a bolsa e espalhou o conjunto habilidosamente, como um trapaceiro fazendo o truque da bolinha escondida.

Depois ergueu os olhos com uma expressão contida de jogador de pôquer. Ou o que ele achava ser uma.

– Veja tudo isso – disse Michael. – Vou me dedicar a essa merda de detectar metais.

Dessa vez a pilha de Lindquist era ainda maior que antes. A maioria das peças estava coberta de terra, mas algumas refletiam um brilho recente.

– Maldição, meu anel de turma – disse Michael.

Ele meteu a mão na pilha e pegou o anel antes que Lindquist conseguisse se mover.

– Babaquice – reagiu Lindquist, agarrando o ar.

Michael recuou um passo com o anel fechado no punho.

– Estou lhe dizendo. Perdi o cabaço usando este anel.

Jarred enfiou a mão na pilha, tirou algo e Lindquist girou. Jarred recuou, virou-se e levou a joia à luz.

– Não posso acreditar. O camafeu da minha avó.

– Babaquice – disse Lindquist.

– Calma, todo mundo – disse a sra. Theriot.

Então, Ricky arrancou algo da pilha, uma corrente de ouro com um pendente de pérola em forma de gota, e o colocou de lado.

– Juro pelo santo Cristo que é da minha esposa. Onde você encontrou isto, Lindquist?

De queixo caído, Lindquist olhou os homens ao redor. Antes que mais alguém pudesse pegar mais, ele catou as bijuterias remanescentes e as enfiou de novo na bolsa.

– Eu quero provas – disse Lindquist.

– Eu vou provar – Jarred retrucou. – Com minha bota na porra da sua nuca.

– Ei – reagiu a sra. Theriot. – Nada disso na minha loja.

Lindquist vislumbrou algo na vitrine que o fez parar e franzir o cenho. Uma corrente de ouro com um pendente de coração.

– Onde conseguiu isso? – perguntou à sra. Theriot. – Aquela com o coração?

— Por quê? — perguntou Jarred. — Agora vai dizer que é seu? Que perdeu seu colarzinho de coração?

Os homens deram risadas.

— Se vocês vão ficar com coisas que roubaram de mim, eu quero indenização — Lindquist disse.

— Indenização? Ficou maluco de repente?

— Uma taxa de descoberta — retrucou Lindquist.

— Você não vai receber merda nenhuma.

— Vão todos se foder — respondeu Lindquist.

— Lindquist — chamou a sra. Theriot, mas Lindquist já virara em passos largos e se dirigia à porta.

Já do lado de fora ele fez uma careta através do vidro e mostrou o dedo médio. Soltou uma série de palavrões e viu os homens rindo, a velha os censurando balançando o dedo.

— — — — — — — —

Lindquist voltou para casa tarde do bar Sully's em um estupor de comprimidos e cerveja, tirando a roupa no corredor, jogando-a de lado. A caminho da cama, no quarto escuro, ele tropeçou em algo grande e pesado, e caiu de rosto no carpete. Por um momento ficou deitado, chocado e de braços e pernas abertos, pensando se teria tido um derrame. Sim, ele estava entupido de comprimidos. Sim, bebera demais. Mas Lindquist sempre se orgulhara de ser um homem que sabia onde estava a própria maldita mobília.

Estava se esforçando para levantar quando ouviu no quarto um som de gargarejo, úmido e reptiliano. O coração de Lindquist deu uma única batida forte, depois acelerou. Levantou-se apressado, virou-se e viu uma forma de caiaque encolhida, colada no chão, indo cautelosamente na sua direção.

Disse a si mesmo que tinha de estar sonhando. Não podia haver outra explicação. Mas saltou para a cama, acendeu a luminária e gritou como um castrado quando viu o que viu.

Um aligátor. Um metro e oitenta, talvez dois. Uma porra de um aligátor em seu quarto. Lindquist se encolheu na cabeceira. O aligátor também recuou, agachando perto da porta com seu rabo grosso agitado e mostrando os dentes tortos.

Para ter certeza de que não estava sonhando, Lindquist beliscou a bochecha com força, mas sentiu apenas uma dor distante, anestesiada por álcool e comprimidos. Afora isso, nada mudara. Lama, bosta e mijo ainda sujavam carpete e paredes. Uma das mesinhas decorativas havia sido derrubada e os pinguins e porcos de porcelana de Gwen estavam espalhados pelo chão.

– Some – disse Lindquist, agitando a mão em um gesto frouxo de enxotar. – Eu mandei sumir agora.

O aligátor sibilou por entre os dentes amarelados.

Lindquist abriu uma gaveta na mesinha de cabeceira e pegou a primeira coisa que os dedos encontraram. O consolo da esposa, uma coisa roxa hedionda com uma extremidade bulbosa como uma ameixa. Jogou o falo no aligátor, ele quicou na cabeça e caiu perto dele sobre o carpete.

O aligátor foi até o canto e se virou para observar Lindquist com olhos amarelos-dourados famintos.

– Bom Deus – disse Lindquist. Pegou o telefone na mesinha de cabeceira e discou com dedos trêmulos.

– É uma emergência? – perguntou a operadora.

– Sim, sim – respondeu Lindquist.

– Qual a emergência?

– Um aligátor – disse Lindquist, respiração trêmula ao telefone. – Um aligátor no meu quarto.

WES TRENCH

Lindquist, Wes notara, agira de modo estranho a noite toda. Assustado e nervoso. Para começar, não estava contando nenhuma de suas piadas sem graça. E quanto mais pilotava o *Jean Lafitte* para dentro de Barataria, mais aparentemente ansioso ficava, olhando nervoso para a esquerda e a direita pelas janelas da cabine de comando, um tipo de apreensão inquieta se revelando em seu rosto.

Por volta de meia-noite, Wes finalmente perguntou o que estava acontecendo, e Lindquist contou que alguém havia colocado um aligátor em seu quarto.

– Disse o quê? – perguntou Wes, imaginando que fosse outra das piadas de Lindquist.

– Um aligátor, em meu quarto – repetiu Lindquist, o rosto contraído e sério.

Wes ficou sem fala.

– Um metro e oitenta ou dois metros, desse tamanho. Podia muito bem ser seis metros. Quase me matou de medo.

– Chamou a polícia?

– É. Dois agentes apareceram, atiraram na cabeça dele e o arrastaram para fora.

Eles estavam em uma pausa da pesca, na cozinha do barco, dois filés de vermelho pipocando em uma frigideira no fogão a gás. Uma tempestade se abatia sobre o convés acima e fustigava a pequena janela da cozinha. As luzes distantes do barco mais próximo eram um borrão irregular. De tempos em tempos, um ramo de um brilhante raio lilás se estendia silenciosamente fundo no golfo. Lindquist se levantou da mesa, foi ao fogão e virou os filés com um garfo. O cheiro de alho, cebola e pimenta-de-caiena dava água na boca de Wes. Nos dias anteriores, eles só haviam comido salsichas em lata e biscoitos.

Lindquist colocou pratos na mesa da cozinha, um para Wes e um para ele mesmo. Vermelho queimado de frigideira acompanhado de um arroz sujo: Zatarain's, saído diretamente da caixa. Wes começou a engolir sua comida, embora estivesse um pouco carregada demais de pimenta-de-caiena. Seus olhos lacrimejaram e ele tossiu. Lindquist riu e perguntou a Wes se a comida estava suficientemente temperada.

Depois de um tempo, Lindquist disse:

– Acho que foram os gêmeos, eu. Os irmãos Toup.

– Por que colocariam um aligátor no seu quarto?

– Eles são malucos, por isso.

Ficaram um tempo em silêncio, Lindquist mastigando sua comida, cansado, um lento movimento bovino dos maxilares. De tempos em tempos, os olhos se fechavam por vários segundos e o aperto no garfo afrouxava como o de um bebê. Depois abria os olhos e os fixava enevoados no prato.

Wes imaginava que fossem os comprimidos. Lindquist estava sempre pegando aquele baleiro e engolindo um ou dois do que havia dentro.

– Eles acham que estou atrás do bagulho deles – disse Lindquist.

Wes não disse nada porque não sabia se Lindquist estava brincando.

– Eu disse que não tinha interesse nisso. Que estava apenas detectando metais. Ainda assim, levaram meu braço. O bom que eu tinha.

– Você sabe disso? Tem certeza?

Lindquist confirmou.

– Não tenho provas, mas tenho certeza. Alguém me contou. Então contei a Villanova. Claro que ele não fez nada.

Wes soltou um longo e frouxo assovio de surpresa.

– Eu ficaria longe de onde eles querem que você fique longe.

– Não posso. Não vou fazer isso.

A chuva batia como chumbinho no vidro da janela da cozinha. Lindquist pousou o garfo.

– Passei a vida inteira vasculhando Barataria. Eles não têm o direito de me dizer que não posso fazer isso. E não que eu possa parar. Não agora. Não depois de tanto tempo.

Wes perguntou o que ele faria com dinheiro de verdade se um dia encontrasse algum.

– Parar de pescar, certamente. Mudar daqui. Para longe. Todo o maldito lugar está desmoronando. E comprar um novo braço para mim. Um que faça todo tipo de merdas legais.

Depois Lindquist fez a mesma pergunta a Wes. Wes disse que não queria deixar Barataria se pudesse evitar, mas, com todo o óleo e os danos ao mangue, era difícil prever. Quando finalmente terminasse de construir seu camaroeiro, se o fizesse, começaria seu próprio negócio, uma espécie de clube do camarão do dia.

– Eliminar o intermediário – falou. – Como eles faziam nos velhos tempos.

– Bem, inferno – disse Lindquist, balançando a cabeça.

Wes perguntou o quê.

– Você é a porra de um gênio, garoto.

– Não – disse Wes, com um risinho.

– A porra de um gênio.

Lindquist disse desejar que a filha fosse igualmente frugal e ambiciosa. Quando ganhava um dólar, uma hora depois tinha perdido dois. A coisa mais desgraçada. Wes não tinha ideia de o que dizer, e não queria insultar a filha de Lindquist, então ficou calado.

– Que nome vai dar a ele? – Lindquist perguntou. A voz era pastosa e arrastada.

A chuva tinha diminuído, e havia então a escuridão do *bayou* além da janela riscada de água. Wes desviou os olhos da janela e encarou Lindquist.
– Nome?
– Do barco, garoto.
– Ainda não sei.
– Nenhum?
– Eu ia dar a ele o nome da minha mãe, mas pensei melhor. Minha mãe não é um barco, sabe?
Lindquist concordou, com sono.
Wes deu de ombros e baixou o garfo.
– Então acho que vou esperar para escolher o nome. Não quero dar azar a ele.

Lindquist não disse nada, mas estudou Wes de um modo que dava a impressão de que decidira algo sobre ele naquele instante, mas Wes não sabia dizer se era bom ou mau.

— — — — — — —

Mais ou menos uma hora depois da chuva, eles haviam baixado as redes na água quando Wes notou o barco saindo de rumo. Estavam indo diretamente para uma das pequenas ilhas de barreira na embocadura da baía. Wes ergueu os olhos e viu Lindquist curvado sobre a roda do leme, cabeça caída para o lado, olhos fechados. Apagado.
– Sr. Lindquist! – Wes gritou.
Nada.
Wes colocou as mãos ao redor da boca.
– Sr. Lindquist.
Lindquist não se mexeu.
Eles estavam a menos de trezentos metros de colidir com a ilha. Logo o casco rasparia no fundo do *bayou* e o *Jean Lafitte* seria um naufrágio.

Wes subiu a escada correndo, dois degraus de cada vez, e, assim que entrou na cabine de comando, sacudiu o ombro de Lindquist. Os olhos dele se abriram de repente, e ele olhou ao redor, grogue.

– Estamos indo na direção de uma ilha – disse Wes.

Os olhos de Lindquist ficaram perturbados, ele agarrou o timão e virou bem para a direita. Quando o barco estava novamente no rumo, deu um tapa na bochecha. Depois olhou para Wes. Seu rosto estava vermelho de constrangimento.

– O quê? – perguntou.

– O senhor adormeceu.

– É. E?

– Quer se deitar um pouco?

Lindquist fez uma pausa.

– O que quer dizer?

– Deixe que eu cuide dele.

Lindquist olhou soturno para Wes.

– Está dizendo que eu fodi tudo?

– Estou perguntando se está bem.

– Bem?

Wes ficou em silêncio.

– Está bem? – repetiu Lindquist em uma voz de menina. – Está bem? – disse novamente, provocando. Seus olhos queimaram em Wes.

– Já tive demais dessa babaquice da minha mulher.

Wes continuou em silêncio.

– *Está bem?* Ela perguntava a cada cinco segundos. Olhando daquele jeito. Como você está olhando agora.

– Eu vou dizer. O senhor toma muitos daqueles comprimidos, sr. Lindquist.

– É? E?

– De um amigo para outro, só achei que deveria dizer.

– Não somos amigos. Sou seu chefe, eu. Você é meu empregado. Essa é a situação.

Wes engoliu em seco, o rosto queimando.

– Tudo bem. Mas somos amistosos.

– Não, neste instante não somos.

Wes desceu novamente ao convés e se ocupou das redes. Ele repassou na cabeça a conversa com Lindquist repetidamente enquanto xingava em voz baixa. Só mais duas ou três horas, pensou. Então estaria longe daquele cara, talvez para sempre. Mas, e então? Voltar a trabalhar para o pai? Isso seria trocar um tipo de inferno por outro.

Em pouco tempo, Lindquist chamou da janela da cabine. A voz estava totalmente mudada, até mesmo amistosa.

– Ei, Wes – falou, como se nada tivesse acontecido.

Wes ergueu os olhos.

– Toc-toc – Lindquist disse.

Wes balançou a cabeça e sibilou por entre os dentes, com desprezo.

– Toc-toc – Lindquist repetiu, mais alto.

Wes fez um gesto para Lindquist e deu as costas.

– Bem, inferno – Lindquist falou. – Tudo bem, se é assim que você quer.

Eles não voltaram a conversar até terem levado seu camarão até Monsieur Montegut e estarem de volta ao estacionamento da marina. De pé perto das picapes, à luz tangerina do amanhecer, Lindquist deu a Wes metade do dinheiro, não o terço habitual.

– O senhor cometeu um erro – Wes disse.

Lindquist apertou os olhos para o sol, pés de galinha marcando os cantos dos olhos.

– Indenização.

– Veja, se isso é por causa dos comprimidos, sr. Lindquist, peço desculpas. Não é da minha conta.

– Você está certo. Não é.

Depois, talvez por lamentar ser tão seco, a voz de Lindquist ficou mais suave:

– Não é por causa dos comprimidos, garoto.

Wes ficou em silêncio.

– Não consigo mais fazer isto – Lindquist disse.

– Fazer o quê?

– Pescar camarão. Estou acabado, eu. Provavelmente vou colocar barreiras para aquele pessoal. Limpar óleo. Embalar filhotes de pelicanos. Quem sabe, inferno.

– Não vou mencionar os comprimidos novamente, sr. Lindquist. Apenas me deixe trabalhar.

– Garoto. Não tem nada a ver com os comprimidos. Veja a água. Veja o noticiário. Nós saímos para lá e trabalhamos para perder dinheiro. Se estivéssemos fazendo qualquer outra coisa, eles nos trancariam num manicômio por agir assim.

Wes concordou.

– Isto é muito dinheiro – falou.

Lindquist fez um gesto com o gancho.

– Bem, obrigado – disse Wes. Enfiou a mão no bolso e tirou as chaves do barco de Lindquist.

– Pode ficar mais algumas noites, se quiser. Até ajeitar as coisas.

– Ficarei bem.

– Vai para casa?

– Provavelmente – Wes mentiu.

– Converse com seu pai. Não seja idiota.

– Tudo bem, sr. Lindquist.

Lindquist deu a volta e caminhou na direção da sua picape, erguendo a mão.

– Cuide-se, garoto.

– Cuide-se, sr. Lindquist – respondeu Wes.

COSGROVE E HANSON

Eles precisavam de um barco, se queriam encontrar a ilha dos gêmeos. Caso existisse. Precisavam de um barco, mas Hanson não tinha dinheiro e Cosgrove se recusou a desperdiçar qualquer coisa de sua magra poupança em um delírio. Hanson disse a Cosgrove que tinha algo que tirara da casa da viúva e que nunca lhe contara. Um anel.

– Um anel? – reagiu Cosgrove. – Nós tínhamos combinado. Só coisas do sótão.

– Estava no sótão.

Cosgrove encarou Hanson. Um olhar duro de recriminação.

– Ei, Sasquatch, estou lhe contando agora, não estou?

Eles levaram o anel de diamante a uma loja de penhores na saída da rodovia. Trader John's.

– Gostaria de saber quanto isso vale – Hanson disse à velha de camisa havaiana, de pé atrás do balcão. Enfiou a mão no bolso e retiniu o anel sobre o vidro com marcas de mãos. A mulher ergueu o anel e o virou nos dedos retorcidos, a testa franzindo enquanto olhava por uma lente de joalheiro.

Cosgrove olhou para a mercadoria atrás do balcão, traquitanas desbotadas de sol penduradas nas paredes: banjos, cabeças de animais empalhadas, equipamentos médicos em meio à parafernália do Saints e adesivos de carro contra Obama. Todo o maldito município tinha empenhado a vida. Logo as pessoas estariam apregoando partes do corpo em troca de dinheiro para cerveja e cigarros. Rins e córneas a prestação no Trader John's.

— Onde encontrou isso? — perguntou a mulher.

Sem vacilar, Hanson contou à mulher que o anel pertencera à sua noiva. Penélope. Morta.

A balconista soltou a lente, e a peça balançou em uma corrente em seu pescoço. Encolheu o queixo balouçante e estalou a língua.

— Acidente de carro — disse Hanson, ajustando a fivela do cinto de rodeio. — Não foi o pior, havia um cara com ela. Cara mais novo.

Um gato roliço, laranja-marmelada, saltou sobre o balcão e caminhou lentamente até Hanson, encarando-o com seus olhos verdes amarelados.

— O cara estava com a calça arriada — disse ele, acariciando a cabeça do gato. — Até os tornozelos. Os dois ficaram tão animados que ela os jogou da ponte direto no rio.

Cosgrove ficou pensando se Hanson inventara toda aquela babaquice de novela antecipadamente. Pedia a Deus que sim. Odiava imaginar o tipo de mente pervertida capaz de inventar aquela loucura de improviso.

Hanson prosseguiu. De modo surreal.

— Usando exatamente este anel que eu tinha comprado para ela. Não sabia se chorava ou a desenterrava para poder matar de novo.

Hanson simulou refletir sobre isso. O rosto da velha permanecia tão impassível quanto madeira. Talvez ela tivesse ouvido tudo durante seus setenta e cinco ou oitenta anos na Terra.

— Quer saber — disse a mulher. — Tudo isso me soa uma tolice completa.

Hanson bufou indignado e ergueu as sobrancelhas. Tirou o boné de camuflagem, alisou o rabo de cavalo preto para trás e recolocou o boné.

— Bem, não sei o que lhe dizer. Acho que então minha vida é tola.

A velha ofereceu novecentos dólares pelo anel. Mil e quinhentos, Hanson disse. Novecentos, repetiu a mulher. Mil e duzentos, insistiu Hanson. Novecentos, disse a mulher. Mil, falou Hanson. Novecentos, disse a mulher.

─ ─ ─ ─ ─ ─ ─

No dia de folga seguinte, Hanson ligou para o número de um anúncio no jornal, e vinte minutos depois, eles estavam no Dodge de Hanson, seguindo para o outro lado de Jeanette. Quando chegaram à casa de fazenda, de alvenaria, um homem careca e corpulento, com uma pera sob o lábio e um pedaço de tabaco de mascar enchendo a bochecha, saiu mancando. Apertou as mãos deles, os dedos mais ásperos que Cosgrove sentira na vida, como casca de árvore.

O homem os levou ao quintal, onde um píer em forma de T se projetava para uma lagoa verde como sopa de ervilhas. Cosgrove e Hanson examinaram o barco a motor de alumínio, com dez pés de comprimento e dotado de um velho motor de cortador de grama. O homem estava de pé, com as mãos enfiadas nos bolsos e polegares enganchados nos passadores, cuspindo suco de tabaco na água. Peixinhos subiam à superfície e mordiscavam as bolhas com boquinhas de beijar.

– Para onde o levamos? – Hanson perguntou ao homem.

– Levar?

– Onde estacionamos? – perguntou Hanson, que continuava a se aproximar do homem. O homem continuava a se afastar desconfortavelmente, com frequência espiando a camisa de Hanson, que na frente dizia METALLICA, KILL 'EM ALL' acima do desenho de um martelo ensanguentado e um ladrilho coberto de sangue.

O homem levou um segundo para entender o que Hanson queria dizer.

– Vocês não têm um embarcadouro?

– Não.
O homem coçou o queixo e pensou nisso.
– Bem, acho que vocês podem alugar um embarcadouro bem barato na marina. Caso não tenham seu próprio píer.
– Como levamos para lá? – Hanson perguntou.
O homem olhou para Hanson, como se estivesse brincando.
– Você o navega.
– Quero dizer, podemos rebocar?
– Vocês têm um reboque?
Hanson balançou a cabeça.
– Então você tem de navegar.
– Você tem um para vender?
– Não. Não, eu não tenho reboque.
Os três homens ficaram de pé em silêncio, olhando para o barco como se ele fosse resolver os dilemas.
– Apenas perguntando, vocês têm licença, certo? – perguntou o homem.
– De motorista?
– De mestre.
– Claro.
O homem olhou para Cosgrove. Cosgrove deu de ombros. Imaginou o homem mais tarde contando a seus companheiros sobre eles. *Vocês não vão acreditar nos cretinos que vieram aqui outro dia e nunca estiveram em um barco a vida toda.*
– Que inferno, isso não é da minha conta – disse o homem.
– É a porra de um barco – disse Hanson a Cosgrove. – Quantas facetas existem?

- - - - - - - -

Em meados de setembro, Cosgrove e Hanson adotaram um padrão regular de reconhecimento. Toda noite, depois do expediente no santuário de aves, eles entravam em Barataria e exploravam o arquipélago de ilhas, vagavam por praias à luz fraca de suas lanternas como fantasmas retornados do Apocalipse. As ilhotas e bancos de areia eram inúmeros, a maioria pouco mais que trechos de grama pantanosa. As coordenadas que Hanson pegara no GPS levavam apenas a uma ilha com um salgueiro esquelético, os galhos tomados de garças brancas adormecidas. Nada de maconha. Mas eles usaram a ilha como ponto de referência. Se a ilha dos gêmeos ficava em algum lugar, provavelmente era por perto.

Algumas vezes viram luzes de barco solitárias brilhando distantes no horizonte. Afora isso, a baía era sobrenaturalmente desprovida de vida humana. Talvez ninguém mais fosse tão idiota de chegar perto daquele lugar. Todo dia os avisos colocados ao redor da praia eram mais sinistros em seus alertas. EVITE A ÁGUA. EVITE ANIMAIS MORTOS. NÃO NADE. NÃO RESPIRE.

SUMA DAQUI, provavelmente diriam as placas em uma ou duas semanas.

Pelo que Cosgrove e Hanson podiam dizer, não havia ninguém por perto para aplicar as regras.

Cosgrove ficou pensando por que era cúmplice tão animado da estupidez de Hanson. Por que se rendia aos caprichos daquele idiota da aldeia moderno. Mas, na verdade, não havia nenhum mistério em sua concordância. Ele estava desesperado. Desesperado e, sim, curioso. Curioso para ver no que daria tudo aquilo. Curioso para ver se haveria alguma verdade na babaquice de Hanson. Imaginou que tudo aquilo só custaria a ele mais uma ou duas semanas da sua vida. Uma ou duas semanas: ele tinha isso. Tempo era tudo o que tinha.

Ademais, Cosgrove não tinha lugar algum para onde ir, nenhuma perspectiva no horizonte. Estava preso no rego da Louisiana, ganhando quinze dólares por hora como parte de uma equipe de remoção de óleo. E isso era provavelmente o melhor que as coisas ficariam para ele. Claro que sabia que procurar uma ilha de maconha era maluquice. Mas também sabia que, com frequência, idiotas tropeçavam na fortuna, fosse por destino ou sorte.

GRIMES

Grimes estacionou ao lado da estrada de terra sulcada e saltou do carro. Passou um tempo olhando para o quintal – se é que podia ser chamado assim –, mastigando uma maçã-verde e refletindo se enfrentava a floresta densa à sua frente. E então fez isso. Jogou a maçã fora e abriu caminho por entre as altas roseiras silvestres e ervas daninhas, usando os braços como se nadasse contra a corrente, gafanhotos girando pelo ar, batendo asas que pareciam papel.

Quando chegou à varanda do bangalô dilapidado, tinha o rosto vermelho e arfava, as roupas empoeiradas e cheias de carrapichos.

Um velho de têmporas fundas estava sentado em uma cadeira de balanço de vime na sombra da varanda.

– Prestes a ser morto hoje – ele resmungou em voz baixa.

– Senhor? – perguntou Grimes, embora tivesse ouvido.

– Você está em propriedade particular.

– Não quero incomodá-lo, senhor – disse Grimes, ainda tentando recuperar o fôlego. O número 4 queimava em sua cabeça como um letreiro em néon. Quatro assinaturas até então naquele dia. Restando quatro meses do ano, quatro décadas na Terra, quatro décadas pela frente.

Grimes ficou de pé ao sol no limite da sombra da casa e protegeu o rosto com a mão. Quando o homem não disse nada, ele olhou à esquerda, onde havia um galinheiro no limite do quintal.

Aves tagarelavam e caminhavam ao redor da lata de comida. Depois olhou à direita, onde havia uma piroga apoiada de pé sobre um barracão de teto de zinco. A porta do barracão estava escancarada e peles de ratos almiscarados e ratões-do-banhado pendiam das vigas aparentes do teto.
— Estou procurando Donald Baker — Grimes disse finalmente. — O sr. Baker entrou com uma ação contra nós. O senhor o conhece?
— Talvez.
— É o senhor?
— Qual o seu negócio?
— British Petroleum.
— Tem um segundo para dar a volta e sair da minha propriedade — o homem disse.
— Senhor? Eu vim aqui para lhe dar sua indenização.
O homem se recostou na cadeira.
— Indenização pelo quê?
— Por seus problemas. Caso seja o sr. Baker. Que entrou com a ação. É o senhor?
— Está dizendo que veio aqui me dar dinheiro.
— Estou com o cheque bem aqui.
— Não tenho conta no banco.
— Tenho certeza de que conseguirá descontar. Com sua identidade. Com identificação.
— Também não tenho isso.
— É Donald Baker?
— Posso ser ou não.
Grimes colocou as mãos nos quadris e baixou os olhos para os sapatos enlameados.
— Imagino que seja o momento errado.
— Nunca será o certo.
Sem ter mais o que dizer, Grimes ergueu a mão, desanimado, e se virou, vadeou novamente pelas ervas daninhas na direção do

carro. Quando olhou por sobre o ombro, o velho ainda o encarava, o rosto duro como pedra.

No dia seguinte, Grimes retornou e se arrastou entre o mato alto e os espinheiros no quintal do velho. Nenhuma nuvem no céu e o sol brilhava sobre tudo como latão derretido. Ao chegar à clareira de terra batida ao redor da casa, Grimes já estava encharcado de suor.

O velho o observava da cadeira na varanda.

– Trouxe dinheiro? – perguntou.

– Cheque administrativo – respondeu Grimes.

– Está me dizendo que só preciso assinar um papel e você me dá o dinheiro.

– É exatamente o que estou dizendo.

– Sou Donald Baker – disse o homem.

– Então, bem, sr. Baker – disse Grimes. – Agora estamos chegando a algum lugar.

O velho se levantou da cadeira de vime e acenou para que ele entrasse.

Grimes entrou na cabana e olhou ao redor, notando as tiras de papel pega-moscas penduradas, o sofá fundo estofado com peles de ratão-do-banhado costuradas, os buracos nas paredes remendados com latas de sardinha achatadas e pedaços de papelão. Mais cinco horas de luz do sol, pensou Grimes. Se terminasse logo aquela visita, poderia visitar mais dez ou doze casas.

– Está com sede? – perguntou o velho.

– Estou bem.

– Vou lhe dar um pouco de água.

– Estou legal.

– Aposto que está seco.

Grimes se sentou empertigado e de ombros rígidos à mesa da cozinha, com a bolsa de couro à frente. Ele a abriu. Retirou uma pasta de papel pardo e, dela, uma resma de papéis xerocados. O velho foi até um balde de lata no balcão e colocou um pouco de água em uma caneca de porcelana com asa quebrada. Foi até a mesa e colocou a caneca diante de Grimes.

Grimes olhou, mãos no colo. A caneca tinha uma marca de lábio na borda.

O velho puxou a cadeira e se sentou diante dele.

– Tome sua água – disse.

Grimes, hesitante, levou a caneca aos lábios e deu um gole mínimo. Fez uma careta. Engoliu. Depois pousou a caneca e empurrou a papelada sobre a mesa.

O homem coçou o queixo, fingiu estudar a papelada. Grimes duvidava de que o caipira entendesse uma palavra.

– E você não é do governo – disse ele.

Grimes balançou a cabeça.

– Mil dólares por nada.

– Bem, sua comunidade sofreu. Queremos cumprir as promessas que fizemos. Reconstruir a comunidade.

– Tenho de mijar – disse o homem, levantando-se com surpreendente rapidez, os ossos dos joelhos estalando.

Depois que o homem seguiu pelo corredor, Grimes ficou sentado, pensando na mãe. A cada dia, ele temia mais a perspectiva da visita. Imaginou seu rosto, os lábios franzidos, olhos úmidos apertados e críticos. Perguntaria: "Há quanto tempo está na cidade?" Depois chegaria o momento que mais temia, o momento em que ele levaria a mão à bolsa e tiraria os papéis. Ela iria pigarrear, depois encará-lo e dizer como estava desapontada. Como um ano antes, na última vez em que tinham se falado ao telefone.

Grimes decidiu que iria vê-la naquele dia. Decididamente naquele dia.

Não, não naquele dia. No seguinte.

Naquele. A cabeça de Grimes ainda oscilava quando o homem voltou para a cozinha, penas de pavão nos cabelos como um cocar indígena mal feito. Murmurando besteiras, olhos girando como os de uma porca abatida, ele agarrava um copo cheio de um líquido âmbar que parecia suco de maçã.

Grimes começou a se levantar, boquiaberto, sem saber o que pensar.

– Sr. Baker – começou.
– *Putain!* – disse o velho. – *Nique ta mère!*
– Sr. Baker – disse Grimes. Os olhos oscilavam entre o rosto do homem e o copo.

O homem esticou o braço e encharcou Grimes com o que havia no copo. Mijo. Grimes soube imediatamente pelo cheiro. Soltou um som abafado de choque e se levantou de um pulo. A cadeira se inclinou para trás e caiu no chão.

– O que é isto? – perguntou, furioso. – Isso é mijo, cacete?
– *Nique ta mère!*
– Maldito lunático.
– *Ta gueule!*

Grimes pendurou a bolsa no ombro e, ainda encarando o homem, recuou da cozinha como um caranguejo. Limpou o rosto furiosamente com a manga da camisa. Na sala, ele se virou e escancarou a porta, xingando enquanto descia os degraus da varanda de dois em dois.

OS IRMÃOS TOUP

Trabalhando o leme da lancha, Victor ganhou velocidade no ponto em que o canal levava ao *bayou* propriamente dito. Em pouco tempo, eles passaram por um enorme salgueiro morto, seus galhos cheios de garças adormecidas. Centenas delas brilhando como decorações brancas no escuro. Aquele era o lugar onde as pessoas costumavam fazer a volta, o ponto sem retorno. Elas não tinham razão para se aventurar tão longe, a não ser que estivessem procurando confusão. Ou tentando escapar dela.

Naquela noite os gêmeos tinham ido conferir sua ilha. No piso do barco havia sacos de cânhamo cheios de ferramentas e armadilhas.

– Lembra de "Spy *vs* Spy"? – perguntou Victor a Reginald, gritando acima do barulho do motor.

Nenhum deles tinha dito uma palavra em vinte minutos.

– É – respondeu Reginald. Eles tinham colecionado a revista *Mad* quando meninos e gostavam especialmente de "Spy *vs* Spy".

– Eu adorava aqueles livros – disse Victor. – Aposto que estão em algum lugar no sótão. Eu devia procurar.

– Agora provavelmente são uma bosta.

– Aposto que algumas daquelas armadilhas deviam funcionar. Aquelas merdas medievais.

Por um instante houve apenas o som do motor, o ronco suave do vento em seus ouvidos.

— Sente pena desse cara? — perguntou Reginald.
— Foda-se ele.
— Isso é evidentemente algo errado.
— Foda-se ele.
— Você cegou os dentes daquelas armadilhas?
— Você já me perguntou isso um milhão de vezes.
— Você cegou os dentes?
— Sim, Madre Teresa.
— Todos eles?
— Sim.
— Não quero outro corpo aqui.
— Bem, eu os ceguei.

Eles chegaram à ilha e saltaram do barco, varrendo a área com as lanternas. Passaram sobre a barreira de cercas à altura da cintura nos arbustos e se arrastaram pelas trepadeiras e arbustos encharcados da noite, tomando cuidado para evitar as armadilhas que já haviam colocado. No meio da ilha sua produção, que crescia sobre plataformas de madeira e sob um teto de tecido de camuflagem, estava intocada. Pujante, profusamente fecunda. Em seus vasos individuais, as plantas se curvavam sob o peso de seus brotos pesados e enchiam a noite com seu cheiro. Logo estariam prontas para colheita.

— Está vendo — disse Reginald. — Você se preocupou sem motivo.
— Foda-se ele — retrucou Victor.

Voltaram ao barco, tiraram os sacos de cânhamo e começaram a instalar armadilhas. Victor armou na terra uma armadilha de urso com os dentes embotados. Abriu as mandíbulas e usou a bota para jogar folhas sobre ela. Depois recuou, acocorou-se e começou a montar outra.

Enquanto isso, Reginald cavava a terra com uma pá de jardinagem. Arrancou uma camada de mato com trinta centímetros de profundidade, enfiou no buraco um espeto de churrasco com a ponta para cima, cobriu a armadilha com matéria em decomposição.

Os irmãos trabalharam assim por quase uma hora, até terem colocado todas as armadilhas. Depois se encontraram no barco, rostos suados e brilhando na escuridão.

– Provavelmente basta – disse Reginald.

– Foda-se ele – disse Victor.

LINDQUIST

Como uma criança contando os dias para o Natal, Lindquist esperou alguns dias, todo o tempo que conseguiu, antes de retomar as buscas no *bayou*. Um pouco mais e ele estaria demasiadamente trincado para funcionar, como aqueles brinquedos de corda de lata que seus avós costumavam manter no quarto para as crianças. Ele se lembrava de girar a borboleta de corda de um brinquedo até o fim, o dinossauro de lata sacudindo e estremecendo em surtos como se possuído. Lindquist sentia um nervo apertado dentro de si, a torção de um parafuso enorme. Temia ter um surto como um daqueles brinquedos de lata baratos, criando o caos em um mercado com os membros agitados loucamente, derrubando garrafas, latas e caixas das prateleiras até um funcionário pegar uma arma sob o balcão e abatê-lo.

Lindquist saiu do porto à meia-noite e meia. Uma neblina de filme de terror se erguia da água e o ar fedia a óleo. Da janela da cabine de comando, Lindquist podia ver cardumes de peixes mortos flutuando, barrigas com reflexos brancos no perímetro da luz do barco.

Ele pegou seu baleiro, puxou a cabeça plástica do pato e jogou um comprimido na boca. Depois outro. Uma dose dupla de Oxycotin e Percoset. Mastigou os comprimidos até produzir um pó fino e engoliu a poeira narcótica. Seu corpo se encheu lentamente de uma calorosa euforia rosa.

Pouco depois passou pelo domo de sal com a cruz de madeira decorada com flores de plástico. A seguir, a ilhota com o enorme salgueiro morto. Naquela noite seus galhos esqueléticos estavam vazios. Algumas vezes as garças estavam ali, outras vezes não. Um mistério.

Eram quase duas horas quando chegou ao trecho de terra coberto de capim-marinho, cotos de ciprestes e nissas mirradas por causa do sal. Ancorou o barco, entrou na piroga, a baixou para a baía e remou na direção da ilha. Viu um bruxuleio com o canto dos olhos e se virou, mas era apenas sua própria sombra se contorcendo sobre a água iluminada.

Logo encalhou a piroga na fina fita de samambaias que formava o litoral, saltou do bote e vadeou a passos largos até um coto de cipreste. Baixou a lanterna, voltou ao barco e pegou o detector de metais e a pá. Apoiou a ferramenta no coto, ligou o detector e começou a passar a espiral. Salamandras parecidas com manchas de tinta fugiram deslizando sobre as folhas viscosas.

O detector de metais apitou fracamente. Ele colocou a máquina de lado e começou a cavar desanimado, mas rapidamente. Como um autômato. Lama enchia o buraco como sangue em um ferimento. Lindquist continuou a cavar. Uma silhueta de braço de gancho, com a única luz em quilômetros sendo sua lanterna na pilha de sedimento do tamanho de uma cama elástica.

Após meio minuto, a lâmina da pá bateu em algo pequeno. Lindquist se curvou, passou a mão pela lama e seus dedos pegaram algo em forma de moeda, pesado para o tamanho. Ele levantou, enfiou a ferramenta no chão, foi até a lanterna e se agachou para examinar o pedaço de metal em forma de moeda.

Uma arruela, pensou. *Uma porca.*

Seu coração acelerou.

Ele cuspiu no objeto e limpou a lama dele esfregando-o na perna da calça, depois o olhou novamente.

Era uma moeda.

Era.

E não uma moeda comum. Havia gravado de um lado o perfil de peruca de algum personagem real. Do outro, um selo ou brasão.

Lindquist se empertigou de um pulo e absurdamente olhou ao redor. Ninguém. O ruído da marola. A lua era uma mancha leitosa atrás de uma nuvem.

Levou a moeda aos olhos e a encarou. Continuou olhando-a, ainda sem acreditar no que via.

— Bem, inferno — disse, sussurrando para si mesmo, depois erguendo a voz em uma alegria insana: — É isso mesmo, é isso mesmo, cacete.

- - - - - - -

A moeda de ouro era do tamanho de meio dólar, seu peso agradavelmente grande na palma da mão de Lindquist. Ele passou horas acalentando o dobrão, tocando-o entre os dedos, virando-o sobre os nós dos dedos como um mágico de rua. Na hora das refeições, ele colocou a moeda na mesa e estudou frente e verso. Havia impresso de um lado: carol.iiii.d.g.hisp.et ind.r.1798. Do outro: in.utroq.felix. auspice.deo.fm.

Após um dia, Lindquist sabia de cor cada trama superficial da moeda. As pequenas ranhuras na beirada. As camadas de arranhões finos como fios de aranha sobre a superfície. Seria capaz de identificar o dobrão em uma fileira de cem moedas similares, caso precisasse. Com os olhos fechados. Pelo toque, pelo peso.

Lindquist sabia que a moeda renderia centenas, talvez milhares, em um leilão para colecionadores. Mas ele não iria se separar dela, não daquela.

Ali estava a prova de que estava certo. Certo pela primeira vez na vida.

Outras? Ele se separaria de outras moedas sem problemas. Poderia haver centenas, talvez milhares em Barataria. E ele pensava nessa possibilidade centenas, milhares de vezes por dia.

Se achasse outras moedas – e acharia, sabia disso –, começaria pagando suas dívidas. Não era um irresponsável. Simplesmente era um homem que passara por dificuldades. Como a maioria dos caras em Barataria. O modo como os credores o trataram: como se fosse um animal. Logo iriam derrubar a porta com uma bola de exercícios e o levariam embora acorrentado.

O que o cara do diesel no cais lhe dissera? "Você não passa cheques sem fundo, Lindquist. Você dribla. É um Harlem Globetrotter."

Depois o homem jogara o cheque de Lindquist no piso de tábuas de pinho de seu escritório. Olhou para o cheque abaixo. Continuou olhando. Lindquist perguntou que porra ele estava fazendo. O homem disse que esperava que o cheque saísse voando e arrancasse um dos seus dentes.

O cara do diesel. Lindquist pagaria a ele primeiro. *Eis aqui uma coisinha para você*, diria, dando vinte a mais ao cara. *Um homem de palavra, eu*.

O cara do diesel nunca mais iria debochar dele.

E daria parte do dinheiro ao garoto Trench, para o barco. Bom garoto, Wes. Se pelo menos sua filha fosse metade tão boa. Um pensamento horrível, sabia, mas verdadeiro. Talvez tudo de que Reagan precisasse fosse uma oportunidade, outra chance. Muito como ele, com Gwen. Bem, daria outra chance à filha. Com algum dinheiro, ela poderia voltar para a escola – à Universidade de Nova Orleans, à Nicholls State – e se ajeitar. "Você ainda é jovem, ainda tem chance", diria à filha. Imaginou os dois sentados em um reservado junto à janela no Magnolia Café, uma tarde ensolarada, ele tiraria o cheque do bolso e o deslizaria por sobre a mesa.

E Gwen. Gwen, claro. Com sorte, ela também lhe daria outra chance. Com algum dinheiro no banco, as coisas poderiam ser um pouco diferentes dessa vez. Engraçado o poder do dinheiro. As pessoas diziam que ele não comprava o amor, mas podia manter as pessoas juntas, o que era em grande medida a mesma coisa, não era? Imaginou Gwen e ele mesmo em longas férias no futuro próximo. Um crepúsculo caribenho, uma praia com areia como açúcar de confeiteiro. Palmeiras compridas, suas silhuetas curvadas pelo vento destacadas contra a semiescuridão tropical. O que ele estaria fazendo? Detectando metais ao longo da linha da maré, a espuma imprevisível aquecendo os dedos dos pés. E perto, em sua espreguiçadeira sob o guarda-sol, Gwen estaria bebericando um coquetel de coco. Ele olharia, ela sorriria, depois ele sorriria. Ela ergueria sua bebida em um brinde, a luz do amor e da admiração novamente em seus olhos.

O banco. A esposa de Lindquist lhe dissera para não ir ali, mas o banco tinha duzentos e trinta dólares de seu dinheiro. Seu único dinheiro. Bem, se seu único dinheiro estava naquele lugar, isto não tornava aquele lugar também seu? Em sua lógica, sim.

Quando entrou no banco, dez minutos antes do fechamento, na tarde de quinta-feira, os colegas de sua esposa ergueram olhos frios de suas mesas e cabines. No seu caixa, Gwen contava notas para uma velha vietnamita com um colete cervical de espuma. Quando ergueu os olhos para a porta e viu Lindquist, sua expressão ficou séria.

Lindquist caminhou até a mesa de atendimento a clientes, pegou uma ficha de depósito e um coto de lápis. Depois sentou-se em uma cadeira com almofada de vinil sob um fícus de plástico, equilibrou a ficha de depósito no joelho e começou a preencher. Quatro dólares e trinta centavos. Ele não costumava se incomodar com uma quantia tão pequena, mas queria mostrar a moeda a Gwen. Queria mostrar a Gwen que sempre estivera certo.

Quando sua esposa terminou com a vietnamita, Lindquist levantou e ziguezagueou pelo labirinto de cordas de veludo, indo até seu guichê.

– Oi, Gwen – ele disse. Colocou a ficha de depósito e o dinheiro no balcão.

Gwen baixou os olhos, viu quanto dinheiro era e balançou a cabeça maldosamente.

– Como tem passado? – ele perguntou à esposa.

Os outros caixas observavam de um modo que achavam ser discreto.

– Não tão bem – disse Gwen, em uma voz gelada. A gola de sua blusa acetinada roxa estava aberta, e Lindquist podia ver o vermelho vivo de seu peito.

– Por que não?

– Acho que você sabe, Gus.

– Bem, inferno. Só estou fazendo um depósito. Não estou aqui para criar qualquer problema.

Ela pegou o dinheiro, a ficha de depósito e teclou no computador.

– Gosto dessa cor em você – disse Lindquist. – Esse esmalte. É uma boa cor. Elogio sincero.

Gwen imprimiu o recibo de depósito e o entregou a Lindquist.

– Tenha um bom dia – falou.

Lindquist ficou de pé ali, com o recibo na mão, sorrindo como um cachorrinho.

– Tenho uma piada para você – falou.

– Por favor, Gus.

– Você está de mau humor. Talvez a piada ajude.

– Não ajudará – retrucou Gwen, soando enormemente cansada.

– Você ainda não ouviu.

– Há pessoas esperando. Aqui é meu trabalho.

Lindquist espiou por sobre o ombro. Ninguém.

— Toc-toc.

Gwen não disse nada.

— Toc-toc — Lindquist repetiu, mais alto.

— Quem está aí? — Gwen perguntou em uma voz abafada.

— Tande — falou Lindquist, apoiando o antebraço no balcão, aproximando mais o rosto do vidro. Depois falou: — Você deve perguntar "Tande quem".

— Tande quem? — perguntou Gwen em voz baixa.

— Tande usar essa camisinha? — respondeu Lindquist. Jogou a cabeça para trás e gargalhou, o pomo de adão subindo e descendo como um rolamento engraxado.

O rosto de Gwen estava vermelho e retorcido.

— Não gostou? — perguntou ele.

Atrás de Lindquist, um homem pigarreou. Lindquist se virou e viu um dos gerentes, o cara com cabelos de Bela Lugosi, encarando-o como um xerife em um desafio, os braços cruzados psicoticamente sobre o peito.

— Está desculpado — disse Lindquist. Ele se virou novamente e sorriu para a esposa. Viu que a caixa de cabelos laranja ao lado dela observava.

— Como vai, Marcy? — Lindquist cumprimentou.

— Bem, Gus.

— Bom saber. Seus cabelos estão bonitos hoje. Ficam bem em você.

— Obrigada, Gus — respondeu Marcy.

— Bem, inferno. Não me agradeça por dizer a verdade. Dizer a verdade é fácil.

— Por favor, Gus — pediu Gwen.

— Por favor o quê?

— Por favor, vá embora.

— Isso é meio rude. Sou um cliente amistoso.

— Apenas tenha um pouco de dignidade.

— Certamente terei alguma – disse Lindquist, olhando ao redor como se procurasse uma bandeja de canapés. – Onde está.

Àquela altura a sala estava em silêncio, apenas o ruído do condicionador de ar, de pessoas mexendo em papéis e raspando canetas.

— Toc-toc – disse Lindquist.

Gwen olhou para o balcão.

— Toc-toc – repetiu Lindquist.

Silêncio.

— Certo, tudo bem – disse Lindquist. Olhou para Marcy. – Ei, Marcy, toc-toc.

— Quem está aí? – perguntou Marcy.

— Garotinho Chupa – respondeu Lindquist.

— Não – disse Gwen. – Não pergunte a ele. Marcy, não faça isso.

— Marcy, pergunte quem está à porta – falou Lindquist.

— Não estou certa se devo, Gus.

— Onde está o senso de humor das pessoas?

Ninguém disse uma palavra.

O fora da lei pigarreou novamente.

— Certo, vou parar de incomodar você – comentou Lindquist. – Mas, antes, uma coisinha.

Ele sorriu, enfiou a mão no bolso e colocou o dobrão no balcão.

Gwen deu uma olhada na moeda, mas a expressão em seu rosto não mudou.

— Você vai fazer com que eu seja despedida.

— Mas veja. É um dobrão. Um dobrão de verdade. Eu o encontrei, eu. É de verdade, lá.

Os olhos de Gwen estavam úmidos, e Lindquist viu a lágrima em sua face. Ela a limpou.

Lindquist enfiou a moeda de volta no bolso.

— Então tudo certo. Estou indo.

Por volta de três da manhã, Lindquist ouviu um baque pesado no convés do barco, passos apressados. Teve uma descarga de adrenalina. Olhou pelas janelas da cabine de comando. Ninguém. A baía em silêncio, adormecida, totalmente escura, os pequenos ruídos de ondas contra o casco. Ficou pensando se no cais um cachorro teria subido a bordo. Talvez algum outro animal.

Essas possibilidades passavam pela sua cabeça quando Lindquist ouviu alguém subir a escada rapidamente. Olhou ao redor, ansioso, procurando algo que pudesse usar como arma. Apenas um bastão de beisebol Louisville Slugger apoiado no canto mais distante, longe demais para ser alcançado, porque a pessoa já estava na metade da escada.

Finalmente uma cabeça subiu do chão como um diabólico palhaço de mola. Um dos irmãos Toup.

– Noite, Lindquist – disse ele. Entrou na cabine de comando e chegou perto o bastante para que Lindquist pudesse ver a terceira sobrancelha, mais leve, entre as duas.

– Você é maluco – disse Lindquist.

Aquele era Victor. Ele sabia por causa das tatuagens nos braços. Os olhos de Victor queimavam de desprezo.

– Sabe o que posso fazer a você?

Então, a dez ou doze metros de distância, surgiu uma luz na baía. Lindquist espiou. Uma pequena lancha inclinada, e o outro irmão, Reginald, de pé como uma sentinela, um vale escuro além.

Victor foi até o detector de metais pendurado de um gancho e o tirou da parede. Colocou as duas mãos sobre a empunhadura, como se segurasse um taco de golfe, e bateu a espiral no chão repetidamente. Lindquist observou, incrédulo. A espiral se soltou da máquina e ficou pendurada torta pelos fios, e então Victor virou o detector de metais e começou a esmagar a outra ponta. A caixa de controle explodiu, cacos de plástico quebrado e fios vermelhos e verdes. Um dos parafusos acertou Lindquist na bochecha, tirando sangue.

Victor jogou a máquina arruinada no chão e olhou feio para Lindquist. Um troglodita de ombros gigantescos, uma miscelânea de tatuagens nos braços.

– Nós o avisamos – ele falou.

– Você vai me pagar por isso – disse Lindquist, infantil. Ele viu o punho da arma se projetando da cintura do jeans preto de Victor, uma insígnia que dizia SIGSAUER.

– Pagar a você? Eu acabei de foder com tudo.
– Eu nem mesmo fumo, eu.
– Fumar? De que porra você está falando?
– Bagulho.

Victor mostrou os dentes.

– Você não tem ideia de como está fodido.
– O que eu fiz a vocês? Por que estão me perseguindo?
– Acha que não sei o que você fez à minha casa, seu fodido?

Dessa vez o fodido saiu com força tão venenosa que perdigotos acertaram o rosto de Lindquist. Ele se encolheu.

– Sua casa?
– Vou explodir a porra da sua cabeça, Lindquist.
– Roubar meu braço não foi suficiente? – retrucou Lindquist. – E quanto ao aligátor na minha casa?

Victor fez cara feia, hálito pesado saindo rápido pelo nariz.

– Vou procurar Villanova – Lindquist disse.
– Vá procurar Villanova. Eu vou negar tudo. "De que porra você está falando, detector de metais?" Todos sabem que você é um doidão maluco. Até mesmo sua filha diz isso.

Lindquist piscou, a boca retorcendo em silêncio.

– Olhe para você. Maldito retardado.

Victor o encarou por mais algum tempo, depois desceu a escada, os olhos permanecendo sobre Lindquist até a cabeça sair de vista. Então, Victor saltou de volta para a lancha e ela balançou com seu peso. Reginald ligou o motor. Os irmãos se agacharam, com Victor olhando para a cabine de comando. Lindquist observou o barco partir, sua luz se reduzindo a um ponto oscilante antes de sumir totalmente.

Lindquist olhou para a máquina quebrada no chão. Xingou suavemente e esticou a mão para pegá-la, mas voltou a se sentar.

Uma ruína irreparável.

A garganta de Lindquist deu um nó e ficou quente. Ele não queria chorar, mas chorou.

Lindquist se apoiou no balcão, antebraço no vidro, a voz reduzida a um sussurro conspiratório, embora não houvesse mais ninguém para ouvir no Trader John's. Pediu à proprietária, a sra. Theriot, para manter em segredo o que iria dizer.

– Por que a voz engraçada? – perguntou a sra. Theriot.

– Preciso que fique em silêncio sobre isso.

– Saia de cima do vidro.

Era começo da manhã e o sol brilhava forte pelas vitrines. Lindquist não dormia havia um dia, e a cabeça zumbia de exaustão. Os folículos capilares doíam, as pálpebras. Ele estava racionando os comprimidos, pois só tinha uma dúzia. Mais cedo, ele vasculhara a casa procurando algo que pudesse empenhar, mas tudo de valor já havia sido colocado no prego. O televisor de tela plana, o aparelho de som, o micro-ondas, o liquidificador, tudo fora vendido. Para comprar comprimidos. Ostensivamente os equipamentos haviam sido garantias, mas Lindquist nunca voltara com o dinheiro, então Theriot acabara vendendo a mercadoria.

Naquele momento, Lindquist olhava para o detector de metais, um Fisher à prova de água, pendurado na parede atrás do balcão.

– Eu tenho algo, eu. Preciso que o mantenha fora de vista por duas semanas.

– Uma semana.
– Dez dias?
– Uma semana. Sempre foi e sempre será uma semana.
Lindquist hesitou, olhou ao redor, desconfortável. Depois tirou do bolso a moeda e a colocou sobre o vidro.
Theriot ergueu suas sobrancelhas grisalhas e pegou a moeda. Bateu com ela nos dentes. Depois estudou um lado e o outro pela lupa de joalheiro.
– Meu – disse a sra. Theriot. – Onde encontrou isso?
– Falando sério – disse Lindquist. – Não mostre a ninguém. Por favor.
A sra. Theriot olhou para Lindquist intrigada.
– Veja você. Quando dormiu pela última vez?
– Pode me dar dez dias?
– Uma semana.
Lindquist apontou com o queixo.
– Aquele detector de metais ali em cima.

WES TRENCH

Wes procurou emprego por todo o município, circulando pelo porto e conversando com capitães de navio e marinheiros. Ninguém estava contratando e todos passavam necessidade. Os capitães, companheiros de penúria, ficavam contritos ao dizer não a ele. "Você poderia tentar o capitão John ali em Grand Pass", diziam. Ou: "Já tentou o barco de Harry Bogardus? O *Mustang Sally*? É um lixo, não tem como não ver."
Os dias causticantes se estenderam até meados de setembro, e o calor era quase apocalíptico. O Halloween ainda parecia muito distante. À noite, Wes dormia na cabine da picape no parque público. Seu aniversário de dezoito anos caiu em uma segunda-feira e não pareceu muito diferente de qualquer outro dia. Ele comprou um bolinho Twinkie e foi ao cinema ver um filme sobre Wall Street com Michael Douglas.
Wes sabia que deveria desistir, voltar para casa de cabeça baixa e pedir perdão ao pai. Já se passara mais de um mês. Mais que tudo, exceto talvez sua cama, ele sentia falta de construir seu barco. Queria terminar a tempo da temporada de camarão seguinte, mas não havia mais como isso acontecer. Talvez nunca fosse acontecer. Talvez devesse deixar Barataria como todos os outros. Desistir.

Certa noite uma batida alta na janela da cabine despertou Wes e ele se levantou de um pulo, batendo a cabeça no teto. Agarrou o crânio e, quando os olhos entraram em foco, viu que era Lindquist.

Wes disse oi, passou os dedos pelos cabelos emaranhados, abriu a porta e deslizou para fora da picape.

– Bem, inferno, garoto – disse Lindquist, apertando os olhos para ele. – Vivendo como um vagabundo.

Com a cabeça ainda zonza de sono, Wes deu de ombros e conferiu o relógio: 3h25.

– Por que você simplesmente não vai para casa? – Lindquist perguntou. – Enterra a machadinha?

Wes balançou a cabeça.

– Ruim assim, é? – Lindquist perguntou.

– Acho que sim.

Lindquist se sentou ao lado dele na caçamba, e ficaram em silêncio por um tempo.

– O que está fazendo aqui? – Wes perguntou.

Ele ergueu o detector de metais e o sacudiu.

– Detectando. Pensei em tirar uma folga da baía.

Wes assentiu.

– Você parece bosta requentada.

Wes pensou nisso.

– Acho que me sinto melhor do que pareço.

– Vamos esperar. Porque você parece morto.

Wes deu um risinho.

– Encontre-se comigo na marina esta noite – disse Lindquist.

– Anoitecer.

– Está pescando camarão novamente?

Lindquist balançou a cabeça.

– É mais difícil detectar metais e cavar com um braço do que você poderia imaginar.

Depois disse a Wes que ficariam pelo menos dois dias fora, portanto deveria pensar bem. Wes disse que não precisava e topava. Qualquer trabalho seria bom.

Era um trabalho mais duro do que ele imaginara, assim como Lindquist o alertara. Os insetos, o calor, a lama fedendo a metano. Ao fim do primeiro dia seus dedos tinham bolhas e as mãos estavam irritadas de tanto cavar.

E, no segundo dia, Wes já não sabia onde estavam em Barataria, tão longe tinham ido. Ele estava acostumado a se limitar a uma área do pântano, e aquelas ilhas pareciam desconhecidas. Cinco ou seis horas de sono por noite, mãos ensanguentadas, costas doendo, nem Wes nem Lindquist tinham nada a mostrar. Mas o entusiasmo de Lindquist parecia inabalável, como se fosse movido por uma força mais poderosa que a fé.

Na véspera do quarto dia de viagem, Lindquist estava detectando metais no canavial ao longo do litoral de uma ilhota quando a máquina apitou. Era começo da noite, as últimas luzes se extinguindo no céu, toques de roxo, rosa e laranja acima de nuvens barrigudas. Mosquitos giravam ao redor de suas cabeças, em nuvens densas como colunas de fumaça.

Lindquist passou a espiral do detector de metais sobre o mesmo local três ou quatro vezes. Finalmente, apontou para um ponto do solo logo acima da linha da maré. Tirou do bolso a lanterna e passou o facho sobre a areia. Ossos de peixes, conchas e sílica.

– Bem aqui – falou. – Tem alguma coisa.

Wes não se moveu. Suor escorria por seu rosto, entrando em seus olhos. Não entendia de onde aquele homem tirava sua energia. Era uma aberração da natureza.

– O que está esperando? – Lindquist perguntou.

Eu quero ir para casa, Wes queria dizer. Mas começou a cavar lenta e desanimadamente, lançando bolos de terra por sobre o ombro. Lindquist se colocou de lado para evitar a blitz e passou a espiral da máquina sobre a terra virada. Por um momento, Wes apenas cavou, e logo estava totalmente escuro, o murmúrio do vento quente suave em seus ouvidos, a cana sussurrando na praia.

Logo Lindquist pegou algo no chão e fez um ruído que era parte gemido, parte exclamação. Estava agarrando na mão algo pequeno, correu para a água e o lavou. Depois se virou, quase tropeçando ao sair correndo da água, o rosto enlouquecido na escuridão.

– Eu lhe disse! – gritou. – Veja isto!

Na palma da mão imunda de Lindquist estava um clipe de dinheiro de prata gravado com um calendário asteca. Wes pegou o clipe, o levou junto ao rosto para examinar mais de perto e viu uma pequena inscrição gravada no verso: MADE IN TAIWAN.

- - - - - - - -

Wes se lembrou de um de seus colegas de escola, do modo com que costumava agir como Lindquist fazia naquele momento: maníaco. O amigo, Preston Teague, causou tal comoção na sala – agitando os braços, se remexendo e rindo – que sua professora, a sra. Brown, o obrigou a passar o resto do período no corredor. Ele se sentou no linóleo com as costas apoiadas no armário, murmurando consigo mesmo, apertando os botões do celular, batendo os tênis no chão.

E, no dia seguinte, Preston parecia outra pessoa, se arrastando emburrado para dentro da sala sob o peso da mochila. Ficou sentado, olhando para a mesa, desenhando peitos, bundas e rostos engraçados em uma folha solta do fichário.

Sim, a Wes, Lindquist lembrava Preston. Aquela energia estranha, aquele modo de fuinha de jogar a cabeça para a esquerda e a direita. Como se quisesse ir ao mesmo tempo em todas as direções.

Lindquist dormia apenas cerca de uma hora de cada vez, cochilos. Então, inexplicavelmente recuperado, despertava e ficava outras oito horas acordado. Wes temia que Lindquist tivesse um ataque cardíaco. E todos aqueles comprimidos que tomava. Não sabia que idade Lindquist tinha e sabia que não devia perguntar, mas qualquer que fosse, todos aqueles comprimidos pareciam perigosos.

Certa noite, eles tinham acabado de passar o detector de metais na última ilhota do dia e estavam sentados no convés de proa do *Jean Lafitte*. Faltavam três horas para amanhecer, a lua era uma faixa fraca tão fina que Wes nunca tinha visto tantas estrelas ao mesmo tempo. Estavam dispostas em tiras leitosas até a beirada da Terra. Mesmo Lindquist, normalmente indiferente a tais espetáculos, fitava o céu com assombro, a cabeça inclinada ao máximo para trás, a boca tão escancarada que Wes podia ver a úvula.

Wes contou a Lindquist que talvez devessem voltar para terra por um dia ou dois. Retornar a Barataria recuperados.

Lindquist lançou um olhar de desprezo na direção de Wes, não disse nada. Voltou sua atenção novamente para o mapa aberto em seu colo. De tempos em tempos, ele baixava a lanterna e fazia uma marca com uma caneta hidrográfica verde.

O barco balançava na marola fraca, uma espuma enevoada cobrindo os braços e rosto de Wes.

– Mais um dia – Lindquist disse, como se finalmente tivesse ouvido Wes. – Mais um e faremos uma pausa.

– Sr. Lindquist. Eu não me sinto bem. Estou ficando com enjoos.

– Só estamos há três dias aqui.

– Uma semana.

– Babaquice.

– Uma semana e um dia, talvez.

Lindquist pareceu chocado.

– Tem certeza disso?

Wes anuiu.

– Bem, inferno, e daí? Aqueles vietnamitas ficam aqui duas semanas seguidas.
– Não sei se eu consigo, é o que estou dizendo.
– Você nunca sabe até fazer.
Wes balançou a cabeça.
– Com fome? Vou preparar alguma coisa para você.
– Não, não é isso.
– Deixe eu preparar algumas coisas. Tenho cebolas e alho na cozinha. Posso preparar um vermelho. Vou tomar cuidado com a caiena e o molho picante desta vez.
– Não estou com fome.
– Toc-toc – disse Lindquist.
Wes mexeu na sobrancelha, a náusea agitando suas entranhas. Lindquist sorria e o encarava. Wes sabia que Lindquist não desistiria até que ele fizesse o jogo.
– Quem está aí? – falou, mal conseguindo pronunciar as palavras, tão cansado estava.
– Lila, a louca – disse Lindquist.
– Lila, a louca, quem? – perguntou Wes, infeliz.
– Merda, você canta bem a tirolesa.
– Isso é idiota.
– Mas você está sorrindo.
– Porque é idiota.
– Mas funciona. Você está sorrindo.
– Sr. Lindquist, eu tenho de sair deste barco.
– Por quê?
– Porque sim.
– Porque sim não é resposta.
– Porque estamos aqui há uma semana.
O rosto de Lindquist mudou, os lábios relaxando em um "O" frouxo. Como se tentasse resolver um problema de álgebra.
– Jura não dizer uma palavra disso a ninguém? – perguntou.

Wes concordou, sem se importar.
— Ouro. Já encontrei algum. Um dobrão.
Wes mal conseguiu encontrar as palavras.
— Bem, o que quer que esteja procurando, estará aqui amanhã — falou. — E no dia seguinte. Podemos cobrir mais terreno depois que descansarmos.
— Mas alguém poderia chegar a ele antes de nós.
— Sr. Lindquist, com todo respeito? Não tem ninguém aqui.
— Os gêmeos estão.
— Eu não os vi.
— Porque nós ficamos longe da ilha deles. Agora estamos voltando. Pulamos doze ilhas. Agora eu tenho de retornar sobre meus passos.
Uma coruja piou em uma ilha vizinha. Outra respondeu.
— Eu não consigo mais — disse Wes.
— E se encontrarmos mais? — Lindquist perguntou.
Wes coçou uma picada de inseto no joelho.
— Se encontrarmos mais, você ficará com uma parte.
— Eu preciso ir agora. Estou enjoado. Preciso ficar em terra algum tempo. Por favor, me leve de volta.
Lindquist coçou a nuca, olhou ao redor, irritado.
— Bem, então você vai para casa.
— Vai me levar?
Lindquist fez um gesto de desprezo com o braço de gancho.
— Vai sozinho.
Wes não entendeu, se sentiu idiota.
— Quer que eu nade?
— Claro que não. Leve o barco.
— Deixar o senhor aqui?
Lindquist fez que sim com a cabeça.
— Não posso fazer isso — Wes disse. — De jeito nenhum vou fazer isso.

— Então você tem de ficar.
— O inferno – respondeu Wes.
— Leve o barco. Deixe a piroga. Assim eles não me verão.

Wes ficou pensando, trincou os maxilares.

— Volte para me pegar em um dia. Vou me manter a leste. Não poderei estar a mais que algumas ilhas.

Lindquist se levantou, foi à cabine e voltou com uma mochila nos ombros. Segurava o detector de metais com a mão boa, o jogou na piroga e embarcou.

— Por favor, não faça isso, sr. Lindquist.

Mas Lindquist baixou o barquinho para a água.

— Um dia ou dois! – gritou para Wes, remando com um braço só.

— Sr. Lindquist. Não faça isso.

A voz de Lindquist já estava fraca.

— É uma aventura.

Então, Wes ficou sozinho na escuridão do *bayou*, silencioso, a não ser pelas ondas batendo no barco. Olhou para o norte, onde as luzes do porto de Jeanette cintilavam tão longe e fracas no horizonte que bem poderiam ser uma miragem.

Ele ligou o motor.

COSGROVE E HANSON

Com uma semana de busca, no fim de setembro, Hanson estava abrindo caminho pelas samambaias, Cosgrove se arrastando atrás, quando na floresta próxima uma coruja soltou um grito agudo. Assustado, Hanson tropeçou na raiz de um cipreste e caiu para a frente. Rolou de costas na lama como um porco no chiqueiro, xingando e tentando levantar.

Cosgrove passou uma perna sobre a raiz, depois outra, segurando a lanterna acima de Hanson.

Olhos brancos reluzindo, Hanson olhou feio para ele, o rosto tão coberto de lama que parecia algo descartado pelo reto de um elefante.

– Que porra você está fazendo com essa luz? – Hanson perguntou. – Não consigo ver merda nenhuma.

Cosgrove lutou contra um sorriso que brotava.

Hanson ergueu a mão enlameada.

– Ajude aqui – pediu.

– Que inferno, não – Cosgrove respondeu.

– Está rindo?

Cosgrove sentiu um sorriso se espalhar lentamente.

– Cacete, me levante.

Cosgrove deu uma careta, segurou a mão de Hanson, o levantou, e depois eles retornaram ao barco e partiram na direção de outra ilhota.

Um petrofedor pairava pesado no ar, um cheiro como alcatrão quente no verão. Cosgrove viu lantejoulas de petróleo cru na água, depois flotilhas de espuma diarreica. Ficou preocupado com os vapores que estava respirando, todas aquelas toxinas que soavam agourentas sobre as quais ouvira falar nos noticiários. Benzeno, arsênico, Corexit. Ouvira dizer que golfinhos estavam tossindo e sangrando pelo cu. Nada bom.

– Parece merda requentada! – gritou Cosgrove acima do som do motor. Ele sentia o começo de uma dor de cabeça.

– Você irá se sentir muito bem quando encontrarmos o que iremos encontrar, Sasquatch.

Um sorriso de dentes tortos, muito brancos, no rosto enlameado. Quantas vezes Hanson tinha dito isso nas semanas anteriores? Inúmeras. Mas então, dessa vez, a menos de dez metros da ilha, eles trocaram olhares. Hanson farejou, depois Cosgrove.

Um cheiro evocativo. Verde e resinoso, inconfundivelmente familiar.

Eles não disseram nada, como se supersticiosos de que aquela palavra destruísse a possibilidade.

Subiram na linha da maré e Hanson saltou do barco. Cosgrove o seguiu. Alguns metros adentro, a ilha era cercada por uma barreira de arame à altura da cintura, um bloqueio para animais. Eles pisotearam um trecho, cruzaram e começaram a vadear pelas samambaias cheias de insetos.

– Espere um segundo – Cosgrove disse a Hanson.

Hanson parou, lançou um olhar de impaciência por sobre o ombro.

– Se alguém instalou aquela cerca, provavelmente colocou outras coisas.

Hanson olhou para a terra boquiaberto, como se o pensamento não lhe tivesse ocorrido.

Cosgrove olhou ao redor, foi até uma muda de cipreste e arrancou uma vara de um dos galhos baixos. Depois entrou lentamente nos arbustos rasteiros, fincando o chão como um cego com a bengala.

Salamandras parecendo manchas de tinta deslizaram para longe sobre as folhas viscosas.

Quando algo prendeu a vara com um alto estalo metálico, Cosgrove saltou para trás. Ele viu ao luar o reflexo fosco de metal. Uma armadilha, suas mandíbulas irregulares travadas sobre a ponta da madeira.

– Que filho da puta – disse Hanson.

O coração de Cosgrove latejou em seus ouvidos, um som como o de um martelo embrulhado em algodão acertando lata. Ele se arrastou para a frente, Hanson o seguindo de perto. À medida que chegavam mais perto do centro da ilha, o cheiro conhecido ficava mais forte.

– Não pode ser – disse Cosgrove.
– Seria o lugar perfeito – falou Hanson.
– Eu serro meus dois pés – anunciou Cosgrove.

Uma vez na clareira, Hanson soltou um som de júbilo de altos decibéis. Um grito religioso. Eles ficaram de pé lado a lado, assombrados, e moveram as lanternas. Diante deles havia nada menos que um milagre de engenhosidade. Postes se erguiam do charco, e neles havia plataformas de madeira elevadas tomadas de pés de maconha, uma espécie de jardim hidropônico suspenso. Em um dossel cerca de meio metro acima das plantas havia segmentos de tecido de camuflagem com bolos de folhas espalhados. Os pés de maconha brotavam de recipientes de sete litros cheios de um fertilizante claro que parecia cascalho de aquário. Entre os recipientes havia uma rede de tubos coleantes que saíam de baldes para coleta de água da chuva.

Impossível dizer quanta maconha havia por estar escuro demais. Certamente erva suficiente para deixar todo o estado da Louisiana doidão por semanas seguidas. Cosgrove vacilou loucamente entre duvidar do que via e acreditar naquilo. Ficou imaginando se era algum equivalente botânico de ouro de tolo. O jardim suspenso tinha de ser tão grande quanto uma quadra de tênis. O cheiro era denso e estonteante.

– Veja essa merda de Willy Wonka – disse Hanson. Ele se lançou sobre as plantas, rindo, apertando uma braçada delas sobre o peito e enfiando o rosto nas folhas.

– Cuidado – disse Cosgrove. Uma estranha mistura de júbilo e medo tomou conta dele. Como podiam ter tanta sorte? Ninguém tinha tanta sorte, porra.

Hanson arrancou folhas, enfiando punhados nos bolsos do short jeans. As mãos tremiam e o rosto estava suado e enlouquecido.

– Hanson – disse Cosgrove, um peso em suas entranhas como uma premonição. – O lugar está protegido. Tem de estar.

– A melhor porra de dia da minha vida – disse Hanson em uma voz trêmula de felicidade.

Cosgrove esperou, respirou fundo e depois foi para o meio das plantas. Puxou um punhado de folhas, depois outro. Logo seus dedos estavam viscosos, a cabeça girava e ele puxava as plantas sem se conter.

Na noite seguinte, eles foram novamente de barco até a ilha, Cosgrove cuidando do motor, Hanson fumando um baseado de quinze gramas do tamanho de uma banana. Normalmente Cosgrove teria protestado contra o desperdício, mas eles já tinham mais maconha do que sabiam o que fazer com ela.

Enquanto viravam na direção da ilha da maconha, Hanson ofereceu o baseado a Cosgrove.

Cosgrove dispensou.

– Um de nós tem de ficar sóbrio – disse.

— Esse é o seu problema — retrucou Hanson. — Sóbrio demais, cacete.

Cosgrove bufou. Ficou maravilhado com o estado de Hanson, seus olhos com veias escarlate, a boca mole e cheia de saliva. Uma criança idiota crescida demais no final de uma festa de três dias. Se a Guarda Costeira ou a patrulha de caça os parasse, atiraria em Hanson sem pensar, só pela aparência que tinha.

Eles se aventuraram mais fundo no pântano, as margens com juncos ficando para trás, as ondas quebrando. Logo passaram por ilhas de barreira tomadas por ciprestes mortos e nissas, margens marcadas por barreiras de petróleo enegrecidas.

Atrás deles as luzes de Jeanette diminuíam, um brilho laranja quase não manchando o céu. E à frente, no horizonte, havia enormes poços de petróleo, suas luzes de alerta piscando no golfo.

— Uma espaçonave — disse Hanson, apontando.

— Dê mais um trago — Cosgrove falou.

— A merda está tão molhada que não fica acesa.

Eles passaram por eventuais lugres de ostras ou lanchas com bandeiras triangulares laranja: embarcações de emergência, barcos particulares contratados pela BP para patrulhar as águas à procura de óleo e barreiras caídas. Os barcos davam voltas pela água aparentemente sem coordenação, caminhos se cruzando, barreiras quase colidindo. O boato era que a BP pagava a eles mil dólares por dia. Assinar a folha de presença pela manhã, assinar novamente à noite. Simples assim. Sem supervisão.

Um camaroeiro roncou perto, um capitão de boné na cabine, dois marinheiros jovens olhando para Cosgrove e Hanson, os rostos demoníacos à luz vermelha e verde de sinalização. Um deles tinha um cigarro pendurado no sorriso torto, o outro, uma camisa xadrez sem mangas totalmente desabotoada.

— Oi, pessoal — cumprimentou Hanson.

— Oi, babaca — disse aquele com o cigarro.

Os dois homens riram e saíram roncando pela noite. Na ilha da maconha, eles encheram sacos de lixo com punhados de folhas grudentas. Sempre que Cosgrove ouvia um estalo no bosque, algo raspando nas samambaias, ficava imóvel e escutava. Em uma hora, eles tinham sacos de lixo cheios da coisa, o cheiro das plantas tão forte que, mesmo com sacos triplos, o perfume era inconfundível. Resina grudava em seus dedos como visgo, e suas mãos fediam mesmo depois de cobertas de lama e água de pântano.

Quando voltaram ao motel, guardaram os sacos no banheiro de Hanson, fecharam a porta, enfiaram uma toalha do motel na fresta inferior, jogaram spray aromatizante de eucalipto no quarto. Mas o fedor da maconha ainda era sufocante, um miasma alucinógeno tomando o quarto. Cosgrove ficou doidão só com os vapores. Qualquer um que passasse pela porta deles sentiria e saberia imediatamente. A faxineira, o gerente. Cosgrove imaginou olhar pela janela e ver carros da polícia cercando o estacionamento.

Eles enfiaram os sacos de novo na picape de Hanson e tomaram a estrada de acesso. Quatro da manhã, lua crescente. Em uma clareira a oitocentos metros do motel, eles se depararam com um barraco de restos de madeira sem janela. Coberto de hera, ficava atrás de carvalhos de troncos grossos, quase invisível da estrada.

Hanson estacionou no acostamento e eles levaram os sacos por entre o mato até o barraco. Hanson pousou a lanterna Coleman no chão de terra batida. Presas nas paredes havia páginas centrais da *Penthouse* de muitos anos antes. E o barraco estava cheio de teias de aranha e ninhos de vespas, mas era seco e escuro, um lugar tão bom quanto qualquer um que pudessem encontrar para secar e curtir a maconha.

Deixaram os sacos ali, voltaram a pé no dia seguinte e começaram a pendurar os galhos nas vigas do teto com barbante. O tempo todo planejando quanto dinheiro iriam ganhar e todas as formas improváveis em que poderiam gastá-lo.

GRIMES

Um dos primeiros homens em Barataria a assinar o acordo, George, vizinho de Trench, deu a notícia a Grimes: Trench sofrera um ataque cardíaco pescando e estava, então, em condição estável no hospital Mercy General. Grimes dirigiu diretamente para o hospital e assinou o nome "Peter Lorre" no registro de visitantes da recepção.

O quarto de Trench era parcialmente escuro, com as cortinas abertas, mas uma proteção leve contra o dia nublado. Recostado na cama, Trench vestia um camisolão de crepe verde espuma do mar, tubos plásticos saindo de nariz e braços. A cama ao lado da de Trench estava vazia. Havia um pequeno televisor ligado no canto do teto, sem som. Um daqueles programas sobre juízes raivosos.

Grimes estava de pé no umbral quando os olhos de Trench pousaram nele. Lembraram a Grimes os de um animal ferido. Úmidos e sinistros, transmitindo desafio.

Grimes tirou a bolsa do ombro, a segurou pela alça e entrou no quarto. Quando chegou mais perto de Trench, notou a cor embranquecida do rosto, os cabelos tão brancos quanto o travesseiro do leito.

– Vim assim que soube, sr. Trench – disse Grimes.

No corredor, uma jovem enfermeira negra uniformizada passou e Grimes sorriu para ela, que sorriu de volta e seguiu em frente.

– Tem seguro, espero? – Grimes perguntou a Trench.

Trench piscou para o teto.

— Sem seguro? Isso é terrível.

Silêncio. Uma TV murmurando em um ou dois quartos abaixo. Em outro quarto, alguém espirrando. E outra pessoa, uma mulher que soava jovem, dizendo:

— Deus o abençoe, sr. Lafourche.

Grimes estudou um dos monitores que apitavam e apontou.

— O que é aquela coisa? Essa linha irregular? Seu coração? A respiração rascante de Trench.

— Esperava que tivesse seguro.

Trench finalmente olhou para Grimes.

— Apenas me dê os papéis — falou.

Grimes arregalou os olhos teatralmente.

— Tem certeza?

Após uma pausa, Grimes pegou os papéis na maleta e os colocou sobre o peito de Trench. Depois deu a Trench a caneta Mont Blanc laranja. Trench assinou o papel rapidamente, um traço ondulado.

Grimes pegou o papel e o estudou com o braço esticado. *Seis*, pensou. Seis assinaturas naquele dia. Depois enfiou o contrato na bolsa e pegou sua caneta.

— Você é durão? — perguntou Grimes a Trench.

Silêncio.

— Você é durão?

Trench permaneceu de boca fechada.

— Vá se foder, Trench — disse Grimes. Ele se virou e saiu do quarto do hospital caminhando relaxado.

LINDQUIST

Lindquist se lembrava de observar os tiques do pai quando era garoto, hábitos compulsivos que ele nunca considerara estranhos até perceber que os pais de seus amigos não tocavam maçanetas e alavancas de sanitários repetidamente, não olhavam pelo olho mágico da porta da frente vinte ou trinta vezes por dia. Ele supostamente herdara a obsessão do pai, da mesma forma que você nasce com o peito fundo ou lábio leporino. Estava no sangue.

"E se você estiver errado?" Era como Gwen costumava lhe perguntar sobre o tesouro. Seu modo de lhe dizer que estava perdendo tempo. Que estava perdendo a cabeça. Perto do fim, ela não era sequer tão educada e dizia que sua caça ao tesouro era triste e patética. "Trinta anos e você ainda não acha que está errado?"

Não, ele não estava errado. Lindquist sabia disso no sangue. Ele sabia com a certeza da Providência, da mesma forma que um rabdomante sabe que há água sob o chão, do mesmo modo que um necromante sabe que há um fantasma na sala. E enquanto continuasse procurando, enquanto continuasse cavando buracos no chão, nunca estaria errado.

— — — — — — — —

Lindquist não tinha visto ninguém naquela área do *bayou* havia quanto tempo? Dias. E então lá estava um barco, uma luzinha se movendo lentamente na sua direção, e ele na direção dela. Na névoa do calor da noite, ela cintilava no horizonte como uma estrela fraca e moribunda. À medida que se aproximava, Lindquist via que a luz pertencia a um barco pequeno. Um esquife de arrasto. Ele não sabia disso pela visão – o barco ainda estava longe demais para que pudesse dizer –, mas pelo leve zumbido de inseto de seu motor.

Os gêmeos? Seu coração se acelerou e ele sentiu uma descarga de adrenalina em seus membros. Se eram os gêmeos, ele provavelmente estava bem morto.

Não eram os gêmeos, mas havia dois homens no barco. Um baixo, com rabo de cavalo e boné de camuflagem imundo, o outro alto e de ombros cruzados, com um rosto barbado grave como o de um papa-defunto. Ergueram o queixo para Lindquist, e Lindquist acenou.

– E aí, pessoal – disse Lindquist de sua pequena piroga.

– E aí – respondeu o homem menor, um peso-galo. Vestia uma camiseta sem mangas que dizia na frente: TOM PETTY AND THE HEARTBREAKERS.

– Pescando? – Lindquist perguntou.

– Não – respondeu o galo.

Lindquist podia ver que havia no barco um grande saco de lixo preto cheio. Caçadores, Lindquist pensou. Não que se importasse.

– Eu ia lhes dizer que era melhor não comer o peixe daqui.

– Não estamos pescando – disse o homenzinho. – Você?

– Não. Só passando.

– É. Nós também. Aproveitando a vista.

– Não vejo muita gente por aqui – disse Lindquist.

– Não – disse o homenzinho. Ele olhou para o barco de Lindquist. – Maldição, é uma bela distância para remar.

Lindquist admitiu que talvez fosse. Ele olhou para o outro homem, que ainda não tinha dito uma palavra.

– Como vai? – perguntou.

– Tudo bem – ele respondeu.
– Você é pescador? – perguntou o homenzinho.
– Às vezes. Vocês?
– Somos do Missouri – disse o galo. – Trabalho ambiental. Diferentes aspectos.
– Querem ouvir uma piada?
Os dois homens trocaram um olhar cansado. O pequeno deu de ombros.
– Já ouviram a do padre tentando parar?
Os homens esperaram.
– Reduziu para quatro beatas por dia – disse Lindquist.
– Rá – disse o pequeno. – Certo.
– Bem – falou Lindquist.
– Bem – disse o pequeno.
– Melhor irmos – disse o alto.
– Querem ouvir outra?
– Melhor irmos – repetiu o alto.
O galo acenou, ligou o motor e começou a se afastar. Lindquist acenou de volta. Eles ficaram se olhando enquanto se afastavam e seguiam caminhos distintos.

– – – – – – – –

Dois ou três dias. Lindquist diria que tinha se passado esse tempo desde que o garoto o deixara. Talvez um pouco mais. Era verdade que ele perdia a noção do tempo facilmente quando estava caçando tesouros. Mas não poderia ser muito mais que alguns dias porque ainda tinha algumas garrafas de água e barras de proteína na mochila.

Quatro da manhã, Lindquist cavava na ilhota à luz fraca da lanterna quando a lâmina da pá bateu em algo duro. Uma pedra, pensou. Então bateu com a beirada da pá no que quer que fosse e ouviu um som vazio de madeira. Ele se agachou, empurrou para o lado folhas podres e lama. Depois enfiou a mão no chão e passou os dedos ao longo do que parecia uma velha tábua, macia e meio apodrecida. Uma caixa, uma caixa de madeira muito velha.

Lindquist se levantou, pegou a pá e enfiou a lâmina sob a caixa. Pisou na lâmina e começou a arrancá-la do chão. Ela finalmente cedeu, e Lindquist caiu para trás, traseiro na lama.

Engatinhou rapidamente até o buraco. Dentro havia uma velha caixa-forte de madeira suja de terra. Ele se levantou de um pulo, pegou a pá e a enfiou na madeira, que se partiu facilmente.

Ele tinha alucinado, tinha de ser. Estava em Barataria havia tanto tempo, com tão pouco sono e comida, que estava simplesmente vendo o que queria ver. Um sonho febril. Ficara sem comprimidos várias horas antes e quisera levar o barco de volta ao porto e ir em casa pegar mais. *Mais uma hora*, ficava repetindo. *Mais um buraco.*

Não era o que tinha acontecido com homens que vagavam pelo deserto dias seguidos? Começavam a ter sonhos e visões. Começavam a ver as coisas que mais desejavam ver.

À luz fraca da lanterna, ele viu um brilho na madeira e na terra. Ajoelhou-se, enfiou a mão e pegou uma moeda. Ele a ergueu até a altura do rosto, sob a luz. Ouro. Enfiou a mão na caixa e a girou. Sentiu pilhas de moedas lá dentro. Não havia como adivinhar quantas eram. Centenas, certamente. Pegou um punhado, as levou ao rosto e beijou. A lama sujou seus lábios. Ele não ligou. Exaltado, olhou para o céu.

O momento era tão perfeito que cada acidente, cada desventura, cada coração partido levando até aquilo parecia uma sorte abençoada.

– Obrigado, obrigado – disse. Ele esvaziou os bolsos da calça cargo e começou a enchê-los de moedas. – Obrigado – repetiu.

OS IRMÃOS TOUP

Quando voltaram a inspecionar a ilha, os irmãos Toup descobriram a plantação arrasada, trechos inteiros arrancados do que antes era um jardim grande como uma quadra de tênis. Uma avalanche de ramos e folhas mortas cobria o chão, e vasos de plantas haviam sido derrubados das plataformas para a terra. Impossível dizer a extensão dos danos. Aqui e ali, na lama, havia um papel de bala jogado, um saco de batatas fritas, uma lata de cerveja amassada.

Victor andou de um lado para o outro, uma descrença alucinada nos olhos enquanto examinava as plantas. Levou a mão à boca, soltou palavrões e andou mais.

– Bom Deus – disse, em uma voz engasgada de raiva.

Enquanto isso, Reginald examinava a ruína do limite da clareira, os ombros caídos de cansaço. Um medo do que aconteceria então.

– Olhe essa merda! – Victor gritou, olhando para Reginald de um modo de certa forma acusador, como se esperasse que Reginald argumentasse em contrário. Como se quase suspeitasse de que ele fosse cúmplice do roubo. – Parece que alguém usou uma roçadeira aqui.

Uma brisa noturna, quente e cheirando a alcatrão, agitou suavemente as folhas ao redor deles.

Reginald olhou ao redor, como se o saqueador estivesse escondido em algum lugar no escuro. Seu irmão xingou, cerrou os punhos e se ajoelhou na terra entre as pegadas de patas e rastros de pássaros. Passou o facho da lanterna sobre o solo e estudou as marcas de botas na lama. Dois pares diferentes iam de um lado para o outro, um grande, outro pequeno. Eles se afastavam na direção da margem, onde havia uma grande marca de um esquife na lama.

– Eu vou acabar com ele – disse Victor.

Reginald nada disse. Segurando a lanterna no alto, ele se acocorou e pegou no chão um baseado grosso como um charuto de anel 54.

– Lindquist, eu lhe disse – Victor falou. – Você não me escutou e aqui estamos.

– Certo, maldição.

– Bem aqui. Está vendo?

– O que você quer? Eu estou vendo.

O rosto de Victor estava contorcido de raiva à luz da lanterna.

– Eu quero que você deixe de ser tão maricas, é o que eu quero.

Reginald agitou a mão. Jogou a guimba do baseado na terra e Victor foi até lá e a chutou.

– Ultrajante – disse.

WES TRENCH

Embora ficasse apenas pouco mais de um quilômetro e meio descendo a estrada, a casa nunca parecera tão distante. Todas as partes do corpo de Wes ansiavam por sua cama, mas ele não podia suportar a ideia de encarar o pai. Em vez disso, dormiu no estacionamento do porto, na cabine da picape, um cobertor de mudança fedendo a mofo servindo de lençol, uma camiseta enrolada como travesseiro. Mesmo com as janelas abertas, a umidade era sufocante como um trapo suado enfiado em sua garganta. Faltavam poucas semanas para a temporada de futebol e ainda não havia o menor indício de outono. Provavelmente não haveria em mais alguns meses. Algumas vezes, ele acordou no meio da noite engasgando, e em outras, as vozes de capitães e tripulantes o acordaram. Formas escuras, sem rosto e fantasmagóricas, passaram trêmulas pelas janelas da picape, suas sombras projetadas pelo brilho laranja das luzes do estacionamento.

Meio delirante de exaustão, Wes foi à casa de um velho amigo do secundário, Grant Robichaux, e Grant e sua família pareceram genuinamente contentes de vê-lo. E, felizmente, não fizeram perguntas sobre sua vida familiar.

Deram a ele um jantar de refogado de lagostim e pão de milho feito em casa, a primeira refeição de verdade em algum tempo que não havia saído de uma lata, e prepararam uma cama para ele no sofá da varanda dos fundos da casa. Às nove horas, ele estava mergulhado em um sono profundo e sem sonhos. Mas à meia-noite os três bassês de Grant entraram na varanda com suas patas roçando e ficaram lambendo seu rosto. De manhã, os braços e pernas estavam tomados de picadas de pulga parecendo inflamadas, e Wes quis chorar de tão cansado.

No café da manhã, Wes agradeceu a Grant e sua família pela hospitalidade e disse que era melhor ir para casa.

Naquela manhã, Wes foi de picape até o porto e subiu a bordo do barco do pai. Estava tonto e mal conseguia manter os olhos abertos. Sabia que o pai o encontraria quando chegasse ao anoitecer, e não ligava. Qualquer que fosse a ira e a humilhação reservadas a ele, Wes estava pronto para encarar.

Em poucos minutos, adormeceu no catre da cabine.

Quando Wes acordou, estava totalmente escuro, ele desceu ao cais e esperou. Nove e meia. Normalmente o pai já estaria lá àquela altura. A maioria das outras vagas já estava vazia.

Wes ficou sentado na posição do lótus no cais de madeira gasta, observando a estrada de terra que levava ao porto. Estrelas e grilos, peixes pulando no *bayou*. Após alguns minutos, faróis brilharam por entre as árvores e uma picape entrou no estacionamento esmagando cascalho. Wes se levantou, se preparou. Quando viu que não era a picape do pai, o nó no estômago afrouxou. O Ford salpicado de zarcão parou sob um dos postes de iluminação, e Randy Preston, um velho amigo da família, saltou. Ele se arrastou na direção do cais, carregando uma geladeira Igloo e fumando um cigarro.

– Como tem passado, Wes? – perguntou Randy ao chegar até ele. Suas dentaduras enormes brilhavam no escuro.

– Bem. E você?

– Bem. Esperando seu pai?

– É.

– Tudo certo com ele?

– Ele está bem.

— Bom — disse Randy, que continuou a andar na direção do seu barco. — Cuide-se bem, Wes.

— Farei isso — disse Wes, e mostrou o dedo médio a ele. — Você também.

— Toda noite — disse Randy, mostrando o dedo por sobre o ombro, mas sem se virar.

Wes esperou até as dez, então voltou para a picape e dirigiu para casa. As luzes estavam desligadas e as cortinas das janelas da frente, abertas. Dois jornais, *Times-Picayune*, ainda estavam nos sacos plásticos na rampa de carros. Wes saltou da picape, os pegou e entrou na casa.

Um cheiro de podre o atingiu imediatamente. Acendeu a luz e foi à cozinha, onde o fedor era mais forte. Na lata de lixo, sobre pó de café e jornais, havia bolos amarelos de gordura de galinha. Wes tirou o saco plástico de dentro da lata, amarrou-o, saiu para o quintal e o jogou na caçamba de lixo. Vislumbrou o calombo do seu barco, uma visão desolada sob sua lona mofada.

Voltou para dentro e conferiu a secretária eletrônica. A pequena tela iluminada dizia que havia doze mensagens. Wes pegou o telefone e as conferiu. Todos números desconhecidos dos três últimos dias, provavelmente significando credores ou alguma outra notícia ruim.

Uma gota de suor correu pela face de Wes, que a limpou. Então se deu conta. A casa estava muito mais quente do que o pai gostava de deixar, como se o ar-condicionado não tivesse sido ligado houvesse algum tempo.

Conferiu o quarto do pai. A cama estava desfeita, mas isto não era incomum. O banheiro estava vazio, assim como os outros quartos e a garagem. Wes retornou ao quarto do pai e verificou o closet. Todas as roupas do pai estavam lá, sua bagagem.

A carne podre. Os telefonemas não atendidos. O barco ainda no porto.

O coração de Wes deu um pulo como uma perna de sapo.
Pegou o celular, abriu-o e então lembrou que não estava funcionando. Ele não tinha pagado a conta. Como um idiota.
Wes voltou ao carro e dirigiu até a casa do vizinho. Talvez Chuck soubesse de alguma coisa. Ele e o pai eram amigos.
Chuck, corpulento e de rosto rosado, atendeu. Por um momento confuso, encarou Wes, as sobrancelhas brancas subindo e descendo. Depois falou:
– Você não sabe, não é?
Wes ficou ali de pé.
– Ah, filho, eu lamento.

––––––––

Cheio de medo e culpa, Wes pegou o elevador para o terceiro andar do hospital, onde ficava o quarto do pai.
Um dos médicos tinha ido ao saguão contar a história a Wes: o pai, após dois dias trabalhando sozinho sem descanso, sofrera um ataque cardíaco em Barataria. Caíra de joelhos na cabine de comando e engatinhara até o armário onde guardava os sinalizadores de emergência. Pegou um, levantou-o usando o eixo de manivelas da cabine e disparou pela janela. Outro pescador de camarão viu o disparo e foi até o *Bayou Sweetheart*, onde encontrou o pai de Wes desmaiado no chão da cabine de comando.
– Homem de sorte – o médico disse a Wes.
E, naquele momento, Wes saía do elevador e caminhava lentamente pelo corredor. Mantinha os olhos voltados cuidadosamente para a frente, tentando não olhar para nenhum dos quartos de hospital com as portas abertas. Ele sentia os olhares doentios e funestos dos pacientes vindo de suas camas.
Quando entrou no quarto, o pai ergueu a cabeça do travesseiro e olhou para a porta. Depois recostou a cabeça novamente, mas

os olhos nublados por drogas permaneceram nele. Wes notou que havia tubos no nariz e nos braços e que o rosto estava chupado e exausto.

Foi até a cama, pensando se deveria beijá-lo na face como costumava fazer quando menino. Mas apenas pousou a mão rapidamente no ombro do pai. Sob o camisolão demasiadamente engomado do hospital, o corpo dele parecia magro e frágil, prestes a se quebrar.

Wes pegou uma cadeira no canto do quarto, levou para perto da cama e se sentou.

– O que eles estão dizendo? – Wes perguntou, mexendo na sobrancelha.

– Que eu tenho três horas de vida – respondeu o pai.

Ficaram em silêncio por um tempo.

– Eu me sinto mal – Wes disse.

– Não sinta.

– Meu telefone estava desligado.

– Eu sei.

– Não paguei a conta.

– Bela jogada.

A TV estava ligada, um programa sobre uma bela detetive loura com a boca suja e um chapéu de feltro. Eles assistiram por um tempo, como se profundamente interessados.

– Eu aceitei o dinheiro – disse o pai, os olhos ainda na TV.

Wes anuiu, embora o pai não pudesse ter visto, pelo modo como o rosto estava virado.

– O cara veio aqui ontem e eu simplesmente assinei ali na linha pontilhada.

– Bem – disse Wes.

– Não quero nem ver esta conta – disse o pai. – Assim que vier, terei outro ataque cardíaco. E então eles me darão outra conta.

– Quer alguma coisa? – Wes perguntou. – Há uma máquina no corredor.

– Não. Estou bem.

Eles olharam para a TV. Um comercial de algo chamado cateter de bolso discreto. Música de xilofone, um homem de meia-idade jogando frisbee em um parque com um trio de jovens de camiseta.

– Pode ir se quiser – disse o pai. – Provavelmente tem o que fazer.

– Estou vendo isso.

– Isso? O comercial?

– O programa.

– Está esperando que o programa recomece?

– É.

– Você gosta desse programa?

– Não sei.

– O que é isso? Uma garota de chapéu engraçado resolvendo mistérios?

– Não sei. Nunca tinha visto antes.

– Ela é bem bonita.

– É – disse Wes, esfregando as palmas das mãos suadas nas coxas do jeans.

Quando o programa recomeçou, assistiram a ele por algum tempo.

– Ahn? – perguntou o pai de Wes.

Wes brincou com a sobrancelha.

– Não disse nada.

– Fazendo muito barulho aí.

– Eu não disse nada.

– Quase tendo um surto nessa cadeira.

– Só estou sentado aqui.

– Bem, acho que você provavelmente pode ir. Estou mesmo ficando cansado. Não quero prender você.

– Estou bem.

– Eu provavelmente vou mesmo tirar um cochilo. Esses remédios pegam forte.

Wes se levantou e foi até a porta.

– Ei – chamou o pai.

Wes se virou.

– Sei que pode ser difícil lidar comigo.

– Está tudo bem.

– Da próxima vez, você me traz algo para comer? Se não tiver planejado nada?

– Eu volto amanhã. Esse é o meu plano.

– Um sanduíche do Sully's ou algo assim. Comida de hospital é como veneno. Provavelmente é. Para que eles possam me manter aqui e cobrar mais.

– Vou trazer algo do Sully's – disse Wes.

– Ei, Wes.

Wes esperou.

– Estou tentando. Sabe?

Wes anuiu.

– Vejo você amanhã – disse.

COSGROVE E HANSON

Havia tanta maconha pendurada no barraco abandonado que até mesmo Hanson em seu estado confuso admitiu que algo tinha de ser feito. Eles nunca conseguiriam fumar ou vender tudo aquilo. Não em um milhão de anos. Ligou para seu velho parceiro Greenfoot, que telefonou para outro conhecido, e em minutos o telefone do quarto de motel de Hanson tocou. Eram dez e meia da manhã de sexta, 1º de outubro, e, à mesa no canto, Cosgrove escutou Hanson respondendo às perguntas do sujeito.

– Talvez vinte – Hanson disse. – Dois ou três a mais ou a menos.

Ele ficou andando de um lado para outro até onde o fio do antiquado telefone de baquelite permitia e, após um minuto, sentou-se na beirada da cama e piscou para Cosgrove.

– É – disse Hanson. – Quilos.

O homem do outro lado da linha deve ter rido, pois Hanson também riu.

– Sim, senhor, estou lhe dizendo, todos os sentidos.

Cosgrove e Hanson carregaram os sacos do barraco para o acostamento da estrada e os empilharam na caçamba da picape de Hanson. Quando todos os sacos estavam nos fundos, havia quase trinta centímetros acima da beirada.

Acima da linha das árvores, borrada por causa do calor, pairava um fantasma de lua de papel transparente.

– A coisa mais maluca de todos os tempos – disse Cosgrove a Hanson. Limpou a testa encharcada com as costas da mão.

– Tem uma ideia melhor?

– É. Um caminhão de mudanças.

– Já dirigiu um caminhão de mudanças em Nova Orleans?

– Eu dirijo. Posso dirigir um caminhão de mudanças.

– É como o Uzbequistão, cara. Em todos os sentidos. Com motoristas camicase. Mad Max além da porra da cúpula do trovão.

Hanson colocou as mãos dos quadris e estudou as pilhas de sacos. Subiu na cabine da picape e se sentou na pilha, tentando amassá-la.

– Eu dirijo o caminhão – Cosgrove disse.

– Não vou cair de uma ponte em um caminhão de mudança cheio de maconha.

– Pelo menos tem uma lona?

– Uma lona? – reagiu Hanson, ajeitando a fivela de rodeio. – Vamos lá.

– Uma lona é uma coisa normal. As pessoas têm lonas.

– O que eu faria com uma lona?

– Pelo menos vamos conseguir uma lona – disse Cosgrove. – Cobrir esta merda.

– Esses sacos pesam muito. Não vão a lugar algum.

– Isto supera cada maldita idiotice que já vi – Cosgrove comentou.

– Você parece uma porra de uma vovó de oitenta anos, cara. A licença do carro está na validade. As luzes de freio estão boas. Tudo no esquema.

Cosgrove deu um suspiro de desprezo.

Hanson passou por trailers enferrujados assentados em vigas, fachadas de lojas abandonadas com placas de fechado e aluga-se nas vitrines sujas. Em pouco tempo, a única evidência de civilização era a própria estrada, eventuais carros passando, um outdoor desbotado pelo tempo. JESUS É O SENHOR REMOÇÃO DE

TRONCOS, dizia um. JIMMY DIAMOND BROUSARD, O ADVOGADO DO SENHOR, anunciava outro.

Passaram por alagados com tifas e jacintos de flores roxas, bosques de pinheiros, flores do campo brilhantes, em meio às quais pequenas borboletas laranja-escuro adejavam como nuvens de confete. No acostamento da estrada, um bando de abutres pulava ao redor de algo preto e borrachento. Cosgrove viu presas brancas brilhando em meio às entranhas reviradas. Um aligátor.

Cosgrove conferiu o acelerador.

– Desacelere – disse a Hanson.

– Estou a oitenta.

– O limite é setenta.

– Acabei de ver oitenta.

Eles se aproximaram de outra placa de trânsito.

– Setenta, está vendo? – falou Cosgrove. – Acorde, cacete.

Hanson tirou o pé do acelerador. Eles demoraram trinta minutos para chegar à rodovia, Cosgrove virando a cabeça a cada meio minuto para conferir os sacos, Hanson curvado sobre o volante como um octogenário. Outdoors de quiropráticos e advogados de porta de cadeia se transformaram em anúncios de boates de striptease e bares de ostras. Logo passaram pelo aeroporto Louis Armstrong, com um avião voando tão baixo sobre a rodovia que Cosgrove viu as silhuetas das cabeças pelas janelas.

Em Metaire, o tráfego aumentou, latas-velhas se arrastando, picapes costurando as faixas com velocidade suicida. Alguns carros de polícia deslizavam serenamente, os policiais ignorando ou indiferentes. Talvez eles mesmos estivessem bêbados e doidões. Recebendo boquetes sob o painel.

Cosgrove se virou novamente e conferiu os sacos. Ainda lá, ainda seguros. Ainda o suficiente para colocá-lo na cadeia por um longo tempo.

Hanson deu seu sorriso torto para Cosgrove.

— Moleza.

— Apenas preste atenção na estrada — retrucou Cosgrove.

— Melhor motorista que você já viu, cacete — falou Hanson. — Frio como os peitos de uma esquimó.

Nova Orleans surgiu, as fábricas de tijolos desmoronando, os arranha-céus cinza e pretos envoltos em nuvens de poluição séptica, o gigantesco estádio Superdome. Apinhados sob a rodovia havia prédios residenciais dilapidados, muitos deles queimados ou saqueados, a maioria pichada com os símbolos cruciformes da Guarda Nacional. A sinistra estenografia de números e abreviaturas.

Pelo que tinha de ser a centésima vez, Cosgrove olhou para a caçamba da picape. Um saco pulava enquanto o Dodge sacudia na rodovia esburacada. Então, com aterrorizante inexorabilidade, deslizou na direção da porta da caçamba.

Cosgrove ficou observando.

— Tem um saco — disse, horrorizado. — Deslizando.

Hanson, a mão sobre o boné de camuflagem, espiou pelo retrovisor com os olhos arregalados.

Uma grande van de entregas branca seguia atrás, o para-choque quase tocando o deles.

— Quem é esse chupador? — Hanson perguntou.

— Cuidado com aquele buraco à frente.

— A porra da cidade inteira é um buraco.

Hanson passou pela cratera e a picape alçou voo. Cosgrove observou o saco enquanto saltava para fora da caçamba como um paraquedista. A picape caiu novamente e corcoveou sobre os amortecedores. Atrás deles, a van de entregas saiu da pista e o motorista apertou a buzina. O saco foi rolando enlouquecidamente pelo asfalto e outros carros saíram do caminho, um coro raivoso de buzinas.

Um Tercel marrom dos anos 1980 passou sobre o saco, que se desfez em uma explosão de folhas verdes brilhantes.

– Saco. – Cosgrove finalmente conseguiu.

Hanson olhou para Cosgrove.

– Um saco saiu voando – Cosgrove anunciou.

Hanson olhou pelo retrovisor, boquiaberto.

– Devemos voltar?

– Não, maldição, continue.

Eles ficaram em silêncio, tensos, esperando o som das sirenes. Depois de um tempo, Hanson soltou uma gargalhada.

– Alguém vai fazer uma porra de uma festa esta noite.

Nada de sirenes.

Aquilo era Nova Orleans, afinal.

───────

Na Royal Street, Hanson estacionou diante de uma casa creole em roxo pastel: varandas rococó em ferro, janelas altas com venezianas, uma enorme porta verde-hortelã com uma aldrava de latão de cabeça de gárgula. Turistas bêbados cambaleavam pela calçada. Um trio de universitários com camisetas do time de futebol Florida Seminoles. Um homem mais velho com uma garota asiática em uniforme de escola católica. Um operário de construção grisalho vestindo um boné de loja de brincadeiras com peitos de espuma na frente. Todos levavam garrafas de cerveja ou copos para viagem.

Quando Cosgrove saltou da picape, estava pronto para se ajoelhar e beijar o chão. Poderia ter feito isso se não estivesse tão imundo: contas de Mardi Gras sujas, cocô de cachorro petrificado e guimbas de cigarro.

Uma brisa quente carregava os cheiros de lixo e mijo, frutos do mar e café com chicória, de bosta de cavalo e frutas podres.

A caixa de especiarias fedorenta de Nova Orleans.

Hanson foi até a porta da casa e tocou a campainha. Um momento depois, um jovem sem camisa apareceu na varanda de cima e olhou para baixo. Estava mastigando um pirulito e jogou o palito na rua antes de sair de vista.

Cosgrove e Hanson esperaram junto à picape. Mais abaixo, uma carruagem puxada a cavalo se arrastava na direção deles, os cascos do cavalo estalando nos paralelepípedos. Um negro magricelo de cartola, protegendo os olhos, cuidava gentilmente dos arreios. Havia seis ou sete turistas sentados nos bancos da carruagem que sacudia. Eles olharam idiotamente para Cosgrove e Hanson como se fizessem parte do cenário.

Um japonês ergueu o celular e tirou uma foto. Cosgrove o encarou.

Quando o garoto desceu, se apresentou como Benji. Viu a picape, a enorme pilha de sacos e começou a rir.

– Vocês vieram do *bayou* assim? – perguntou. Olhou para um lado da rua, depois para o outro.

– Exatamente assim – respondeu Hanson, orgulhoso, polegares enfiados no cinto de lona.

– Meu Deus, essa merda cheira – disse o garoto, e riu novamente.

Cosgrove não esperara alguém tão jovem. Não tinha mais de vinte e cinco, talvez mais para os vinte. Um menino. Com boa aparência no sentido americano, cabelos louros-avermelhados caídos sobre os olhos e dentes suburbanos. Se Cosgrove passasse por ele na rua, imaginaria um herdeiro, um aluno de Tulane.

– Cara – o garoto disse, ainda maravilhado com a picape. – Vou colocar isso na porra das minhas memórias.

Benji e Hanson carregaram os sacos para dentro da casa enquanto Cosgrove mantinha guarda ao lado da picape. Quando todos os sacos estavam do lado de dentro, entraram juntos.

Era um lugar de pé-direito alto que cheirava a vela e poeira de livros. Móveis de cerejeira antigos, objetos de arte. Uma janela alta dava para um jardim com paredes de alvenaria dominado por uma enorme oliveira negra, dezenas de pássaros de pecinhas de montar chilreando nos galhos.

E, em meio a tudo isso, os sacos de maconha de Cosgrove e Hanson empilhados no meio do piso quadriculado.

O garoto enfiou a mão no bolso, tirou um canivete suíço, abriu um saco e pegou um punhado de folhas. Levou-as ao rosto e cheirou. Torceu um ramo entre os dedos e o estudou.

– Muitos desses pistilos ainda estão verdes – disse.
– É?
– Colhidos cedo.
– Eu fumei a coisa – disse Hanson. – De primeira. Em todos os sentidos.
– Sem dúvida, cara. Mas ainda úmida. Tem de ser curada.

Hanson ficou quieto. Ao seu lado, Cosgrove estava de pé com os braços cruzados. Havia algo no garoto de que ele não gostava. O sorrisinho irônico. Claro que Cosgrove estava com inveja. Seria de imaginar as posições invertidas, um garoto daquela idade fazendo o trabalho braçal, em vez do oposto.

– É, tem de curar esta coisa – o garoto disse. – Não dá para vender assim.

Hanson tirou o boné, coçou o rabo de cavalo, recolocou o boné.
– Você fertiliza? – Benji perguntou.
– É – Hanson disse, soando como um aluno tentando adivinhar a resposta certa.

O garoto enfiou a mão no bolso e tirou outro pirulito Dum Dum. Desembrulhou-o e o enfiou na boca, a bochecha inchando.
– Com que frequência fertiliza?

Hanson engoliu, pensou. Um gesto vago de mão.
– A cada duas semanas.
– Não deveria exagerar.

Hanson deu de ombros.
– Regam com que frequência?

– Mais ou menos a mesma.
– Diga. Há quanto tempo fazem isso?
– Dois anos.

Por um momento, Benji olhou apenas para Hanson, passando o pirulito de um lado da boca para o outro, o doce duro estalando nos dentes.

– De onde vocês roubaram esta merda? – perguntou.

Cosgrove olhou para a porta, pensou em quanto tempo levaria para sair correndo.

– Ninguém nunca disse isso – Hanson falou.
– Eu estou dizendo.
– Faz diferença?
– Se alguém metralhar a minha casa esta noite? É?
– Ninguém vai fazer isso.
– Não?
– Não.
– Ninguém seguiu vocês.
– Vou só esclarecer as coisas. Encontramos um lugar na baía Barataria.

O garoto esperou.

– Há uma ilha lá cheia dessa merda. Tanto que quem planta não vai notar nada. Para você ver quanto é.

– Na baía Barataria.
– Bem no fundo. No meio do nada.

Veio do lado de fora o som de passarinhos cantando.

– E ninguém sabe sobre isso – disse o garoto.
– Pode perguntar às pessoas que ligaram para você. Eu sou cuidadoso, cacete.
– Você veio do *bayou* com tudo isso na caçamba da sua picape. E é cuidadoso pra cacete.

Hanson agarrou a fivela do cinto com uma das mãos.

– Eu sei o que estou fazendo.

O garoto pensou nisso, depois olhou para Cosgrove.
– Qual a sua história?
– Só estou em pé aqui – respondeu Cosgrove.
– Isso não é uma história.
– Olhe, cara, eu não quero problemas.
– Nem eu. Por isso estou perguntando.
– Ele está lhe dizendo como é – retrucou Cosgrove.
– E eu deveria simplesmente acreditar em você.
– Garoto – disse Cosgrove. – Pare de falar comigo como se eu fosse seu cachorro.

Benji ergueu as mãos.
– Só estou perguntando o que preciso – falou. – Coloque-se no meu lugar.

Benji e Cosgrove se encararam. Depois o garoto suspirou, balançou a cabeça e acocorou-se. Rasgou outro saco, levou um punhado de flores verdes brilhantes ao rosto e respirou fundo. Pegou algumas das folhas mais secas, fez com elas uma pepita entre o polegar e o indicador, depois foi à moldura da lareira, onde abriu uma caixa de madeira e de lá tirou um pequeno cachimbo de vidro multicolorido para um trago. Enfiou a bolinha no fornilho, acendeu, tragou e prendeu. Esperou um pouco, soltou, olhou para Hanson e depois Cosgrove.

– Isto pertence aos gêmeos?
– Gêmeos? – repetiu Hanson.
– Eu já fumei isso antes. Um barato ótimo. Violento, mas ótimo.
– Talvez venha da mesma semente.
– Cinco ou seis pessoas no país têm essa cepa. Se tanto. O resto é misturado com Crack Verde e Agente Laranja.
– Não sei nada sobre isso.
– A merda é fertilizada igual. Mesma cor. Mesmos pelos. Mesmo tudo.
– Não conhecemos gêmeos – Cosgrove disse.

– Não vamos sacanear uns aos outros – Benji disse. Cosgrove e Hanson ficaram em silêncio.
– Dois dos maiores escrotos que já conheci. Acabaria com eles se pudesse.
– É, não conhecemos gêmeos – Hanson disse.
– Tem certeza?
– Vamos embora – Cosgrove disse a Hanson.
– Vinte em dinheiro – Benji ofereceu.
– Vinte? – Hanson reagiu. – Isso é roubo. Deveria receber um jatinho por essa merda.

O garoto se levantou.
– Talvez. Provavelmente. Mas onde mais você vai vender tudo isto?
– Trinta.
– Pegue os sacos. Coloque-os de volta na picape.
– Vinte e oito.
– Pegue os sacos.
– Vinte e sete e ponto final.
– Pegue os sacos. Vá em frente. Sem ressentimentos.

Vários minutos depois, Cosgrove e Hanson estavam na Royal Street, dez mil em notas de cem dólares enfiados nos bolsos. Hanson tinha um sorriso idiota de triunfo. Desceram a calçada apressados, como se temendo que Benji fosse atrás deles para desistir do negócio.

Uma multidão de festeiros de sexta-feira já estava se reunindo. Dois homens parecendo lenhadores passaram de mãos dadas. Uma negra bonita com grandes cabelos afro pedalava um bicitáxi. Uma mulher de meia-idade vestindo malha e o que parecia ser um tapa-sexo de plumas néon passou caminhando.

De algumas ruas à frente vinha o floreio metálico de instrumentos de jazz. Mais além, a pulsação metronômica de tambores e baixo em 4/4.

— Enrabados — disse Cosgrove a Hanson. — Acabamos de ser enrabados lá dentro.

— A coisa nem era nossa — Hanson argumentou.

— O pior negociador do mundo.

— Inferno, foi você que quase partiu para a briga com o sujeito.

Cosgrove ficou calado.

— O que deveríamos fazer? Vender nós mesmos?

Cosgrove sabia que Hanson estava certo. E ele se sentia como se um peso tivesse sido tirado. Até sua respiração parecia mais leve, fácil. Havia muitas coisas que você podia fazer com dez mil dólares. As pessoas recomeçavam a vida com menos do que isso.

Eles caminharam até a Bourbon Street, para o pandemônio de uma noite de sexta no final do verão. Todos estavam bêbados. Turistas canadenses, transexuais, recém-casados, universitários, camelôs, titereiros eróticos, caipiras, bandas de música cover. Um fedor vulgar pairava no ar. Zydeco, funk e rap saíam pelas portas dos bares, gritos enlouquecidos e risos superando o rugido da música. Teias de aranha falsas, enormes abóboras e caveiras de papelão — decorações antecipadas de Halloween — pendiam das janelas de boates de striptease.

Cosgrove e Hanson compraram doses de destilados e cerveja e circularam pela Bourbon Street. Universitárias bêbadas caídas no meio-fio, vomitando entre os joelhos abertos. Um homem do tamanho de uma morsa usando inúmeros colares de contas estava deitado comatoso na calçada. Bêbados passavam por cima dele e sobre ele. Um garoto enfiou um cigarro aceso entre os lábios do homem.

Hanson entrou em uma loja de suvenires e comprou um paletó de cetim com uma enorme folha de maconha verde bordada atrás. Ele se enfiou naquilo e saiu andando orgulhoso. Fora da loja, um boné de beisebol com uma flor-de-lis e 2010 gravados na frente chamou sua atenção. Dizia LE BON TEMPS ROULE em cursiva de linha prateada na pala. Hanson também comprou isso e enfiou seu velho boné de camuflagem imundo em uma lata de lixo. De paletó e boné novos, ele saiu andando, pomposo como um frangote, polegares enfiados no cinto. Caminhando ao lado, Cosgrove notou turistas sorrindo para o espetáculo de Hanson. As cutucadas, os sussurros: olhe aquele cara. Algo como pena e proteção brotou no peito de Cosgrove. Ele queria dizer: *Vocês, escrotos, já ganharam vinte mil?*

No Old Absinthe House, eles tomaram duas doses de tequila cada um, e, quando voltaram para a Bourbon Street, Hanson entrou novamente na loja de turistas. Tentou comprar outro paletó de cetim preto, antes que o balconista, indiano, mostrasse que ele já estava vestindo um igual. Perturbado, Hanson agradeceu ao homem. Depois disse, raivoso, que queria comprar outro paletó, estava prestes a fazer isso, pelo menos, antes da sua observação espertinha. Ele levaria seu negócio para outro lugar. Onde um homem pudesse comprar dois paletós idênticos, se quisesse.

Em algum momento depois das duas horas, no Lafitte's Blacksmith Shop Bar, eles começaram a conversar com duas quarentonas de camiseta. Uma delas usava um chapéu de caubói de palha com búzios na fita. A outra, um chapéu de feltro inclinado em um ângulo tão ousado que só podia ser turista. Em seu antebraço havia uma tatuagem, o rosto beatífico do filho pequeno morto, as datas de nascimento e morte do menino acima, VEJO VOCÊ NO CÉU, RUSTY, abaixo. Menos de três anos na Terra. Hanson e Cosgrove sabiam que não deviam perguntar.

As mulheres estavam determinadas a farrear, ambas rindo tanto das piadas de Hanson que Cosgrove desconfiava de que poderiam estar em algum tipo de concurso ou ter acabado de fugir de uma instituição de saúde mental. Hanson se deslocou dois bancos para que as mulheres pudessem sentar-se entre eles. A de chapéu de caubói se acomodou junto a Cosgrove e ele notou a marca da aliança no anelar. Como se ele desse a mínima.

As mulheres disseram estar na cidade para uma convenção de agentes funerários e não procuravam problemas, apenas diversão. Hanson lhes disse que tinham acertado na loteria. Diversão era seu nome do meio. Pagou drinques para todos.

Cosgrove disse às mulheres que era o primeiro astronauta afro-americano.

— Sasquatch fez uma piada — disse Hanson com voz pastosa.

Todos riram disso por um longo tempo.

Em dado momento a vaqueira, Dixie, sussurrou para Cosgrove:

— Tem mais algum amigo aqui esta noite? Não acho que Mary Ann tenha realmente gostado do seu amigo.

Cosgrove coçou a barba.

— Bem, nós somos uma espécie de pacote fechado — disse.

A mulher considerou isso.

— Não leve isso a mal — Cosgrove sussurrou. — Mas o sujeitinho? Hanson? Egípcio. Muito bem dotado. Um camelo. E é famoso no sexo oral. Um mágico.

Jesus, ele estava começando a soar como Hanson.

Para alívio de Cosgrove, a vaqueira gargalhou disso. Ela e Mary Ann pediram licença e, quando voltaram do banheiro, pareciam enervadas, talvez drogadas. O rosto de Mary Ann estava enrubescido, o chapéu ainda mais inclinado que antes.

— Vocês têm coquetéis no quarto de vocês? — Dixie perguntou.

Cosgrove e Hanson levaram as mulheres ao JW Marriott, na Canal Street, onde pegaram quartos adjacentes no vigésimo primeiro andar. Hanson levou Mary Ann para seu quarto; Cosgrove, a vaqueira para o seu. Quando a mulher ficou nua, pareceu constrangida com a cicatriz da cesariana, mas ele disse que não ligava e não mesmo. Além disso, ela possuía marcas de bronzeamento e grandes aréolas estufadas de que ele gostava especialmente. Pediu que ele desligasse a luz e fechasse as cortinas, e, quando o fez, ela lhe disse que era um cavalheiro. Fazia muito tempo desde que uma mulher o chamara assim.

Pouco antes do amanhecer, quando a mulher estava nua e adormecida em sua cama, Cosgrove foi de roupão até a janela panorâmica e olhou a cidade. Mesmo daquela altura da rua, ele podia ouvir o ratatá do jazz, as buzinas dos táxis. Observou a agitada extensão da Canal Street, sua miríade de táxis e vans, de lanchonetes e lojas de lembranças vagabundas para turistas. Viu as placas iluminadas em vermelho dos hotéis próximos, o Roosevelt, o Astor. À direita, ficava a cursiva verde e amarela em néon que dizia Dickie Brennan's Palace Café.

De pé ali, vendo o panorama gótico em néon de Nova Orleans, Cosgrove, pela primeira vez desde que conseguia se lembrar, sentiu algo parecido com esperança.

- - - - - - - -

Na manhã seguinte, eles voltaram para Barataria e passaram o dia dormindo, de ressaca. De noite, Hanson foi ver como Cosgrove estava e ficaram deitados em silêncio nas camas separadas, assistindo à TV. Estavam ambos pálidos e com olhos amarelos e pareciam ter sido recém-cavados de um túmulo.

— Quanto trabalho perdemos? — Cosgrove perguntou.

— O que eles vão fazer? — reagiu Hanson. — Nos demitir?

Cosgrove grunhiu. Depois perguntou:

— Quanto você ainda tem?

— Oito mil.

Ele lançou um olhar para Hanson.

— Está brincando.

— Mais para sete e meio.

— Você gastou dois e meio — disse Cosgrove, convencido de que eram os cretinos mais burros do mundo.

— Fácil gastar dinheiro. Todos aqueles drinques e gorjetas. As strippers e as drogas. Os quartos de hotel.

Cosgrove fechou os olhos e esfregou as pálpebras que ardiam.
— Quanto você tem? — perguntou Hanson.
— Entre quarto de hotel, bebidas e as outras merdas? Gastei uns mil.

Hanson deu uma risada rouca, tossiu.
— Certamente sabemos farrear. Devemos ter pagado bebida para umas cinquenta putas.

Ficaram quietos por um tempo.
— Ei, vou dizer uma coisa.
— Não.
— Mais uma vez.
— Inferno, não.
— Podemos pegar o quanto quisermos.

Cosgrove ficou deitado ali de olhos fechados e fingindo ignorar Hanson.
— Eu vou mais uma vez — Hanson disse. — A escolha é sua.

WES TRENCH

Amanhecia quando Wes parou no estacionamento do porto e saltou da picape carregando um saco de papel do minimercado. Algumas garrafas de água, barras de cereais, um saco grande de carne-seca defumada. Coisas para Lindquist, para o caso de ter acabado. Havia sido idiota da sua parte, muito idiota, deixá-lo em Barataria. Mas Lindquist estava fora de si e surdo à voz da razão, meio que à procura de uma visão. Mas fora tolice dele deixá-lo lá. Deveria tê-lo obrigado com uma faca, chamado a polícia ou ficado com ele, dane-se o enjoo.

Alguma coisa, qualquer coisa.

Wes pilotou o *Jean Lafitte* na direção da ilha com o salgueiro morto, e quando chegou lá uma névoa amarelada ainda se erguia do *bayou*. As garças já haviam se levantado dos galhos e ocupado a margem, algumas de pé sobre uma perna e se limpando, outras catando na lama com os bicos. Wes levou o barco mais para perto da ilha, desligou o motor e examinou a margem.

Nada de Lindquist, nada de barco.

Pegou o binóculo no painel e olhou por entre as árvores cinza e verdes.

Nada de Lindquist, nada de barco.

Abriu a janela da cabine de comando, colocou as mãos ao redor da boca e chamou Lindquist. Sua voz morreu fraca, sugada para a imensidão do *bayou*. Depois restou apenas o som de água murmurando.

Seguindo para leste, Lindquist dissera, então Wes seguiu para leste e contornou a ilhota seguinte. Desacelerou o barco, abriu a janela da cabine de comando e deu um grito rouco.

Nada de Lindquist, nada de barco.

Quando chegou à terceira ilha, o *bayou* não tinha mais névoa. À distância, a água parecia estranha, mais escura, mas era difícil dizer por que as janelas estavam muito sujas, o vidro coberto de sal e gordura. O pai de Wes nunca iria parar de resmungar se ele deixasse um barco tão imundo. Esfregou um trecho do vidro com a palma da mão, mas isto não ajudou muito, então abriu a janela de bombordo. Sim, a água estava mais escura, com toques de ocre e vermelho. E ao redor do banco de areia havia um cobertor preto de petróleo cru.

– Sr. Lindquist – chamou.

Sua mente acelerou. Talvez Lindquist tivesse voltado de piroga para Jeanette e estivesse em segurança em casa. Se soubesse onde ele morava, iria verificar. Se soubesse seu telefone, ligaria.

Wes disse a si mesmo que estava preocupado sem motivo. O *bayou* era enorme, sim, mas Lindquist era habilidoso. E um homem, mesmo um homem de um braço só em suas péssimas condições, podia facilmente remar de volta a Jeanette. Mesmo um homem de um braço só com a cabeça cheia de comprimidos. Homens com o dobro da idade de Lindquist tinham feito o mesmo nos velhos tempos. O tempo todo.

Wes abriu a janela e gritou de novo. Uma família de maçaricos saiu dos arbustos voando, seus gritos um tanto irritados, como se reclamando de mais uma perturbação do homem.

O G-Spot lembrava um salão de bingo de teto baixo, um prédio de blocos de cimento de aparência sisuda com um letreiro de néon rosa no teto como o cravo no chapéu de uma viúva. Mesmo com as janelas da picape levantadas, Wes podia ouvir o fogo de morteiro da música dentro do bar. Dentro, a pulsação do baixo era quase ensurdecedora, tão alta que Wes teve de gritar com o homem atrás do caixa, um Golias negro de cabeça raspada, facilmente com um metro e noventa e cinco, cujos braços musculosos balançavam de uma forma que parecia uma ameaça.

– Acima de vinte e um – disse o homem.
– Sim, senhor – respondeu Wes. – Não preciso entrar. Só preciso falar com uma pessoa.
– Claro que sim – retrucou o homem. – Fora daqui.
– Uma senhora chamada Reagan, senhor. Lindquist.

O sujeito parou e o encarou.

– O que é você, um perseguidor?

Wes trocou o pé de apoio, nervoso. A boca estava seca.

– Não, senhor. É sobre o pai dela.

O homem pigarreou alto, saiu de detrás do caixa e passou por portas duplas de vaivém. Um instante antes que elas se fechassem, Wes teve um vislumbre do bar. À luz de batisfera, uma loura jovem de biquíni minúsculo dava voltas ao redor de um poste, com uma dúzia de homens reunidos ao redor do palco como abutres.

Wes esperou, a música grave batendo em seu esterno. Um adesivo de SACK IRAK descolava da face da registradora.

Logo uma ruiva de pescoço comprido foi à antessala. Usava um fio dental e todas as belas partes roliças dela escapavam. Foi necessária toda a força de vontade de Wes para manter os olhos em seu rosto. Ele explicou por que estava ali enquanto o rosto de Reagan se retorcia de preocupação.

– Tenho certeza de que ele está bem – disse a ela. – Só quero ter certeza.

– Não entendo. Por que pegar o barco dele?

Atrás da registradora o negro fingia não escutar, rabiscando um quebra-cabeça sudoku com uma esferográfica.

– Eu estava enjoado e tinha de voltar – Wes explicou. – Mas ele não queria. Devo ter pedido a ele mil vezes. Mesmo, senhora, fiz isso.

Reagan esperava, braços cruzados sobre o peito, então Wes se sentiu obrigado a dizer mais:

– Estávamos fora havia uma semana. Mas ele não queria voltar. Ele se recusou. Eu disse que ficaria com a piroga. Ele me fez pegar o barco.

– Há quanto tempo foi isso? – ela perguntou, mexendo o lábio inferior entre os dedos como se fosse uma bolinha de massa.

– Dois dias.

– Dois dias no *bayou* naquela piroga minúscula.

– Ele tinha coisas. Suprimentos – informou. Quanto mais Wes dizia, mais se dava conta de como soava ridículo. – Eu só queria o endereço e o telefone dele, se não for um problema.

Reagan pediu papel e caneta ao negro. Depois rabiscou o endereço e o telefone do pai no verso de um recibo. Deu o pedaço de papel, pegou-o de volta e anotou outro número. O dela.

O negro balançou a cabeça.

– Vá se foder, Antoine.

– A vida é sua – disse o homem. Ele voltou a franzir o cenho para o quebra-cabeça.

– Qual é mesmo o seu nome, querido? – perguntou Reagan.

Ele não tinha dito. Parecia que todas as partes do seu corpo ruborizavam.

– Wes.

– Tudo bem, Wes – disse Reagan, suspirando longamente, dando um tapinha na testa.

– Tenho certeza de que ele está bem – disse, mas até para ele isto soou uma mentira.

GRIMES

Lá estava ela novamente. A mãe de Grimes na vitrine do café, sentada sozinha em um reservado. Ficou pensando se deveria voltar ao carro e ir embora como na vez anterior. Não: ele não podia mais adiar aquilo. E ainda estava empolgado com sua visita a Trench. Saltou de seu Lincoln Town Car alugado e ficou de pé no calor escaldante do estacionamento. Respirou fundo, acalmou as entranhas, entrou no Magnolia Café. Eram oito da manhã e não havia mais ninguém no restaurante, a não ser a jovem garçonete mascadora de chicletes brincando com o celular atrás do balcão. Um velho em um banco de canto tomando café, curvado sobre seu jornal.

Grimes deu bom dia a eles.

Nada. Nem mesmo um grunhido.

Grimes estava com os óculos escuros espelhados de aviador, mas a mãe o reconheceu imediatamente. Os pequenos músculos ao redor da sua boca se torceram enquanto ele se aproximava. Ela se levantou e Grimes a beijou no rosto. Ela o abraçou, ele abraçou as costas dela, e ficaram assim por bons cinco segundos. Depois sentou-se em frente a ela no reservado.

– Tire esses óculos – disse. – Deixe que o veja.

Grimes tirou e dobrou os óculos, e os colocou sobre o suporte cromado de guardanapo. Seus olhos se apertaram por causa do brilho do sol. Quando se acostumaram à luz, ele viu a mãe de perto pela primeira vez em anos. O rosto irregular e gasto à luz. As sobrancelhas ficando grisalhas. Os dentes manchados de chá. Mas os olhos eram vívidos e brilhantes, e ela parecia contente em vê-lo. Nervosa, como sempre era perto dele, mas contente.

– Ah, Brady – disse, esticando a mão sobre a mesa, acima do prato de ovos mexidos e de torrada de trigo, e tomando suas mãos.

– Faz tempo demais.

Grimes disse que sim.

– Como tem passado? – perguntou.

Ela não respondeu porque a garçonete estava indo até lá com cafeteira e caneca. Colocou a caneca diante de Grimes e a serviu. A mãe de Grimes ergueu os olhos e sorriu.

– Como tem passado, Grace? Tudo bem?

– Bem, sra. Grimes – respondeu a garota suavemente. Não olhou para Grimes.

A mãe de Grimes esperou que a garota estivesse longe antes de falar novamente.

– Notou isso?

Grimes perguntou o quê.

– Normalmente é muito doce. Não consigo fazê-la parar de falar. E hoje?

Ela usava um boné de beisebol da LSU, que retirou e colocou ao lado do corpo. Grimes notou que seus cabelos estavam mais ralos. Mais grisalhos. Claro que estavam.

– E então? – perguntou a mãe de Grimes. – Veio aqui me mostrar aquela papelada?

Ela sorriu como se estivesse brincando.

– Acha que é por isso que estou aqui? Eu queria vê-la.

A mãe debochou dele com os olhos.

– Eu ia fazer uma visita em breve – ele disse.

– Há quanto tempo está aqui?

– Mais ou menos um mês.

– Mais que isso, pelo que ouvi.

– Perdi a noção do tempo – Grimes disse, se sentindo culpado. A mãe ficou calada, encarando seu rosto atentamente. Talvez tentando decifrar o mistério de como podiam ser carne e sangue.

– Não sei como as coisas ficaram tão ruins – disse Grimes.

A mãe tomou seu café. Colocou as mãos na mesa e olhou para elas. Grimes também olhou. Os crescentes de sujeira escura sob as unhas. Ela nunca conseguira se livrar daquela terra. Quando era vivo, o pai também nunca conseguira se livrar dela. Não importava o quanto e com que força esfregasse com o sabão Lava.

– Um dia se passa, depois outro – Grimes disse. Ele não pretendera dizer o que estava prestes a falar. Havia um tom ensaiado no que falava. Como se tivesse escrito as palavras com antecedência e as recitado diante do espelho. – Quando você vê, é um mês. Depois uma temporada. E então se transforma nessa coisa, sabe? Essa coisa desconfortável. Você não quer ligar porque passou tempo demais. Coisas demais a atualizar. Aquelas coisinhas cotidianas que compõem uma vida. Você não se dá conta disso, mas compõem.

– Eu sei – disse a mãe.

– Bem, é isso.

A mãe de Grimes inspirou, as rugas ao redor dos olhos ficando mais fundas. Disse:

– Talvez devêssemos conversar em casa.

― ― ― ― ― ― ― ―

O cheiro. Foi o que primeiro atingiu Grimes. O cheiro de livros velhos, madeira envelhecida e fumaça de cária, de caixas de papelão mofando no sótão e cera de piso cheirando a pinho, da fumaça do charuto de seu pai, havia muito morto, entranhada nas almofadas do sofá e nas cortinas. O buquê nostálgico despertou em Grimes uma confusão de sentimentos. Principalmente a compreensão de como ficara velho, de quanto tempo se passara, de quão pouco mudara.

A casa, a casa da infância de Grimes, era um rancho sólido de tijolos claros que resistira bem ao Katrina. Apenas as telhas de carvão do teto eram novas, algumas das janelas voltadas para o sul. Grimes percorreu os cômodos da casa. O velho escritório do pai, com suas estantes cheias de números do *Farmer's Almanac*, livros sobre a Guerra Civil e brochuras de John D. MacDonald. A sala íntima com o antigo televisor de tubo com estrutura de madeira, o sofá de estampa florida e a poltrona La-Z-Boy aveludada onde seu pai assistira a suas partidas de futebol americano de Saints e LSU. A cozinha, com o piso de parquete e armários de fórmica verde--oliva. E, claro, seu quarto, onde tudo estava exatamente como ele deixara. Os bonecos de Mestres do Universo e Guerra nas estrelas nas prateleiras, as caixas e mais caixas de revistas em quadrinhos no closet, os cartazes do Kiss.

Kiss, como ele podia ter adorado tanto aquela banda? Agora ele não suportava ouvir.

– Nada mudou – disse Grimes à mãe quando estava sentado à mesa da cozinha.

Ela estava junto ao fogão com uma colher de pau, mexendo uma panela de seu molho de tomate, o preferido de Grimes. Quando ele era menino, segunda-feira era dia de feijão-vermelho e arroz, e domingo, de molho de tomate.

O cheiro de alho e cebola refogados e pimenta-verde enchia o aposento.

– Por que eu mudaria? – retrucou a mãe de Grimes. – Não estou esperando nenhum nobre tão cedo.

Ela costumava dizer *bebês*, mas parara quatro ou cinco anos antes, quando ficou desconfortável. Quando ficou claro que Grimes era, e queria permanecer, um solteirão.

– Tem esse lugar Century Village que eu tenho estudado – disse Grimes.

A mãe bateu a colher de pau na borda da panela com força, o assustando.

– Century Village? O quê? Você precisa ter cem anos para morar lá?

– É uma bela casa de repouso em Boca, mãe.

– Boca Raton – ela completou, pronunciando como "Ray Tawn".

Virou-se novamente para o fogão e mexeu. – Um bando de nova-iorquinos velhos. E eu. Uma senhora caipira louca. Pode imaginar?

– Pelo menos me deixe mandar alguém limpar meu velho quarto. Talvez você possa vender algumas daquelas coisas. Alugar o quarto para algum velho amigo.

– Sempre tive de comprar os brinquedos assim que saíam. As revistas em quadrinhos e os cartões de beisebol.

Grimes tomou um gole de sua garrafa de cerveja Abita.

– Calma com esse molho Zatarain's, mãe.

Depois de um tempo, a mãe de Grimes bateu a tampa sobre a panela e pegou sua própria cerveja na geladeira. Depois sentou-se em frente a Grimes à mesa de bordo gasta pelo tempo. Quanto tempo se passara desde que tinham sentado juntos ali? Ele não conseguia nem lembrar. O tempo estava se afastando de ambos.

– Vamos ver um desses formulários – disse a mãe com um suspiro pesado. Quando ele hesitou, ela agitou os dedos. – Vamos lá, vamos ver em que problemas você está se metendo.

Ele pegou a bolsa pendurada pela alça no encosto da cadeira e procurou dentro. Deu à mãe um dos contratos. Ela folheou os papéis franzindo o cenho.

– Todos na terra vendendo suas almas rio abaixo – ela disse.

– Sempre tão dramática – comentou Grimes.

– Claro que as pessoas assinarão qualquer coisa estando desesperadas. Muitas pessoas desesperadas por aqui.

– Elas tiveram escolha. Não apontei uma arma para suas cabeças.

Os olhos dela pousaram na mesa. Não iria olhar para ele. Não podia olhar para ele.

– Apenas acho estranho, é só.

Grimes sentiu rosto e pescoço queimando.

– Bem, sinto sua falta. Realmente.

– Claro que sinto sua falta. Muito. Sou sua mãe.

– Vamos para o Commander's Palace. Um dia em Nova Orleans.

– Deixe-me fazer uma pergunta – pediu a mãe de Grimes.

Grimes fez um gesto rápido de mão: vá em frente, vamos acabar com isto.

– O que você ganha com isso? – perguntou.

Ele deu de ombros.

– É um trabalho – falou, tomou um gole rápido de cerveja, depois mais um, para não ter de dizer mais. Mas ela continuava olhando, esperando. – É um trabalho. O que mais quer que diga?

– Eles poderiam ter mandado você para qualquer lugar.

– Mãe? Eles me obrigaram a vir para cá.

– Você poderia ter se recusado.

– Eles me obrigaram a vir para cá. Obrigaram. Estou esperando uma promoção.

Eles caíram em silêncio, tomando suas cervejas.

Depois de um momento:

– Você sabe que nunca o julguei pelo que você fez.

– Algumas vezes parecia que sim.

– Mas isto?

Grimes ficou pensando no que dizer a seguir. Fechou os olhos, esfregou as pálpebras com polegar e indicador, depois os abriu e se inclinou sobre a mesa com os braços cruzados.

– Já parou para pensar que talvez todas as coisas em que você acredita não sejam verdade?

A mãe de Grimes estava irritantemente silenciosa. Ele olhou para seu rosto naquele momento, e um sentimento estranho o inundou. Que todo o seu passado o estava encarando por intermédio de sua mãe. Seus avós, os pais deles, os pais antes deles. Todos, uma legião.

— Talvez nem todos estejam querendo pegar você. Sabia?

A mãe se levantou para verificar a panela de molho. Retornou à mesa com outra cerveja para Grimes e se sentou novamente. O rosto estava tomado por alguma emoção difícil, os olhos baixos e úmidos. Disse que tinha algo a lhe contar e o momento provavelmente era tão bom quanto qualquer um.

Ele perguntou o quê.

Ela finalmente ergueu os olhos.

— Estou doente, Brady.

— O quê? Doente doente?

Ela confirmou lentamente, olhando para Grimes diretamente, querendo se assegurar de que ele entendera.

— Como? Me conte.

Você está me assustando, ele queria dizer.

Ela contou. Tinha ido ao médico algumas semanas antes porque o rosto estava dolorido e inchado. Sinusite, foi o primeiro diagnóstico do médico. Ele vira a mesma doença em muitos de seus pacientes, especialmente aqueles que trabalhavam na água e tinham sido expostos a todo o óleo e dispersantes. Então, a mãe de Grimes contou ao médico sobre as enxaquecas. Como precaução, o médico pediu uma série de radiografias de cabeça e descobriu os tumores.

Grimes se deu conta de que estivera agarrando a garrafa de cerveja o tempo todo sem beber. Pousou a garrafa na mesa, os nós dos dedos doendo, dedos gelados e enrugados.

— Vou levá-la a um médico. Vou arrumar o melhor médico que o dinheiro possa pagar.

— Brady.

Grimes se sentia tonto, como se precisasse de ar.

— Mãe, eu vou pagar. Não se preocupe com dinheiro.

– Não há como chegar a eles. Está nas membranas. Carcinomatose leptomeníngea. Não parece nada, não é? Soa como dr. Seuss.

Ela deu um sorriso duro, mas a expressão sumiu rapidamente. Ele balançou a cabeça.

– Foi só um médico, certo? Eu consigo outro.
– Brady. Foi Oschner. Nova Orleans.

Ele ainda balançava a cabeça, agarrava a garganta.

– Vamos levar você a Tulane, mãe.
– Querido – ela disse. Esticou a mão sobre a mesa e Grimes a tomou entre as suas. Os dedos ainda estavam gelados de segurar a garrafa, então os dela pareciam quentes. Ossudos e endurecidos pelo trabalho.

De modo absurdo, ele queria fugir. O rosto caído e triste da mãe à luz laranja da cozinha era quase demais para suportar. Ele queria fugir, correr para longe até que desaparecesse esse sentimento de pânico e ruína, como uma gárgula pousada em seus ombros.

Contra sua vontade, ele se viu pensando em todo aquele óleo, todas aquelas substâncias químicas. Não poderiam ser a causa, poderiam? Certamente não tão cedo.

A mãe reforçou o aperto. Depois soltou e deu um tapinha em seu antebraço.

– Está tudo bem. Estou mais preocupada com você.

Grimes não sentiu confiança para falar. A garganta parecia cheia de sal e quente, e ele fungou. Estendeu a mão na direção do braço da mãe, mas ela já tinha se virado e se levantava da mesa. Voltou a mexer o molho, uma das muito poucas coisas que restavam na Terra de que ele se permitia sentir saudade.

Depois disso, o que haveria?

- - - - - - - -

Antes de ligar para Ingram pelo smartphone, Grimes virou três dedos de bourbon. Depois sentou-se na beira da cama de calça e camisa branca engomada e deu a notícia ao chefe. Sua mãe tinha câncer. Inoperável.

– Isso é medonho – Ingram disse.

Grimes ouviu o estalo do isqueiro do outro lado da linha.

– Não sei quanto tempo mais ela tem – Grimes disse.

– Lamento, Grimes.

– Dizem que podem ter sido todos os produtos químicos na baía.

A voz rouca de fumaça de Ingram ganhou um novo tom.

– Não, não pode ser certo.

– Bem, os médicos.

– Os médicos são cheios de merda. Não há como. Escute. Não há como.

Um longo silêncio. Grimes não conseguia sequer ouvir a respiração de Ingram. Ele disse:

– Ingram? Está aí?

– Estou aqui.

– Quero ir para casa. Levar minha mãe. Descobrir o que podem fazer.

– Ir para casa? Agora? Depois de tudo que você realizou? Seus números estão nas nuvens, Grimes. Você é como a porra do coronel Kurtz aí.

Grimes ficou em silêncio.

– Sacou? Kurtz? Você e suas referências literárias?

– Eu saquei, Ingram.

Ingram expirou longamente.

– Você ainda não pode ir para casa. Precisamos de você, companheiro.

Grimes viu um pequeno movimento com o canto dos olhos. Uma lagartixa verde-acinzentada corria pela parede, seus órgãos cor de pistache escuros sob a pele opaca. O lagarto deslizou para o teto e parou imóvel no canto, seus olhos como sementes pretas encarando Grimes.

– Bem, você conseguiu a assinatura dela? – perguntou Ingram.
– De quem?
– Da sua mãe?

A caminho do aeroporto em seu carro alugado, Grimes passou pelo lugar onde antes ficava a casa de Donald Baker. A casa ficava exatamente ali, Grimes tinha certeza. Ele não estava perdendo a cabeça. Tinha uma memória muito boa, a despeito do álcool. Ele não era supersticioso e não acreditava em vudu, mas sua cabeça continuava voltando ao velho. Como ele gritara incompreensíveis maldições francesas enquanto Grimes fugia da casa. Como sua sorte desandara desde então.

Grimes fez a volta, dirigiu um minuto pela estrada de terra, virou novamente. Ele se lembrava daquele salgueiro do modo como você se lembrava de um rosto bonito que viu em uma multidão no dia anterior. Você não via mais salgueiros como aquele, não tão alto, não com todo aquele diâmetro. Uma família de dez pessoas poderia fazer um piquenique sob a sombra esguia daquele salgueiro.

Ele se lembrava daquele campo de lírios da Louisiana, aquele conjunto de pinheiros esculpidos pelo vento na bifurcação da estrada de terra. Virou à direita e avançou, sacolejando. Passou novamente pela clareira. Onde antes houvera uma cumeeira, o céu brilhava em um roxo leve entre as árvores, nuvens como guirlandas de fumaça ocre.

Estacionou no acostamento da estrada, saltou do carro e ficou de pé, com as mãos nos quadris, pensando se estaria no lugar certo. Estava. Não estava perdendo a cabeça. Na primeira vez, ele fora lá por acaso, na segunda, de memória. Aquela era a terceira vez e ele sabia. Aquela nissa. Lembrava-se daquela nissa. Ele se apoiara nela depois de sair correndo da casa do velho, chocado e arfando enquanto limpava o mijo do rosto.

Baixou o topo da cerca de arame farpado frouxa com a base da mão, passou uma perna por cima, depois a outra. Começou a vadear em meio ao mato. Insetos levantavam voo diante dele, pousando em ramos finos que pendiam de lado sob o peso.

Uma vez na clareira, Grimes olhou ao redor. Nada além de terra grossa cinza. Ajoelhou-se, pegou um punhado e a deixou escorrer por entre os dedos. Aqui e ali havia restos de metal, cacos de vidros, bolas de plástico enrugado e com bolhas.

O sapos e grilos cantavam, um morcego deu uma pirueta ao crepúsculo e sumiu.

A casa ficava bem ali, cacete. Ele sabia que sim. Não estava perdendo a cabeça.

WES TRENCH

A primeira coisa que Wes notou na casa de Lindquist foram os jornais, várias edições do *Times-Picayune* envolvidas em celofane e espalhadas ao redor da banheira de pássaros sobre a grama marrom. Depois os vasos com flores mortas na varanda, a pilha de envelopes na caixa de correio. Contas atrasadas, as reveladoras cores azul e rosa pastel. *Atenção, aviso urgente*. Ele vira muitos dos mesmos envelopes em sua própria casa, sempre sabia que haveria uma noite infeliz com seu pai resmungando quando os encontrava na caixa de correio. Como se seu pai acreditasse que pensamento positivo manteria os credores longe. Como se acalentasse a esperança delirante de que alguém iria cometer um erro ou demonstrar alguma misericórdia.

Wes bateu na porta da frente e tocou a campainha. Esperou. Bateu e tocou novamente.

Sem resposta.

Era tarde, o sol vespertino lançando as sombras compridas de pinheiros e magnólias sobre o jardim. Os insetos noturnos estavam começando a chiar e girar na floresta.

Ele passou pelo jardim lateral até os fundos, onde uma porta de vidro de correr dava para a cozinha. Bateu no vidro com tanta força que os nós dos dedos doeram. Esperou. Depois tentou abrir a porta, mas estava trancada. Protegeu os olhos e espiou do lado de dentro. Pratos sujos na pia, um balde de frango KFC no balcão.

E além do umbral da cozinha, uma sala com carpete escuro e uma mesa de jantar coberta de papéis e livros. Wes viu o que parecia ser um detector de metais partido ao meio, as entranhas destruídas de sua caixa de circuito saindo.

Fazia três dias desde que ele abandonara Lindquist em Barataria.

Naquela noite, Wes foi ao escritório do xerife e mostrou a Villanova, no mapa de Barataria, o ponto onde deixara Lindquist. Wes contou a Villanova como fora caçar tesouros no *bayou* com Lindquist, como tinham ficado fora vários dias seguidos, até ele sentir enjoo e suplicar para ir para casa. Quando chegou à parte sobre deixar Lindquist em Barataria apenas em uma piroga, ficou constrangido ao constatar como tudo soava ridículo, e olhou para o chão, raspando o sapato no linóleo.

Villanova contemplou o mapa.

– Toda aquela área bem aqui – disse.

– Sim, senhor.

– Grande área.

– Há uma ilha com um salgueiro morto. Muitos pássaros brancos.

– Isso reduz para cerca de dez mil lugares.

O xerife tinha um ar de velho garotão, seu rosto carnudo, o bigode fino como lápis do tipo que os caras usavam em filmes preto e branco dos anos 1930. Aqueles que a mãe de Wes costumava adorar. "Nascida na época errada", ela brincava. "A do seu pai."

Villanova devia ter sentido a preocupação de Wes, pois disse:

– Filho, aquele homem é mais teimoso que todas as minhas ex-mulheres juntas.

Wes não sabia se deveria rir, então não o fez.

– Essa não seria a primeira vez – disse o xerife. – Não me lembro de quantas vezes a esposa costumava ligar por ele ter sumido.

Villanova marcou o lugar mostrado por Wes com uma caneta hidrográfica. Depois falou:
— Talvez você pudesse ir com meu segundo, mostrar a ele agora. Caso possa...
— Sim, senhor.
Wes esperou, mexeu na sobrancelha.
— Há algo que o senhor deveria saber — disse.
Wes perguntou o quê.
— Aqueles gêmeos, os Toup. O sr. Lindquist disse que eles o estavam perturbando.
Vilanova se sentou, a cadeira rangendo. Deu um grande suspiro cansado e soltou o ar lentamente enquanto falava:
— Muitas pessoas perturbam Lindquist, e Lindquist perturba muitas pessoas.
— Bem, imaginei que o senhor soubesse.
Uma pausa.
— Lindquist tem problemas, filho. E isso é tudo o que posso dizer. Relaxe, ele irá aparecer. Provavelmente está voltando neste instante.

― ― ― ― ― ― ― ―

Wes foi para Barataria com um dos agentes, Melloncamp, na lancha do xerife. Era uma noite úmida, com o único vento sendo seu movimento. Um quilômetro e meio atrás deles as luzes de Jeanette brilhavam como um altar de oferendas.
— Sente o cheiro de óleo? — o agente perguntou a Wes, gritando.
Wes olhou para ele. Rosto redondo como uma forma de torta, bigode de policial e cabeleira ruivos.
— É só do que o meu pai fala! — Wes gritou de volta. O vento batia em suas orelhas e sacudia seus cabelos. O suor em sua testa começava a secar e a pele parecia rígida.

— Aqueles comerciais – disse o agente. – Você viu? BP, um ator interpretando um pescador. Um cara parecendo Sam Shepard ou alguém assim dizendo é, ah, é, venha, a água está boa. Enquanto isso, aves e peixes morrendo por toda parte.

O policial fez um barulho de censura com a boca e acrescentou:
— Se quer saber, alguém deveria pagar por isso.
— Meu pai também diz isso o tempo todo. Só que com palavras muito mais sujas.

O homem sorriu. Uma fila baixa de dentes pequenos.
— Temo que algum filho da puta faça exatamente isso. Algum vingador.

Quando eles chegaram à ilha do salgueiro, Melloncamp desligou o motor. O repentino silêncio gritou nos ouvidos de Wes. À popa, um peixe pulou do *bayou*, seu corpo gordo deslizando ao luar. A barriga branca, as escamas prateadas. Depois mergulhou novamente e a marola bateu na lateral do barco.

— Tem certeza de que foi aqui?

Wes confirmou.

O policial pegou o megafone, ligou e disse olá algumas vezes.
— Ele alguma vez encontrou alguma coisa aqui? – Melloncamp perguntou.

Wes ficou pensando no que deveria dizer.
— Não estou certo.

O policial deu de ombros como se não ligasse para a resposta e chamou novamente com o megafone. Coçou o queixo com a unha do polegar.

— Lindquist, sempre com aquele detector de metais.
— É.
— Sempre senti um pouco de pena dele enquanto eu crescia. Os garotos estavam sempre mexendo com ele. Debochando porque ele agia de modo engraçado. Depois o atormentavam com um monte de maluquices. Faça isso, faça aquilo, como se ele fosse al-

gum tipo de macaco amestrado. Ele achava que riam com ele. Mas estavam rindo dele.

Ficaram olhando para a ilha em silêncio até Melloncamp começar a rir.

– Uma vez? A professora de matemática, sra. Hooven? Lindquist colocou uma camisinha cheia de pudim de tapioca na gaveta da mesa dela. Ah, a expressão no rosto dela. Nunca vou esquecer. Como se alguém tivesse jogado um tijolo na sua cabeça.

Eles riram disso por algum tempo.

Melloncamp fungou.

– Numa outra vez, eu não sei para onde estávamos indo. Um passeio de escola, acho, mas vi Lindquist comer uma joaninha no ônibus escolar.

– Como é?

– Todo mundo estava perturbando. Lindquist dizia: acham que eu não faço? Então pegou e engoliu. Uma joaninha viva. Como se não fosse nada. Um doce.

– Uau.

– Mas espere um pouco. Tem mais. Agora eu lembro. Estávamos em uma daquelas excursões pelo pântano, um daqueles barcos. Você não vai acreditar, mas, um pouco depois, Lindquist arrotou e a joaninha saiu voando da boca dele.

Eles riram juntos novamente.

– Eu não cheguei a ver, mas outro garoto sim. Ele jurou.

Silêncio.

– Ele vai voltar. Merda, o cara perdeu um braço. Filho da puta durão.

OS IRMÃOS TOUP

Os irmãos Toup subiram o litoral da ilha e avançaram para o mato. Em um minuto viram luz por entre as árvores e ouviram ruídos, inseguros e humanos.

Quando chegaram à clareira, viram um homem baixo de costas para eles. Mais ou menos um metro e meio, com boné de beisebol e rabo de cavalo. Usava fones de ouvido, arrancava pés de maconha e os enfiava em um saco de lixo preto. Victor se moveu furtivamente pelo mato na direção do homem, sem fazer ruído enquanto pisava nas folhas mortas macias e arbustos. Quando chegou mais perto, ouviu uma música conhecida saindo dos fones de ouvido. "Don't Do Me Like That", de Tom Petty.

Victor sacou a Sig Sauer da cintura.

– Ei – falou.

Nenhuma resposta.

Victor chegou mais perto e chutou o traseiro do homem. Com força. Ele foi jogado para a frente, uivando como um animal, e caiu de cara na terra.

– Cosgrove – disse o homem em um berro enfurecido. Arrancou os fones de ouvido. – Vou matar você, cacete!

– Quem é Cosgrove? – Victor perguntou.

A postura do homem ficou rígida, ele se levantou apressado e se virou. Olhou para os gêmeos com olhos alucinados.

– Como vão? – perguntou. Um sorriso torto nervoso. Vestia uma camiseta de Tom Petty DAMN THE TORPEDOES e short jeans, e cascas tinham grudado no queixo e na testa. O boné de beisebol tinha uma flor-de-lis e LES BON TEMPS ROULE bordado na frente.

Victor apontava a arma para o homem com corpo de jóquei.

– Por que está apontando essa arma?

– Você está fazendo a colheita?

O homem olhou ao redor.

– Não sabia que era de alguém.

– Qual o seu nome?

O homem pareceu relutar em responder, mas então viu no rosto de Victor algo que o convenceu.

– John Henry Hanson.

– Achou que estava apenas crescendo na natureza?

Hanson não disse nada.

– Quem é Cosgrove?

– O cara que está normalmente comigo.

– Está aqui agora?

O maxilar de Hanson se mexia como se ele esmagasse uma semente de girassol.

– Ele está aqui agora? Você tem exatamente um segundo.

– É, ele está aqui – respondeu Hanson, mais quieto.

– Onde? – Victor quis saber.

O homem apontou vagamente com o queixo.

– Provavelmente no barco.

– Que completo imbecil.

Reginald se curvou sob os galhos baixos e seguiu pelos arbustos, procurando pelo homem chamado Cosgrove.

Apontando a Sig Sauer para o rosto do homem, Victor mandou que se ajoelhasse. Ele obedeceu, trançando os dedos atrás da cabeça, os músculos do rosto contraídos de pânico.

– Olha, cara, eu realmente lamento tudo isto. Pegue tudo o que colhi. É seu. Eu não preciso.
– Está dizendo que posso ficar com ele.
– É. Sim, senhor.
– Isso é realmente generoso.

Silêncio.

– Está dizendo que é meu?
– Sim, senhor.
– Então por que pegou, para começar?

Hanson balançou a cabeça lentamente.

Victor se adiantou e apertou o cano da arma na pele da testa de Hanson.

– Então agora você está no comando. Está me dizendo o que é o quê. Pegue o que é meu, está me dizendo. Como se fosse um favor.
– Iremos embora. Agora mesmo. Não voltaremos nunca.
– Isso não vai funcionar.

Hanson ficou boquiaberto, passando a língua sobre os lábios rachados.

– Certamente vai.

Um tom de grande súplica dominou sua voz.

– Não, não vai.
– Por que não?

Victor ficou calado.

– Por que não? Não somos da Narcóticos.

Victor encarou Hanson sem piscar. Sem saber o que mais dizer, Hanson olhou para o chão, olhos se virando de um lado para outro enquanto vasculhava as profundezas de seu cérebro procurando a coisa certa a dizer, a palavra mágica que não existia. Ao redor deles, insetos zumbiam e raspavam. Então veio o som de passos se aproximando, sapatos se arrastando sobre lama e folhas mortas. Reginald saiu dos arbustos com o outro homem, um cara de ombros largos com barba e o começo de uma barriga. Cosgrove.

— Encontrei este lobisomem — Reginald disse ao irmão.

Cosgrove lançou a Hanson um olhar cansado de "eu lhe disse".

Reginald tinha o cano de seu revólver Bearcat Ruger colado atrás da cabeça do homem e mandou que se ajoelhasse. Ele hesitou.

— De joelhos — disse Victor.

Cosgrove teve um esgar e se colocou de joelhos ao lado de Hanson.

— Qual o seu nome? — Victor perguntou ao novo homem.

— Baker.

— Baker o quê?

— Larry Baker.

— Tem certeza?

Silêncio. O pio de uma coruja em uma ilhota próxima. O vento suspirando por entre os pés de maconha.

— Estamos começando mal — disse Victor.

— Por que isso?

— Porque seu nome não é esse.

Cosgrove ficou calado.

— Qual seu nome verdadeiro?

— Nate Cosgrove.

— Se eu conferir sua carteira é isso que estará lá?

— Vá em frente. Confira.

— E quanto a você? — Victor perguntou a Hanson.

— Não estou com a carteira. Confira se quiser. Vá em frente e confira, senhor. Eu juro por Deus.

— Nomes provavelmente não fazem sentido agora — disse Victor.

Os lábios de Hanson se retorceram sobre os dentes tortos. Lançou um olhar assustado para Cosgrove, que aparentemente fazia um esforço de olhar bem à frente sem encarar os rostos dos gêmeos.

— Nenhum de vocês é muito brilhante, não é? — perguntou Reginald.

— Acho que não — respondeu Cosgrove.
— Foi a primeira verdade que você disse a noite toda — falou Victor.
— Eu simplesmente não sei o que fazer com vocês dois — disse Reginald.
— Então nos deixe ir — sugeriu Cosgrove.
— Deixar vocês irem — falou Victor, desanimado.
— Vamos devolver todo o seu dinheiro.
Silêncio.
— Com juros — acrescentou Cosgrove.
— O que eu ganho com isso?
— Recebe seu dinheiro de volta.
— Então simplesmente aceito o dinheiro e solto vocês? Com meu prejuízo?
— É.
— Por quê?
— Daremos qualquer coisa que quiser — disse Cosgrove. — Pelo seu prejuízo.
— Qualquer coisa que eu quiser.
— Qualquer coisa que você quiser — Hanson concordou.
— Suas vidas?
A cabeça de Hanson caiu como se o pescoço tivesse virado borracha.
— Qualquer coisa que eu quiser. Certo?
— Porra — disse Hanson.
— Eu não ligo para dinheiro — Cosgrove falou. — Temos treze, catorze mil no motel. Em dinheiro. Posso pegar agora mesmo. Neste segundo. Treze, catorze, mole.
Hanson olhou de relance para Cosgrove, balançou a cabeça. O queixo tremeu.
— Esses caras estão de sacanagem com a gente.
— Cale a boca — disse Cosgrove.

– Eles estão de sacanagem com a gente.
– Cale a boca – Cosgrove repetiu.
– Catorze mil? – perguntou Victor.
– Em dinheiro – respondeu Cosgrove. – Agora mesmo.
– Catorze mil não chega nem perto do número que tem de ser. Não estamos sequer no mesmo universo.
– Vocês são plantadores de maconha – disse Hanson. – Estão de sacanagem com a gente. Certo? O que é isso, *Scarface*?
– Vocês nunca serão encontrados – Victor disse. – É isso. Nunca.
– Estão de sacanagem com a gente.
– Blá, blá, blá – disse Victor. Ele ergueu a arma e atirou no rosto de Hanson sem hesitação.

COSGROVE

A cabeça de Hanson explodiu como um melão, a névoa escura de sangue pairando no ar enquanto os últimos ecos se espalhavam pelo pântano. Por um momento o corpo permaneceu apoiado sobre os joelhos, antes de tombar para trás sobre a terra. Os insetos e animais dos arbustos interromperam seus milhares de pequenos movimentos, como se temendo que destino similar se abatesse sobre eles. Depois houve apenas o vibrante silêncio da noite.

Os irmãos olharam para o corpo de Hanson abaixo através da fumaça do disparo. Aquele sem tatuagens olhou para o irmão com raiva. Atirar em alguém obviamente não estava nos seus planos. O irmão tatuado passou os dedos pelos cabelos, pensando no que fazer com ele então. Não se iria matá-lo: isto já estava decidido. Mas o que fazer com os restos de Hanson, os restos dele.

Cosgrove se levantou em um pulo e, no mesmo movimento, se lançou no mato. Um disparo soou atrás dele, e uma chuva de folhas arrancadas beliscou sua bochecha. Ele se agachou e cambaleou para a frente, se prendeu em uma trepadeira, se empertigou. Outro tiro e, desta vez, a bala zumbiu tão perto que Cosgrove sentiu os cabelos enrolando como uma aranha em chamas.

Ele afastou com as duas mãos a planta retorcida e viu o céu levemente salpicado. Pensou se seria a última coisa que veria antes da escuridão final. Uma bala através do cérebro. O capuz do carrasco baixando uma última vez.

Cosgrove sentiu a terceira bala antes de a ouvir. Seu corpo foi lançado para a frente e houve o feio rugido do tiro em seus ouvidos. Uma dor queimando em seu ombro. Agarrou o lugar que queimava, ergueu a mão diante do rosto e viu que os dedos estavam escuros e viscosos de sangue.

Mas não podia parar.

Cambaleou pelo charco, as botas pesadas de lama, a visão tomada por luz branca. Sacudiu a cabeça para afastar a tontura até a mata ao redor entrar em foco, as barbas de mago do musgo, as serpentes emaranhadas da hera.

Ouviu passos pesados o seguindo. Partindo galhos e amassando arbustos. Depois um irmão xingando o outro. Escroto isso, escroto aquilo.

A bota de Cosgrove prendeu em algo e ele tropeçou para a frente. Caiu de quatro, lama insalubre salpicando no rosto. Atrás dele o som de corrida parou e um irmão mandou o outro se calar.

Cosgrove foi engatinhando até a árvore mais próxima e se encolheu com as costas sobre o tronco. Suas botas estavam encharcadas de lama e ele podia sentir uma gosma quente penetrando em sua roupa de baixo.

A vários metros de distância, a luz de uma lanterna brilhou entre as árvores.

– Você o acertou? – perguntou um dos gêmeos.
– É.
– Onde?
– Na cabeça.
– Tem certeza?

Silêncio. Então, Cosgrove ouviu o ronco de um avião passando bem alto. O que ele não daria para estar naquele avião naquele instante, a caminho de outro lugar, a caminho de uma vida que não a sua.

O primeiro gêmeo disse:

– Bem, ele certamente não pode voar, cacete.
– O cacete que você o acertou.
– Ele está morto em algum lugar. Quer apostar?
– Como ele simplesmente desapareceu?
– Eu o acertei, estou dizendo.
– Que porra, simplesmente atirar no cara daquele jeito?
– Não vou ficar ouvindo isso.
– O cacete. Você vai ouvir isso pelo resto da vida.

Para Cosgrove pareceu uma eternidade até que os irmãos se retirassem, as vozes belicosas murchando e se fundindo aos sussurros da noite. Cosgrove não conseguia mais ver a lanterna, mas continuou imóvel. Depois de um tempo, se inclinou para um ponto enluarado e examinou o ombro. À luz azul fraca, o talho parecia preto, mas o sangue já estava coagulando. Um corte fundo, nada que fosse matá-lo.

Tirou a camiseta branca imunda e fez um torniquete no ombro, puxando o nó com os dentes. Cuspiu o gosto de sangue e água de pântano. Então, ficou sentado imóvel, escutando. O canto distante de algum pássaro. A conversa histérica de insetos.

Hanson estava morto, pensou. Hanson estava morto. Ficou sentado ali um longo tempo, com a cabeça girando, sem acreditar nisso. Tentou se lembrar de quem Hanson tinha como amigos e parentes. Um criador de araras, Hanson dissera. Era tudo de que Cosgrove conseguia se lembrar. Se soubesse que a vida de Hanson iria terminar assim, teria prestado mais atenção. Estranho que, após alguns meses, ele soubesse tão pouco sobre ele, exceto aquilo, o detalhe mais importante: o fim. Agora provavelmente haveria pessoas por aí que iriam para o túmulo sem nunca saber o que lhe acontecera. E se Cosgrove não conseguisse sair vivo daquilo, o mesmo poderia ser dito dele.

Cosgrove ouviu os irmãos conversando novamente. Ainda distante, tão distante que não conseguia entender o que diziam. Soava como "*Lee's quest*". Mas as vozes eram roucas, ameaçadoras. Então, Cosgrove ouviu uma rajada de tiros.

Ficou sentado imóvel e escutou. Quando ouviu um ruído na mata, olhou para a escuridão, esperando um dos irmãos emergir dos arbustos. *Aí está você, desgraçado*, o gêmeo diria. Daria um passo rápido para a frente, arma apontada, e então o mundo de Cosgrove iria acabar antes mesmo que ele ouvisse o som.

E então? Nada. Um corpo no pântano, assim como Hanson. Um segredo conhecido apenas por répteis e aves de rapina. Nenhuma alma restando na Terra para se lembrar dele.

Cosgrove sentiu vontade de chorar, mas os olhos continuaram secos, granulosos de exaustão. O fim de sua vida e ele não conseguia sequer reunir lágrimas.

Era isto: o fim de sua vida? Será que um estranho ao menos a consideraria merecedora de ser chamada de vida? Ele não tinha nenhuma outra vida com a qual comparar, apenas vidas mostradas em filmes e programas de TV, vidas contadas em bares por bêbados sentimentais provavelmente mentindo tanto para si mesmos quanto para ele. O que flutuava então na memória parecia aleatório, fragmentos saídos das profundezas de seu cérebro. Lembrou-se de uma punheta tocada por uma garota estrábica com aparelho nos dentes – nem sequer se recordava do nome – em seu Tercel dilapidado depois do baile de formatura do secundário. Lembrou-se do pai no quintal em um Quatro de Julho acendendo fogos em uma garrafa de cerveja Pabst. Lembrou-se de cair da casa na árvore de um amigo quando tinha nove ou dez anos e depois caminhar oitocentos metros para casa soluçando, com duas costelas quebradas.

OS IRMÃOS TOUP

Pouco antes do amanhecer, os irmãos Toup estavam vasculhando a extremidade mais distante da ilha em busca de Cosgrove quando viram uma piroga indo rapidamente na direção da ilha vizinha. Uma lanterna brilhava a bordo e uma figura curvada remava violentamente. Victor olhou pela mira de seu rifle e viu que era Lindquist. Devia ter ouvido os tiros e estava fugindo, a noventa metros daquela ilha e a cerca de dez da vizinha.

– Lindquist – disse Victor.
– É o que eu digo – falou Reginald. – Uma coisa leva a outra.
– Vou acertar – disse Victor. Estava com o rifle apontado e olhava pela mira.
– Não – disse Reginald, segurando o cano do rifle e o erguendo.

Victor arrancou o rifle do irmão e fez pontaria, o dedo tenso no gatilho.

– Ele nos viu. Que merda, o cretino provavelmente tem um celular.
– Você não sabe isso.
– Nem você.
– E mesmo assim não daria certo tão distante – Reginald disse, depois completando: – Villanova. Ele saberá imediatamente que fomos nós se algo acontecer.
– Não se não o encontrarem, não saberá.
– Lindquist! – Reginald gritou.

– O que você está fazendo? Acha que ele vai simplesmente parar?
– Lindquist!
– Ele é a porra de um cachorro? – reclamou Victor. – Simplesmente virá?

Disparou três tiros seguidos. O barco virou e a lanterna apagou. Disparou mais duas vezes, mas, daquela distância, era difícil dizer o que estava acertando. Se é que estava acertando alguma coisa.

Olhou pelo visor e esperou. Nada além do bote virado, a perturbação das ondas. Então viu Lindquist subindo a margem da ilhota vizinha, se lançando nas trepadeiras escuras e nos galhos. Disparou mais três vezes.

– Desgraçado – Victor disse.

– Você acertou?

Victor trincou os dentes, não disse nada.

Reginald perguntou novamente e, quando o irmão não respondeu, falou:

– A maior bagunça que eu já vi.

LINDQUIST

Ele ouviu um dos gêmeos gritar seu nome. Depois um deles disparou alguns tiros rápidos. Mais alguns quando tinha virado e se agitava na água. Suas botas tocaram o fundo do *bayou* e ele meio caminhou, meio nadou até a ilhota. Assim que subiu em terra, um dos irmãos disparou novamente e ele se meteu nos juncos.

Uns cem metros mata adentro, apalpou os bolsos. A maior parte do ouro, se não todo, ainda estava lá.

Em pânico cego, cambaleou em frente.

O dia logo nasceu e a selva ganhou forma ao seu redor. Os carvalhos cobertos de musgo ao redor tão grandes quanto torres de água. Ciprestes altos como obeliscos.

Logo adiante de um pinheiro caído, Lindquist se deparou com um gato selvagem de cabeça cinzenta. Ele subiu em um pé de louro e o encarou com olhos amarelos furiosos. Lindquist viu que o animal não tinha uma das orelhas. Restava apenas um coto esfarrapado. Sentiu uma pontada de simpatia, mas o animal não pareceu sentir o mesmo.

Rato almiscarado, gambá e ratão-do-banhado: Lindquist perdeu a conta de quantos desses viu. Ouvia ruídos nas samambaias e parava. Os animais também se detinham, estudando Lindquist com um distinto ar de irritação. Talvez nunca tivessem visto um homem antes. Talvez algum sexto sentido animal tivesse identificado um sinal de perigo.

O zumbido de mantra dos insetos. Camaleões com bandeiras vermelhas se projetando dos pescoços. Varejeiras do tamanho de ameixas. Besouros que eram batatas com asas.

Ao meio-dia, ele passava por um charco com zosteras quando uma sombra adejou sobre seu rosto. Olhou para cima. Um abutre pairava acima, enorme e esfarrapado, a cabeça como um bolo de chicletes cuspido.

Quando ergueu os olhos novamente, um segundo pássaro havia se juntado ao primeiro. Um minuto depois, um terceiro. Giravam acima como um móbile sinistro.

– Seus merdas – Lindquist disse. Jogou-se de joelhos, enfiou a mão na lama e encontrou uma pedra do tamanho do punho. Levantou-a e a jogou. Ela cambaleou de forma patética no ar, subindo um metro e meio, dois metros longe das aves, depois despencou na lama. Lindquist foi atrás dela e a jogou de novo. Dessa vez sentiu uma pontada ao lado do corpo e grunhiu, agarrando a base das costas.

– Seus merdas – Lindquist disse, olhando feio para o céu.

Desistiu e avançou. Logo os abutres também desistiram, talvez concluindo que ele não valia a pena.

O pântano era uma pista de obstáculos infernal. Não havia como caminhar em linha reta no pântano. Havia lamaçais, arbustos insuperáveis, lagoas viscosas, alagadiços mais fundos do que ele era alto. Lindquist imaginava que, a cada cinco quilômetros que vagava ou ziguezagueava, avançava dois quilômetros rumo norte para a terra.

Lindquist sabia que um movimento errado e estaria fodido. Imaginou cair em um poço de areia movediça. Uma trepadeira balançando logo além do seu alcance. Seu braço de gancho se agitando inutilmente enquanto afundava cada vez mais. O ouro caindo dos seus bolsos a cada peça preciosa, irrecuperavelmente perdido na lama.

WES TRENCH

O pai de Wes recebeu alta do Mercy General em uma manhã ensolarada de terça-feira. O hospital tinha uma política rígida: pacientes de saída, não importando sua condição, tinham de ser tirados do prédio em cadeira de rodas. Não havia exceções, nem mesmo para tipos teimosos como mulas como Bob Trench. Vestindo a mesma camisa polo cor de cranberry e o mesmo jeans desbotado que usava ao ser internado – lavados, cortesia do hospital –, seu pai estava jogado na cadeira enquanto Wes o empurrava pelas portas de vidro automáticas. Assim que estavam fora, ao sol, ele se levantou de um pulo como um prisioneiro perdoado e deu tapinhas nos bolsos em busca de cigarros que não estavam lá.

– Sentindo-se bem? – Wes perguntou ao pai assim que estavam na picape, saindo do estacionamento.

– Como cem pratas – o pai de Wes disse.

Um braço aninhado sobre o volante, o outro pendurado ao sol, fora da janela aberta, Wes mantinha os olhos na estrada. Sabia que uma expressão preocupada, um olhar de átimo de segundo de preocupação ou dúvida seriam suficientes para aborrecer o pai. Consideraria isso um insulto, uma falta de fé em seu poder de recuperação.

Era um dia de brisa quente, o céu com aquele azul profundo que tinha naquela época do ano depois de uma boa chuva. A estrada, sulcada e remendada com alcatrão, os levou diante de um pequeno cemitério, dez ou doze lápides cobertas de líquen em uma clareira salpicada de flores do campo. Wes notou com o canto dos olhos o pai inquieto. Ele mexia nas saídas de ar, abria e fechava o porta-luvas, olhava para o tapete no chão. Estava procurando algo para criticar, alguma coisinha idiota de que pudesse reclamar para romper o silêncio. Olhe esse painel, veja essas malditas janelas. Mas as janelas estavam impecáveis e todo o lixo fora tirado do chão. No máximo, o pai só poderia falar da miríade de rangidos da picape enquanto avançavam, mas elas não eram culpa de Wes. A Toyota, que fora do pai, tinha duzentos e oitenta mil quilômetros. E a estrada era irregular como metal corrugado.

– Uma maldita colônia penal lá – disse o pai de Wes, como se continuando uma conversa que já estivesse acontecendo.

Wes grunhiu:

– Disse o quê?

– Aposto que sim.

À frente havia um minimercado de teto de zinco e madeira de demolição, abalado pelo tempo. Estavam perto o bastante para Wes ler a placa de metal no estacionamento de cascas de ostras. LEITE. PÃO. CIG. CERVEJA GELADA. GEAUX TIGERS. WHO DAT.

– Pare – disse o pai de Wes.

– Cigarros?

– Pare. Tenho de pegar uma coisa.

Wes esperou na picape ligada, viu dois melros perseguindo um ao outro ao redor de uma amoreira empoeirada. Uma gata de rabo curto, prenha pela aparência da barriga proeminente, se esgueirou para observar o movimento e, após um momento, saltou no arbusto. Os pássaros bateram asas juntos e se afastaram, como se amarrados por um barbante invisível.

O pai de Wes voltou, rasgando o celofane de um maço de cigarros Virginia Slims.

– Não fume aqui dentro – Wes disse.

O pai de Wes acendeu um cigarro com um isqueiro barato que dizia ACENDA ESTE BIC em letras festivas sobre uma bandeira americana.

Wes lançou um olhar para o pai.

– Um não vai me matar.

– E quanto ao outro depois desse?

– Ah, cale a boca. Deixe que eu me sinta bem por um segundo.

Wes colocou a cabeça para fora da janela, respirou o ar puro e não disse mais uma palavra.

- - - - - - - -

Os médicos tinham ordenado que o pai de Wes ficasse longe do barco por um mês, mas, no primeiro dia fora do hospital, se manteve ocupado na casa. Arrancou ervas daninhas nos jardins da frente e dos fundos, tirou pedaços de madeira da garagem. O pai não sabia que ele estava observando, e, pela janela da cozinha, Wes o viu apoiar as costas em um dos pés de caqui no quintal e pousar a mão, preocupado, sobre o peito. Do mesmo modo como você tocaria um filhotinho doente para conferir a respiração.

Naquela noite estavam comendo um refogado na mesa da sala de jantar quando o pai de Wes perguntou:

– Qual o seu problema?

Surpreso, Wes ergueu os olhos. Tinham passado vários minutos em silêncio, a ESPN murmurando na TV.

Wes perguntou o que queria dizer. Estava com a garfada de comida parada entre o prato e os lábios. Estivera pensando em Lindquist. Imaginando-o morto e flutuando no pântano.

– A expressão amarga – o pai disse.

– Nada – Wes respondeu. Notou que o rosto do pai estava rosado e manchado, a ponta do nariz, vermelha.

– Tudo bem. Você é quem sabe.

Os estalos e raspados dos talheres.
- Sabe o que quero fazer? - perguntou o pai.
Wes grunhiu.
- Ir atrás daquele cara do petróleo. Grimes. Quebrar a porra das rótulas dele com um pé de cabra.
Wes não sabia dizer se ele falava sério.
- É, você não vai fazer isso.
- Certamente imaginar faz com que me sinta melhor.
- Imagine o quanto quiser.
Logo o pai perguntou novamente qual era o problema. Wes pousou o garfo e balançou a cabeça. Não tinha apetite, embora seu estômago estivesse vazio e roncando.
- Eu não deveria tê-lo deixado lá - comentou.
O pai apenas mastigou por um momento, o cenho franzido.
- Ainda não entendo o que aconteceu - disse.
- Ele enlouqueceu. Difícil descrever.
- Ele não enlouqueceu, Wes - falou, e para Wes era estranho ouvir o pai dizer seu nome, já que raramente o fazia. - Ele já estava louco. Há muito tempo.
- Não está não - ele disse. Esteve prestes a dizer *estava*. Verbos eram traiçoeiros em uma situação como aquela. Lembrava-se daqueles meses após sua mãe ter se afogado, como eles tinham tantos problemas com os tempos.
Presente, passado. Era, é. Nenhum deles parecia certo.
- Pelo menos não do modo como as pessoas acham.
Silêncio. Wes pegou o garfo, mas apenas o manteve agarrado.
- Alguns caras você tem de deixar que cometam os próprios erros - o pai disse. - Porque irão cometê-los de qualquer jeito.
- Se ele não aparecer - disse Wes.
- Deveria, iria, poderia. As placas na estrada que leva ao inferno, acredite em mim.

Wes sabia o que o pai queria dizer. Exatamente. Mas não iria entrar nessa discussão.

Sem comparação.

— — — — — — — —

Sem comparação, sim, mas Wes não conseguia evitar lembrar como se sentira depois que a mãe se afogara na tempestade, o horrível sentimento negro que se aninhara em seu peito. Mas isso foi mais tarde, não logo depois de ela ter morrido.

Logo depois, naqueles primeiros meses depois da tempestade, Wes e o pai nunca estavam sozinhos com seus sentimentos tempo suficiente para que deitassem raízes. Coisas demais a fazer, distrações demais. Como sua casa estava em ruínas, moraram metade do ano em Baton Rouge com um primo do pai e dormiam em camas infláveis em uma sala de jogos convertida, com uma mesa de pingue-pongue e uma máquina de fliperama Journey. O primo, "Tio Eddie", era vendedor de carros, bombeiro voluntário e criador de cães em meio expediente – labradores –, e tio Eddie tinha uma esposa e três filhos no ginásio, então sempre havia pessoas indo e vindo. E o pai de Wes estava sempre se deslocando todo dia entre Baton Rouge e Barataria na picape, abrindo caminho pelos destroços.

Além disso, então, eles ainda tinham esperança, Wes e seu pai. Esperança irracional, esperança insana, mas esperança. Nunca exatamente expressaram essa esperança um ao outro, não precisavam. Ela estava lá, no modo com que colocavam folhetos de PESSOA DESAPARECIDA em postos telefônicos e vitrines de lojas, no modo com que assistiam aos noticiários noturnos com devoção religiosa, no modo com que constantemente telefonavam para abrigos, hospitais e delegacias. Talvez a inundação a tivesse levado para longe no *bayou*, a jogado em uma ilhota, onde esperava resgate. Delirante, à beira da morte, mas viva. Talvez em meio a todo o pandemônio, ela de algum modo – a parte do algum modo era indistinta para Wes – tivesse acabado em Houston, levada de ônibus para lá com inúmeros outros evacuados do sul da Louisiana. Talvez estivesse em coma em algum hospital de um município vizinho. Talvez tivesse recebido um golpe tão forte na cabeça que não conseguisse lembrar-se do próprio nome.

Talvez, talvez, talvez.

Esse era o grau da negação deles.

Foi só quando se mudaram de volta para Jeanette que receberam o telefonema, certa tarde cinzenta de sexta-feira em fevereiro. Wes estava no sofá da sala de estar, fazendo uma equação linear a lápis em um caderno pautado. Dever de casa. Ouviu seu pai dizer desde a cozinha, em voz neutra: "Registros odontológicos." Wes se levantou e ficou de pé no umbral, ombro apoiado no batente, escutando. O pai estava de costas e a mão agarrava o fio do telefone como se o estrangulasse. Wes podia ouvir a vozinha fraca saindo do aparelho.

O pai logo agradeceu à pessoa ao telefone, desligou e ficou imóvel, mão na parede como em apoio. Os ombros sacudiram algumas vezes, como se soluçasse. Wes podia ouvir sua respiração, alta e rápida.

– Pai – Wes chamou.

O pai não respondeu. Enrijeceu os ombros e começou a socar a parede, repetidamente, até haver sangue e massa partida. Wes observou, desamparado. Ouviu pequenos sons de rachadura, os ossos do pai sendo esmagados. Quando o pai finalmente terminou, havia na parede um buraco do tamanho de um grapefruit e a mão dele estava arrasada e em carne viva, pendendo frouxamente ao lado do corpo. Os nós dos dedos pingavam brilhantes moedas de sangue no linóleo.

– Sua mãe – disse em voz engasgada. Foi tudo.

Naquele instante um sentimento se abriu no centro de Wes, um sentimento tão monstruoso e grande que ele estava certo de que o engoliria vivo. Tristeza, raiva, terror e arrependimento, tudo misturado. Sua mãe estava morta e ele nunca a veria novamente. Nunca lhe diria que a amava. Ela nunca o veria ganhar um troféu de atletismo, se formar no secundário ou construir o próprio barco. Tudo isso foi eliminado em um gesto, uma história que poderia ter sido, mas nunca seria porque eles estavam no lugar errado no momento errado.

Porque seu pai tinha dito: "Vamos ficar."

Depois disso o pai de Wes se perdeu em sua raiva. Passou a ser do modo como era então. Qualquer coisa o fazia explodir. Um telefonema inoportuno, um sinal de trânsito lento, um pedaço de pão mofado. O mundo conspirava contra ele. À menor provocação, seu rosto ganhava um tom rosa inflamado e sua expressão se contraía. Garrafas eram quebradas. Pratos e canecas de café. Um saleiro era chamado de chupador de pau; uma trena quebrada, de filha da puta desgraçada.

Seu pai sempre fora ranzinza – a mãe de Wes o chamava afetuosamente de Zangado –, mas sua fúria se tornara decidida e interminável. Nada nem ninguém era poupado.

Nem mesmo Wes.

Ele nunca xingara Wes, nunca colocara a mão nele, mas gritava com Wes por pequenos erros sem importância. Por não prestar atenção em seu tom de voz, por não apagar uma luz. Wes suportava essas tempestades do mesmo modo como costumava suportar dias chuvosos quando era um garotinho. Ia para seu quarto, fechava a porta e se deitava na cama com os fones de ouvido no máximo, esperando que a tempestade terminasse.

E pensava: *Por que ela?*

Tentava reprimir esses pensamentos ruins, mas eles brotavam repetidamente, como um daqueles jogos em que você tem de acertar com um martelo bonecos que saem de diferentes buracos. Pensava em como a vida seria diferente se a mãe vivesse. Se, em vez dela, o pai tivesse morrido. Ele se sentia culpado e péssimo por esses sentimentos, mas não podia mentir para si mesmo. Amava o pai, mas não gostava muito dele.

Seu pai nunca se desculpava pelas explosões, mas, às vezes, Wes encontrava um presentinho, uma oferenda de paz, esperando na mesa de jantar. Um jantar para viagem, uma revista em quadrinhos, um doce. "Peguei isso na loja", seu pai dizia. "Tinha um especial."

E sim, algumas vezes Wes se via sentindo pena do pai. Raramente, mas às vezes. Especialmente tarde da noite, quando os gritos do pai o acordavam assustado. O coração ainda acelerado, Wes ficava deitado na cama, escutando seu pai que soluçava, gemia e falava no meio do pesadelo. Então, depois de um tempo, a casa mergulhava em silêncio e Wes conseguia pegar no sono novamente.

Então, Wes costumava pensar por que o pai não saía de Barataria quando parecia odiá-la tanto. Desconfiava de que o pai estivesse se punindo. Apenas anos depois se deu conta de que ele não partia porque tudo o que restava de sua mãe estava ali, em Barataria. Não podia dar as costas à história, ao passado.

E foi ainda depois, após Lindquist ter desaparecido, que Wes se deu conta de como era ter de carregar tanto arrependimento, tanta raiva, como uma pedra de mó no pescoço.

O mundo inteiro depender de uma decisão.

Uma palavra.

COSGROVE

Por volta do meio-dia, Cosgrove ouviu alguém ou algo se aproximando rapidamente pela vegetação. Estalos de folhas e ramos, água de pântano agitada. Algo desse tamanho: tinha de ser um homem. Ou um urso. Ficou pensando se haveria ursos no pântano, esperou por Deus que não.

Cosgrove ficou imóvel enquanto os passos se aproximavam, hesitantes e furtivos. Finalmente, um homem saiu do mato, baixo e barrigudo, com um braço de gancho e um quepe de capitão. Seus olhos estavam arregalados e delirantes no rosto imundo.

– Ei, homem – disse Cosgrove amigavelmente, mostrando as palmas das mãos. – Ei. Eu não sou problema.

O homem piscou, sua boca um O flácido.

A luz do sol penetrava por entre as folhas em fachos cintilantes. Cosgrove teve de proteger os olhos para ver o rosto do homem.

– Quem é você? – perguntou o homem de um braço só, o avaliando com um olho apertado.

– Perdido.

– Quem é você?

A voz mais dura, mas fingidamente dura, com um tom agudo e trêmulo, como a de um garoto perseguido.

– Ninguém – Cosgrove respondeu. – Apenas um cara perdido.

O homem o encarou. Insetos zumbiam no ar pantanoso, nas folhas banhadas de sol.

— Não estou procurando encrenca – Cosgrove disse.

Algo na postura do homem relaxou, e as rugas ao redor dos olhos suavizaram enquanto ele olhava ao redor.

— Você viu os gêmeos? – perguntou em voz baixa.

— Há horas.

— Estava com eles?

Cosgrove balançou a cabeça.

— Estavam atrás de você?

Cosgrove hesitou.

— O nome é Lindquist.

— Cosgrove. Estou procurando meu barco.

Essa notícia interessou o homem, que novamente fez um O perplexo com a boca.

— Está perto?

— Não sei.

— Nenhuma ideia?

— Não.

A esperança nos olhos do homem morreu. Balançou a cabeça, infeliz.

— Então você nunca irá encontrar – disse.

Eles perambularam juntos pelo pântano, passando por raízes aéreas de ciprestes, troncos de árvores asfixiados por trepadeiras e toras caídas tomadas por larvas brancas. Davam tapas em trepadeiras e galhos, que lançavam uma chuva de água, as gotas frescas molhando ombros e couro cabeludo.

— Tem alguma coisa para comer? – perguntou Lindquist.

Cosgrove balançou a cabeça.

Por um tempo, eles se deslocaram em silêncio, a lama sugando seus pés. Teias de aranha se partiam delicadamente sobre o rosto de Cosgrove, mas ele não prestava mais atenção. Coisas maiores com as quais se preocupar no momento. Sua garganta estava seca como sílica, inchada de desidratação. Sua cabeça doía e os pés estavam dormentes. Ele se preocupava com dermatite e gangrena.

– Ei, você me parece familiar – disse Lindquist, olhando de lado para Cosgrove.

– Achei a mesma coisa.

– Vi você em um barco. Com um sujeitinho.

– Há quanto tempo está aqui? – Cosgrove perguntou.

– Uma semana, talvez?

Uma semana, Cosgrove pensou. Não espanta que o homem parecesse completamente maluco.

Então Lindquist perguntou:

– Estão aqui procurando um tesouro?

Ele matou um mosquito na bochecha, depois tirou o inseto dos dedos.

Cosgrove achou que tinha ouvido mal. Ou talvez *tesouro* fosse o eufemismo dele para maconha.

– Como disse? – perguntou.

– Tesouro de piratas?

– Um camarada e eu nos metemos em problemas com aqueles gêmeos.

– Maconha?

Cosgrove lançou um olhar para Lindquist.

– É.

– O baixinho?

– É.

– Onde ele está?

– Eles o mataram – Cosgrove contou.

Lindquist fez um som rouco de engasgo, quase um soluço. Olhou para Cosgrove boquiaberto.

– Explodiram a cabeça dele. Sem nem pensar.

– Explodiram a cabeça dele – Lindquist repetiu. Tirou o imundo quepe de capitão e passou os dedos pelos cabelos, os olhos tomados de pânico. – Ah, cara, ah, cara.

– Estamos indo na direção errada – Cosgrove disse.
– Esta é a direção certa. Rumo à terra. A única direção.
– Para longe do meu barco.
– Você nunca vai encontrar aquele barco.
– Isto parece familiar.
– Tudo parece familiar. É pântano.
– Não, eu me lembro deste lugar.
– Tem certeza?
– Realmente familiar.

A esperança brotou nos olhos do homem.

– Se você encontrar, me leva?

Cosgrove olhou para ele. A forma de O em sua boca, os cabelos imundos, a saliva seca nos cantos da boca.

– Vou fazer valer a pena – disse Lindquist. – Homem rico agora. Só preciso sair daqui. Assim que sair? Homem muito, muito rico.

Eles continuaram se movendo. Cosgrove segurou a barra da camiseta, a levou ao rosto e limpou o suor. Parou junto a uma orelha-de-elefante e canalizou um pouco de água para sua boca ressecada. Depois alcançou Lindquist.

– Vocês roubaram a droga deles? – perguntou Lindquist.
– Como você sabe?
– Eles têm uma ilha cheia disso. Todo mundo sabe. E todo mundo sabe que deve ficar longe.

Se pelo menos tivesse falado com aquele homem antes, pensou Cosgrove. Então, Hanson estaria vivo. E não estaria ali no meio do nada, provavelmente prestes a morrer. Ele se viu com saudade de seus dias de serviços comunitários. Dos dias em que fazia telhados em Austin no calor infeliz de assar ossos, o sol como um ferro queimando seu pescoço.

Como aquilo agora parecia um paraíso.

No começo da tarde o terreno se tornou totalmente desconhecido a Cosgrove. O que antes parecera parcialmente reconhecível se tornara estranho, uma área interminável de jacintos, flores aquáticas e ninfeias. Centenas de libélulas brilhantes como joias pairavam e disparavam.

Lindquist estava certo: tudo parecia igual.

Cosgrove parou.

– Não está certo – disse.

Lindquist sibilou amargamente entre os dentes.

– Temos de voltar – Cosgrove falou.

Lindquist parou, olhou para ele. Por alguma razão, não parava de dar tapinhas nos bolsos.

– Aquele barco desapareceu para sempre – disse.

– Qual a distância para a terra?

– Cacete, cinco quilômetros. Seis.

– Nunca conseguiremos isso.

– Apenas venha comigo, senhor. Melhor ficarmos juntos.

Cosgrove balançou a cabeça.

– Estou voltando. Vou achar meu barco.

Determinado, Lindquist voltou a andar pela lama.

– Venha.

Cosgrove não se moveu.

– Não posso.

– Você vai morrer! – gritou Lindquist por sobre o ombro.

– Cale a boca – disse Cosgrove. – Eles vão ouvir.

– Você vai morrer – disse Lindquist. – Não seja idiota.

Cosgrove se virou e começou a voltar para o lugar de onde tinham vindo.

– Vamos morrer! – Lindquist gritou e ele ouviu, mas continuou em frente.

LINDQUIST

Ao cair da noite, Lindquist atravessava charcos e pés de cana, lanterna segura acima da cabeça. A maior parte do tempo mantinha a lanterna desligada, para que os irmãos não a vissem. Tão fundo no pântano, a escuridão era inacreditável. Diferente de qualquer outra escuridão que já vira. Atrás de um xale de nuvens, a lua só brilhava o bastante para distinguir sombras de outras sombras, as silhuetas retorcidas de arbustos, árvores e barris de cipreste.

Algumas vezes as formas pareciam humanas, como se seus perseguidores de repente estivessem diante dele. Como se tivesse virado errado em um labirinto de parque de diversões. E outras vezes as formas eram enormes e monstruosas, figuras com face de gárgulas libertadas de um livro de histórias dos irmãos Grimm.

Suas botas estavam cheias de lodo e as meias, encharcadas. Quanto tempo antes que começasse a perder os dedos dos pés e das mãos?

– Horas? Dias? E então?

Não pense nisso, pensou. Ou disse.

Esperava não estar perdendo o juízo.

De vez em quando via a distância as lanternas deles sinalizando na mata, um segundo ali, um segundo não.

Ficou pensando no que seria pior: ser apanhado pelos irmãos Toup ou atacado primeiro por um animal selvagem. Um puma, um urso-negro, um cão selvagem. Estavam todos ali.

E aligátores. Tinha de haver centenas, milhares de ninhos de aligátor por quilômetro quadrado, e dizia-se que alguns dos aligátores tinham cem anos de idade e eram grandes como sedãs, criaturas que podiam engolir um cervo inteiro.

E havia cobras-coral, cabeças de cobre, bocas de algodão, cascavéis, algumas com venenos tão potentes que poderiam aleijá-lo em segundos. O que o seu pai costumava dizer? Havia dois tipos de cobras no mundo: vivas e mortas.

Quem sabia o que mais espreitava no pântano? Alguns caras colecionavam répteis raros da Amazônia, caras com muito tempo livre, e soltavam as cobras e os lagartos na floresta quando se tornavam grandes demais para o cativeiro. Lindquist apostava que havia pítons e najas ali. Uma coisa escrota de dois metros de Bornéu com dentes como os de um tubarão branco.

Enquanto se movia, Lindquist caiu para a frente e esticou o braço de gancho para conter a queda. Gritou de dor quando a beirada da prótese cortou sua carne e bateu no osso do ombro. Ele se endireitou, cambaleou até um toco de tronco e se sentou quase soluçando por causa da dor no braço. Deu tapinhas nos bolsos para ter certeza de que as moedas ainda estavam lá. Sentiu o peso reconfortante do lastro, pesado e fresco, sobre suas pernas.

O que não daria por um daqueles comprimidos naquele instante. Sim, mesmo um pouco do ouro.

O que não daria por outro braço.

Por uma saída.

- - - - - - -

Era um pequeno barraco de pântano montado a partir de restos e pedaços: proteção vinílica para tempestades, pneus de carro bicolores e cerca de galinheiro emaranhada. Boias – verde-hortelã, laranja efervescente e amarelo pastel – pendiam das laterais como decorações exageradas. Afora isso, o barraco parecia tão gasto pelo clima e torto de podre que Lindquist teria achado que estava abandonado, não fosse pela luz alaranjada da lanterna brilhando do lado de dentro e passando pelas fendas.

Lindquist ficou perplexo por um momento, meio convencido de que estava alucinando. Só tinha uma leve noção de onde estava. Tinha usado a lua e as estrelas para guiá-lo pelo pântano rumo leste, e sabia que ainda tinha um bom caminho, o suficiente para não ter esperado se deparar com aquele lugar. O suficiente para mal acreditar que o estava vendo então.

Cambaleou para a frente na água até as canelas, disse olá. Agitou o braço, sem saber por quê. Disse olá novamente.

Um velho de macacão imundo abriu a porta. Ou, na verdade, uma simulação de porta: um pedaço de folha metálica com corda servindo de dobradiça. Abriu apenas o suficiente para espiar, os olhos lívidos em seu rosto enrugado.

– Você é do governo? – perguntou.

– Governo? – repetiu Lindquist. Ele poderia ter rido se não sentisse tanto medo e tanta dor. – Não, senhor. Eu não sou do governo.

O velho abriu a porta um pouco mais. Os cabelos caíam para o lado, finos como cabelos de milho. Os olhos se voltaram para o braço de gancho de Lindquist e ficaram lá. Normalmente Lindquist teria dito para ele cuidar da própria vida, mas aquele tipo de comportamento agora parecia ser coisa do passado.

– Você é Lindquist? – perguntou o velho.

Lindquist encolheu o queixo, sem saber se deveria responder.

– Você é Lindquist, não é? O de um braço só.

Lindquist ficou silenciosamente boquiaberto.

– É, você realmente é Lindquist. Ouvi todo tipo de história sobre você ao longo dos anos.

– Aqui? – perguntou Lindquist, consciente de que soava confuso.

— Ah, eu nem sempre morei aqui. Eu morava em Jeanette. Antes de tudo virar merda.

Lindquist esperou. Sujo e ofegante, rosto inchado de picadas de insetos, cabelos cobertos de imundície. Ele provavelmente parecia tão insano quanto aquele homem lhe parecia.

— O que você quer? — perguntou o homem.

— Estou perdido.

— Imaginei isso — disse o homem, lançando um olhar de apreensão por sobre o ombro de Lindquist. — Alguém com você?

— Não.

— Bem — disse. Depois fez um gesto chamando Lindquist.

Dentro, uma lata de álcool em gel queimava no meio do piso de compensado. Acima dela pendia um pequeno bule de ferro fundido borbulhando com feijão-branco e um caldo parecendo fígado. No canto havia um colchão manchado de água com um cobertor azul e um travesseiro. Um rádio transistorizado, uma pilha de dez ou doze livros em brochura com lombadas marcadas. Lindquist viu os nomes de alguns dos autores: Thoreau e Franklin.

Eles se sentaram no chão um de frente para o outro junto ao fogo que tremeluzia. Uma fita de fumaça se erguia do bule como uma cobra enfeitiçada. Uma brisa a pegou e a sugou para fora por uma fenda.

— Você emputeceu muita gente lá em Jeanette — disse o homem. Ele coçou o queixo com barba por fazer, o olhar tímido e punitivo.

Lindquist mal teve forças para dar de ombros.

— Imagino — falou.

Ficou pensando se poderia pedir ao homem que o deixasse passar a noite. Se pelo menos poderia se acomodar ali no outro canto e ter uma ou duas horas de sono. Mas sabia que não poderia fazer isso mesmo que o homem concordasse. Os irmãos Toup não podiam estar longe. Talvez estivessem lá fora naquele instante, com suas armas, suas facas. Talvez aquele velho estivesse mancomunado com eles e fosse apunhalá-lo no coração no instante em que fechasse os olhos.

– A pessoas dizem que você cavava em cemitérios – falou o velho, objetivamente.

– Cemitérios? Nunca cavei em cemitério nenhum, eu.
– Não foi o que ouvi.
– Bem, inferno. Eu não fiz.
– Dizem que você esteve desenterrando corpos.
– Bem, inferno. Também nunca desenterrei nenhum maldito corpo.

O homem o encarou.
– É o que as pessoas dizem? Que desenterro corpos?
O velho fez um gesto de mão.
– Não ligue para isso – falou.
– Bem, eu não faço. Só para deixar claro.
O homem pegou a concha e mexeu a panela.
– Qual você disse que era seu nome? – perguntou Lindquist.
– Eu nunca disse.

Lindquist esperou que o homem lhe dissesse, mas ele não fez isso. Lindquist olhou ao redor do barraco escuro, desconfortável. Viu três jarros plásticos de água potável atrás das brochuras.

– Posso tomar um pouco de água? – pediu.

O homem fez um gesto de mão que Lindquist interpretou como sendo sim, então ele se inclinou e pegou um jarro pela alça. Abriu a tampa com o polegar e inclinou a cabeça para trás. Assim que o líquido tocou sua boca, ele engasgou e cuspiu. A coisa tinha gosto de removedor de tinta, o que quer que fosse. Limpou os lábios com as costas da mão.

O velho deu um tapa na coxa do macacão e gargalhou, os poucos cotos podres que restavam em seu maxilar inferior tortos.

– Você pegou o errado. Pegue o outro.

Ele fez isso, e dessa vez era água. Ele se virou, engolindo oito ou nove bons goles até ficar sem fôlego. Depois pousou o jarro. Não tinha se dado conta de como estava com sede.

– Quer comer algo?

Lindquist se inclinou, esticou o pescoço para a frente e espiou dentro da panela: pequenas bolas de gordura amarela, pedaços fibrosos de uma carne cinza. Ele aceitou.

– Então, por que está aqui?
– Tem alguém me caçando.
– O governo?
– Uns caras. Apenas uns caras, é tudo.
– Tem certeza de que não são do governo?
– São uns caras que acham que roubei as drogas deles.

O homem pareceu muito interessado nisso.

– Você tem um pouco? – perguntou.
– Drogas?
– É.
– Não.

O homem franziu o cenho.

– Isso é muito ruim.

Lindquist não estava certo de como reagir, então não disse nada.

O velho se levantou e vasculhou nos restos e no lixo atrás dele. Pegou uma tigela plástica azul, na qual colocou cinco grandes conchas de refogado, depois deu a tigela fumegante a Lindquist.

– Obrigado – disse Lindquist.
– Não há talheres – o homem disse.

Lindquist pegou um pouco do mingau fibroso da tigela com os dedos. Tinha gosto de conserva Zatarain's e molho picante. Pimenta-de-caiena. Ficou surpreso com como era bom. Tão bom quanto qualquer coisa que tinha provado nas raras viagens que fizera com a ex-esposa a Nova Orleans. Que inferno, melhor.

– Bom – disse Lindquist.

O velho assentiu, a luz do fogo tremeluzindo em seus olhos úmidos.
– Já ouviu falar dos Toup? – Lindquist perguntou. – Irmãos gêmeos?
– Não.
– Bem, são eles que estão atrás de mim.
– É. E?
Essa resposta pegou Lindquist de surpresa.
– Bem, acho que se alguma coisa me acontecer. Foram eles.
O homem não disse nada. Lindquist continuou olhando para o velho, e o velho continuou olhando para Lindquist.
– O que está olhando? – o homem perguntou.
– Nada.
– Acha que eu pareço esquisito?
– Não.
– Se pode responder, então estava olhando.
Lindquist balançou a cabeça.
– Bem.
O homem apertou os olhos para Lindquist.
– O que você tem nos bolsos? Não para de tocar neles.
– Nada.
O homem esticou o pescoço para frente.
– O cacete. O que você tem? Drogas?
– Eu lhe disse, não tenho droga nenhuma.
– Então o que é?
– Eu preferiria não dizer.
– Então você deve estar em apuros – disse o homem.
Lindquist terminou o refogado e colocou a tigela vazia de lado.
– Eu preciso voltar para Jeanette – falou.
– Boa sorte com isso.
– A que distância acha que fica?
– Exatamente quatro quilômetros e oitocentos.

— Como você chegaria lá? Qual a melhor forma?
— De barco é a única forma.
Ele antecipou a pergunta seguinte de Lindquist e apontou com o polegar por sobre o ombro.
— Um pequeno barco a motor nos fundos.
— Você me levaria de volta a Jeanette?
— Não — disse o velho.
Lindquist esperou.
— Não consigo enxergar bem à noite — explicou.
— E se eu pilotasse? Você poderia passar a noite e voltar pela manhã.
— Não sou muito de passar a noite fora.
— Tenho de voltar a Jeanette, eu.
— Eu não o conheço.
— Bem, inferno. Posso lhe dar dinheiro.
— Merda.
— Posso lhe dar muito dinheiro, eu.
O homem encarou Lindquist com firmeza acima do fogo.
— Quanto?
— Quanto custaria?
O homem balançou a cabeça.
— Tenho oitenta e três anos de idade e não preciso de babaquice.
— Posso lhe dar ouro.
O homem soltou uma gargalhada trinada.
— Você é realmente maluco, não é? — disse, e ficou balançando a cabeça. Ou talvez ela balançasse sozinha. — Sempre disseram que eu mesmo era meio maluco. Sempre caguei, eu.
— Senhor. Estou implorando.
— Vá dormir, se quiser. Estenda um cobertor ali. Conversamos sobre isso de manhã.
— Senhor.
— Eu já lhe respondi — falou, a voz ficando mais dura.

– Bem – disse Lindquist. Ele se levantou, foi até a porta e esperou que o homem mudasse de ideia. Demonstrasse alguma misericórdia.

Silêncio, apenas o fogo estalando, suave.

– Bem, acho que é melhor ir indo – disse Lindquist.

– Acho que é melhor – disse o homem.

OS IRMÃOS TOUP

Mais de meia-noite e o pântano verde enegrecido estava inchado e pingando ensandecidas joias de sereno tremendo nas folhas. Os gêmeos Toup se depararam com um carvalho tombado, seu tronco furado por vermes e fervilhando de larvas. O tronco era grande demais para pular, então subiram nele, as botas estalando na madeira podre, depois saltaram para o outro lado.

Tinham passado a maior parte do dia caçando Cosgrove e Lindquist, e, sempre que estavam prestes a voltar, imaginando os homens perdidos ou mortos, ouviam ou viam um sinal à frente. Algo grande passando pelos arbustos a distância, o piscar isolado de uma luz vagando.

Naquele momento chegaram a uma teia de aranha do tamanho de uma rede de camarão, esticada entre os troncos inchados de dois amieiros. Uma aranha do tamanho de uma mão, como um objeto de arte de vidro soprado, estava no centro, imóvel sob os fachos das lanternas.

Enquanto desviavam da teia, uma lembrança ocorreu a Reginald. Inicialmente não falou nada, simplesmente avançou distraído, os olhos em algum lugar. Ou algum tempo. Talvez a lembrança fosse fruto de sua imaginação, uma falha neurológica causada por exaustão e desidratação.

Não, era uma lembrança. Reginald não tinha dúvida. Tinha aquela qualidade, indelével como um sonho, gravada com ácido. Mais real que o momento que vivia.

– Se lembra de estar perdido aqui? – Reginald perguntou a Victor. Mesmo seu sussurro parecia alto na escuridão.

Eles vadeavam lado a lado, as calças enlameadas até a cintura.

– Estamos perdidos agora – Victor respondeu.

– Quero dizer quando éramos crianças.

Victor olhou para Reginald, a respiração rascante em seu nariz.

– Está encontrando Deus? – perguntou. – Se for isso, eu não quero ouvir.

– Ficamos perdidos aqui uma vez. Juro.

– Bem aqui?

– Não exatamente aqui. Mas um lugar assim.

Victor balançou a cabeça.

– Meu Deus, não acredito que estou me lembrando disso.

– Você provavelmente sonhou isso.

– Não. Você estava do meu lado. Chorando. Agora eu me lembro disso.

Victor fez um gesto de mão.

– Besteira.

– Éramos pequenos. Quatro ou cinco. Realmente pequenos. Eu me lembro.

Passaram pelas grandes plantas de folhas escorregadias, Reginald observando Victor em busca de uma reação, algum tique revelador no rosto, uma mudança sutil de boca ou maxilar. Mas seu irmão só mostrou desprezo.

– Você tem de lembrar – Reginald disse.

– O que estávamos fazendo aqui?

– Papai nos largou. Ele nos deixou aqui.

Victor limpou o suor da testa com o antebraço.

– Você sonhou isso.

– Você pode continuar dizendo isso o quanto quiser, mas é verdade. Papai nos deixou aqui.

– Certo.

– Nos deixou aqui e tivemos de encontrar o caminho para casa.
– Certo – disse Victor.
– Lembra como ficamos vagando? Vagamos o dia inteiro. Você continuava dizendo que tínhamos de ir em uma direção. Tinha visto isso em um filme. Um desenho animado. Passamos através de uma grande teia de aranha e você saiu correndo enlouquecido, se estapeando. Então pisou em algo, e aquilo atravessou seu sapato. Um pedaço de metal ou algo assim. Um prego. Tive de carregar você nas costas por quase dois quilômetros.

Victor grunhiu e balançou a cabeça.

– O quê? – perguntou Reginald.
– Nada dessa merda aconteceu.
– Tem certeza de que não está só bloqueando?

Victor olhou feio para o irmão.

– Você agora é psiquiatra?
– Talvez ele não quisesse que encontrássemos o caminho de casa – Reginald sugeriu.

Victor ficou calado e Reginald desistiu do assunto. Talvez tentasse outra hora. Quando não estivessem caçando um homem de um braço só pelo pântano como idiotas.

– Deveríamos voltar para o barco – Reginald propôs.
– Agora nunca iremos conseguir voltar.
– O que iremos fazer quando os encontrarmos?
– O que você acha?
– Isso é maluquice – comentou Reginald. – Precisamos chegar ao barco.

Avançaram em silêncio. O falatório elétrico dos insetos.

Depois de um minuto, Victor disse:

– Os sonhos de alguém só são interessantes para ele mesmo.

COSGROVE

Cosgrove ouviu os gêmeos antes de vê-los, um dizendo ao outro, no escuro, que algo era loucura, loucura idiota. Depois o irmão lhe disse para deixar de ser fresco. O resto Cosgrove não conseguiu entender, as vozes abafadas pela floresta, o sussurro da vida do pântano. Fazia várias horas desde que Cosgrove se separara de Lindquist. Podia ouvir ramos se partindo à medida que os gêmeos iam na sua direção pelo mato. Olhou ao redor em busca de uma vara que pudesse usar como arma, de um esconderijo. Qualquer coisa.

A alguns metros dali havia um tronco de árvore caído perto de um agrupamento brilhante de flores do pântano. Foi até lá, se jogou de barriga no lodo e coleou até o buraco.

Prendeu a respiração quando ouviu os gêmeos chegando perto. Estava coberto de lama, merda de vermes e Deus sabia mais o quê. Insetos corriam sobre braços e rosto, suas pernas de cílios fazendo cócegas em sua pele.

O rangido de sapatos cessou.

– Está vendo aqueles buracos? – perguntou um.

– É um ninho de cobras. Vi.

– Do tamanho de uma perna. Alguém esteve aqui.

Uma grande aranha de pernas compridas caiu no queixo de Cosgrove e subiu seu rosto correndo. Entrou em sua boca aberta e saiu rapidamente.

Depois, subiu para seu nariz com pernas como cordas, e parou ali. Cosgrove soprou, a aranha disparou por sua testa e passou sobre a orelha antes de ir embora.

– Veja, uma marca de bota. Bem ali.

Cosgrove sentiu um aperto no coração. Prendeu o fôlego e esperou a bota que iria partir do tronco, o cano da arma. E então? Inexistência.

Mas podia ouvir os gêmeos indo embora, o lento diminuir de suas vozes conversando.

Permaneceu imóvel por um tempo. Depois tirou a cabeça de sob o tronco e olhou ao redor. Luar fraco, folhas escuras e galhos contra a escuridão mais pálida da lua.

Engatinhou para fora do tronco oco e se levantou.

Depois correu.

LINDQUIST

Em algum momento da noite, Lindquist começou a conversar sozinho para ter companhia. Falas aleatórias, principalmente piadas.

– Qual a diferença entre uma lagosta com seios e um ponto de ônibus Greyhound?

– Como você circuncisa um caipira?

– Como Joe, o Camelo, parou de fumar?

Ele não se importava com os finais das piadas em si. Já os conhecia. De qualquer modo, os começos eram as melhores partes. Algumas vezes seu riso soava estranho, em nada como o dele. Parou, girou a cabeça, mas estava sozinho no escuro. Teve um vislumbre de seu reflexo iluminado pela lua no espelho negro da água. Lembrava um feiticeiro insano: cabelos levantados em tufos oleosos, bolas brancas de saliva seca nos cantos da boca, agarrando sua vara como um cajado.

Era algum momento da madrugada, o pântano agitado por um milhão de pequenos sons, quando Lindquist bateu de frente em algo duro. Gritou e agarrou o nariz que latejava. Depois recuou e ergueu o braço de gancho para afastar o que quer que fosse.

Uma enorme silhueta de forma humana, uma cabeça mais alta, se erguia à sua frente. Dizia algo em uma voz baixa e rouca:

– Peguei você, babaca – parecia.

Lindquist jogou o tronco para trás, como se evitando um golpe. Os gêmeos. Certamente um dos gêmeos.

Recuou outro passo, produzindo um som que era parte soluço, parte choramingo.

– O que eu fiz a vocês? – perguntou.

Silêncio. Apenas sua própria respiração áspera, a miríade de sons do pântano – zumbidos, chilreios, arrastos – ao redor.

– Eu nunca fiz nada. Por que estão fazendo isso?

A figura de ombros largos permaneceu calada. Como se para intimidá-lo. Como se para enlouquecê-lo.

Lindquist zumbia de pânico.

– Apenas me deixem em paz – suplicou.

Silêncio.

Lindquist surtou, dando golpes maníacos com o braço de gancho, atacando o tronco duro do gêmeo. Algumas vezes o gancho fincou e ele teve de recuar e arrancá-lo como em um cabo de guerra. Atacou até ficar tonto e não conseguir mais erguer a prótese. Então, cambaleando sobre os pés como se bêbado, esticou os dedos trêmulos. Casca de árvore. Uma árvore, apenas isso.

Trêmulo, febril e encharcado de suor, Lindquist desabou no chão, as pernas cedendo como as de uma marionete. A terra era encharcada e áspera sob sua bochecha. Seu coto sangrava, pontos quentes correndo pelo lado direito do tronco. Não conseguia se lembrar de tal dor, não desde o dia em que perdera o braço, o dia em que a Guarda Costeira o levara de helicóptero de Barataria para a ala de trauma do Mercy General. A dor tinha sido tão alucinante que ele não compreendera o que havia acontecido. Perdera um braço? Como? Como alguém perde um braço? Que tipo de babaca? Que tipo de otário?

Então, depois que o paramédico colocara um torniquete, o encheram de morfina. A agonia vermelha e quente desaparecera imediatamente, substituída por uma paz fresca que o deixara se sentindo vazio, envolto por um ar glacial. Ele se sentira beijado por Deus.

Naquele momento, caído de lado no terreno lodoso, arfando e soluçando, ele daria metade das moedas em seus bolsos para sentir tal alívio.

À luz da lua crescente, as raízes aéreas do cipreste pareciam uma malta de pequenos demônios acocorados, seus rostos élficos espiando na casca, seus olhos cavados na madeira, rastreando sua passagem. Quando o vento aumentou, estalou por entre os galhos de árvores e Lindquist pode jurar ter ouvido o gemido de vozes de demônios. Qual idioma era? Talvez latim, talvez gaélico. Alguma língua havia muito esquecida, silenciada pela história. A língua de feiticeiras ou súcubos.

Qualquer que fosse a língua, Lindquist compreendeu a ideia. Os demônios estavam dizendo que ele estava morto. Que nunca iria sair do pântano. Que desperdiçara a vida.

– E se um morcego mijar em meu olho? – Lindquist disse. Aquilo era uma piada? Ele mesmo não sabia, mas riu mesmo assim.

– E se um morcego mijar em seu olho? – alguém disse.

Assustado, Lindquist olhou à esquerda. Vários metros adiante, um demônio de coto de cipreste o encarava, o enorme talho de sua boca de madeira virado para baixo como a de um capataz cruel. Então inclinou a cabeça, um movimento tão discreto que Lindquist teria achado que seus olhos estavam lhe pregando uma peça se o coto de cipreste também não tivesse sorrido.

– O quê? – Lindquist perguntou.

– E se um morcego mijar no seu olho? – disse o coto. A voz era grave, aristocrática.

– Cale a boca – disse Lindquist.

– Você cale a boca – disse o coto.

Lindquist saiu correndo para a escuridão, os cotos de ciprestes gargalhando ao redor. Saltou sobre troncos mortos de ciprestes e pinheiros caídos até sua perna esquerda ficar presa na lama. Lindquist xingou e soltou a perna, o charco arrotando enquanto soltava sua bota.

– Calma aí, maluco – disse outro coto de cipreste.

Os cotos circundantes caíram na gargalhada.

Então isso é abstinência, pensou Lindquist. Ele podia lidar com cotos de ciprestes debochados. Se outros homens haviam passado por guerra, fome, pestes, secas, então ele podia lidar com cotos de ciprestes falantes.

Quando Lindquist voltou a andar, manteve o passo relaxado, um pouco mais de pompa em seu estilo. *Vão em frente e riam, cretinos*, tentou dizer aos cotos com seu caminhar.

Lembrou a si mesmo que tinha quarenta e cinco anos, mas poderia muito bem ter cem, pelo modo como se cuidara. Bem, nunca mais fazer seu corpo passar pelo espremedor da agressão ritual. Assim que saísse daquele pântano, caso um dia saísse, iria entrar em um vigoroso regime saudável. Vitaminas de qualidade, um extrator de sucos de primeira. Compraria um braço novo e se mudaria do *bayou*, talvez até mesmo do país. Iria se juntar a uma garota de cabelos pretos com olhos azuis e um rosto dramático, uma garota francesa que escutaria atentamente suas lembranças da história que vivia naquele momento.

Imaginou vividamente esse sonho acordado.

A garota se parecia muito com sua esposa.

Exatamente como sua esposa.

OS IRMÃOS TOUP

Foi pouco depois do alvorecer que os irmãos Toup chegaram ao barraco no pântano. Pararam e ficaram escutando sinais de vida humana. Os únicos sons eram da floresta semiadormecida. A miríade de barulhos de animais nos arbustos. Cantos distantes de pássaros. Afora isso, o mundo estava mergulhado em um silêncio de convento.

Victor procurou entre o mato, pegou uma pedra e a lançou. Bateu na lateral do barraco com um barulho alto como um tiro. Um bando de pombas saiu voando de um arbusto, se espalhando acima das copas.

Os irmãos esperaram.

Nada.

Victor procurou novamente, pegou uma vara e a lançou como um atleta olímpico. Ela girou e assoviou pelo ar, batendo na porta da frente.

Fracos sons de movimento vieram de dentro do abrigo. Humanos. Depois a voz de um homem, marcada pela idade:

– Que porra?

Victor disparou pela clareira. Quando chegou ao barraco, ergueu a perna sem reduzir e chutou a frente em uma espécie de golpe de caratê voador. O barraco se inclinou, depois ficou paralisado, torto por um momento, antes de desabar como um castelo de cartas de mágico. Como se nada além da ilusão o mantivesse junto.

Alguém se agitou sob a pilha de lixo.

No limite da floresta, Reginald enfiou as mãos nos bolsos e cruzou a clareira cautelosamente. Outra encheção de saco com que lidar, aquilo.

– Que porra – disse uma voz irada no fundo da pilha.

– Saia – disse Victor.

– Sair? – falou o homem. – Não existe mais dentro.

Victor chutou a pilha.

Houve movimento no monte. Pedaços de madeira e metal corrugado caíram. Uma mão ossuda saiu do entulho, pegou uma perna de três e a jogou de lado. Outra, e mais uma. Finalmente uma figura se ergueu como um Lázaro do vazadouro, pedaços de material caindo de ombros e costas. O velho espanou seu macacão imundo com uma estranha demonstração dândi de propriedade. À fraca luz roxa do amanhecer, ele olhou para Victor e depois Reginald. Seus cabelos brancos de bebê estavam emaranhados, os olhos com sobrancelhas inteligentes ainda inchados de sono.

– Estamos procurando uma pessoa – Reginald disse.

O homem olhou com raiva para Reginald.

– Bem, então por que porra você não simplesmente bateu na porta?

– Um cara passou aqui? – Reginald perguntou.

O homem apontou para a pilha de lixo no chão.

– Aqui?

– Sem tempo para suas merdas – retrucou Victor.

– Um homem com um braço só – esclareceu Reginald.

Algo no rosto de Victor fez o homem parar. Seu corpo balançou em uma indecisão apavorada, os punhos cerrando ao lado do corpo. Como se parte dele quisesse lutar, enquanto a outra parte queria fugir. Seu desafio murchou imediatamente.

– É, um cara passou – disse.

– Quando? – Victor perguntou.

O homem olhou para o chão, perturbado. Como se esperando que a lama lhe dissesse o que dizer. O que fazer.
— Quando? — repetiu Victor.
— Estou tentando pensar — o homem falou. — Você me acordou de um sono profundo, cacete.

O pântano ficara assustadoramente quieto, mesmo os pássaros e grilos silenciosos. Talvez observando desde seus abrigos e esconderijos, esperando para ver como a cena iria terminar. Enquanto isso, o dia ficando mais claro, o pântano retomava seu lugar, como uma velha pintura a óleo revelada pouco a pouco por solvente de restauração. Marrons de cogumelo, verdes de musgo, cinza de líquen.

— Acho que há umas quatro horas — disse o velho. — Cinco.
— Em que direção? — Victor perguntou.

O homem apontou para leste com um dedo trêmulo.

— Disse que ia voltar para Jeanette. Que tinha algo que vocês queriam.

— Vamos — disse Reginald ao irmão.
— Drogas — disse o velho.

Os ombros de Reginald murcharam. Ele beliscou o alto do nariz e fechou os olhos.

— Vocês são traficantes de drogas, certo?
— O que o leva a pensar isso? — Victor perguntou.
— Que merda, eu não ligo.
— O que o leva a pensar que somos traficantes de drogas?
— Ele me disse isso.
— E você acredita em tudo que ouve?
— Vamos — chamou Reginald.

Victor não se moveu. Braços cruzados sobre o peito, a cabeça em uma inclinação professoral.

— E se eu lhe dissesse que sua mãe era piranha? — perguntou.

O homem ficou calado.

— Sua mãe era piranha?
— Olha, apenas me deixe em paz. Você já destruiu minha casa.
— Ouvi dizer que sua mãe era piranha. Isso é verdade?

O velho moveu a boca, pensativo.

— É. É verdade.
— Mesmo?
— É.
— Sua mãe era piranha?
— É.

Reginald começou a caminhar de volta para a mata. No limite da clareira, ele parou e olhou ao redor em busca do irmão.

— Venha — chamou.
— Ela era uma piranha — o homem continuou. — Grande piranha velha. Então é isso.
— Ouvi dizer que ela pagava boquetes para estranhos nos banheiros — disse Victor. — Isso é verdade?
— Maldição, vamos lá — disse Reginald. — Não temos tempo para essa merda.
— Provavelmente — o velho respondeu a Victor.
— Quem venderia a mãe assim? — Victor perguntou.

O homem se sentou pesadamente na pilha de pedaços podres, antebraços com manchas senis pousados nas coxas. Mãos cruzadas frouxamente entre os joelhos.

— Mesmo se ela fosse — Victor continuou. — Quem venderia a própria mãe assim?

O homem balançou a cabeça. Foi um momento antes de falar, e quando o fez, a voz era suave:

— Eu nem sequer me lembro da minha mãe.
— Quando ela morreu?
— Há muito tempo.
— Quando?
— Eu tinha dezoito, dezenove.

– Você tem problemas com números.
– Eu tenho oitenta e cinco, porra.
– Tem certeza?
– Vocês são os irmãos Toup? – perguntou o velho.
Os irmãos trocaram olhares.
– Como sabe nosso nome? – Victor perguntou.
– O cara me disse.
Silêncio.
– Desde que vocês não sejam do governo, eu não ligo.
Victor esperou.
– Vocês têm alguma droga?
– Você é completamente maluco, não é? – perguntou Victor, dando um sorriso que parecia afiado em uma pedra de amolar.
O velho pensou nisso, mas não respondeu.
– Qual o seu nome?
O homem ergueu os olhos para Victor. Um lamentável suplicante.
– Você já destruiu minha casa.
– Isso era uma casa?
– Eu vou morrer aqui de qualquer modo. Agora não tenho casa. E certamente não vou para Jeanette. Então, por que simplesmente não me esquecer? Deixe que os lobos me peguem.
– Lobos. Pare de ser tão dramático, porra.
– Você arruinou a porra da minha casa.
Victor olhou para o homem abaixo, levantou a frente da camisa e pegou a arma na cintura.
– Ei – disse Reginald do limite da mata.
Victor o ignorou.
– Minha mãe não era piranha – o homem disse a Victor.
– E? – perguntou Victor.
– Só para deixar claro.
Victor apoiou o cano da Sig Sauer na testa do homem, apertando com força suficiente para fazer um sulco na pele.

— A sua era — disse o homem. — Sua mãe era uma piranha.

Victor engatilhou a arma.

— Ela deve ter trepado com alguém muito merda para cuspir um bosta como você.

— Ei — chamou Reginald.

Victor finalmente olhou para o irmão.

— Chega dessa merda — Reginald disse.

Victor desarmou a arma, a enfiou novamente na cintura e começou a ir embora. Às suas costas, o homem soltou rápidos xingamentos em francês, a voz macia, mas tomada de fúria. Sem se virar, Victor o chamou de filho da puta maluco. O velho enfiou a mão no bolso do macacão e jogou no ar um pó parecido com cinzas. Ele caiu suavemente, pousando em ervas e folhas.

COSGROVE

Ramo a ramo, folha a folha, o bosque denso ao redor dele ganhou forma no pálido amanhecer cinzento. Ele podia ouvir sons de água, peixinhos pulando e podia ver o brilho enfumaçado da baía através das folhas. Avançou cautelosamente, olhos ardendo de exaustão, o ombro latejando a cada pulsação.

Lá estava, do outro lado do canal de água enfumaçado. A ilha. A porra de um milagre.

Cosgrove começou a correr com água pelos joelhos, algumas vezes tropeçando na lama. Levantou-se e olhou assustado ao redor, pois estava então em espaço aberto e um dos gêmeos podia atirar nele facilmente. Quando a água ficou mais funda e seus sapatos não tocavam mais o leito, remou e deu pernadas, um nado irregular. Depois os sapatos tocaram novamente o fundo e cambaleou para a ilha, pingando.

Na clareira estava o que restava de Hanson, caído na lama de barriga para cima. Cosgrove olhou para o corpo abaixo. No chão havia sangue, já secando e ficando escuro. Sangue espirrado em um coto de cipreste. Sangue salpicado nas folhas de uma begônia.

Varejeiras grandes como uvas se banqueteavam no sangue.

Cosgrove desviou os olhos da massa que era a cabeça de Hanson, se curvou com as mãos nos joelhos e vomitou no mato.

Depois se agachou sobre Hanson, evitando o rosto, e enfiou a mão em um dos bolsos. Nada. Procurou no outro, sentiu as chaves e as pegou. Em seguida cambaleou para trás, meio esperando que a mão de Hanson se levantasse e o agarrasse. Um pensamento louco, sabia. Estava meio delirante.

Levou dez minutos para encontrar a lancha, ancorada em seu esconderijo de juncos e trepadeiras. Ainda convencido de que uma bala poderia atravessar sua cabeça a qualquer segundo, pulou no barco. Ele balançou para longe da margem, água passando por cima da amurada e empoçando no fundo.

Puxou a corda, o motor roncou e o barco disparou sobre a água, a proa levantando e caindo de volta. Cosgrove deu uma espiada na ilha, sua forma borrada atrás da neblina cinza da manhã. Seu ombro doía, seu peito, seu coração.

Respirou fundo. O vento soprando do *bayou* cheirava a sal, petróleo e sol. *Você ainda não saiu*, pensou.

Avaliou que deviam ser quase dez horas quando chegou ao porto, o dia já tão quente que o sol queimava em seus ombros. No estacionamento, entre as outras picapes, estava a Dodge de Hanson. Ninguém mais à vista. Ficou grato por aquela pequena misericórdia. Se alguém o visse, certamente haveria suspeitas. Um homem com a sua aparência, certamente se lembrariam do seu rosto.

Quando chegou ao motel, ele se sentou na picape por vários minutos com o motor ligado e as mãos agarradas o volante. Caminhões desviavam na estrada de acesso, desacelerando ao passar.

No quarto, ele lavou o rosto na pia e limpou o ombro dolorido com uma toalha molhada. Depois vestiu camiseta e jeans novos, enfiou as roupas sujas em uma sacola de compras de plástico e a jogou no lixo. A seguir tirou o dinheiro do cofre do quarto do motel. Pensou em ir ao quarto de Hanson e pegar o dinheiro dele também, mas não sabia a combinação. Alguma faxineira iria ter a melhor semana da sua vida.

Depois colocou roupas e outras coisas na bolsa de lona, foi à janela, puxou a cortina e espiou do lado de fora. Do outro lado da calçada, a faxineira empurrava um carrinho de uma porta de quarto para a seguinte. No estacionamento, um homem de calça cinza e camisa polo trancou a porta do seu Town Car e caminhou a passos largos para seu quarto.

Mais ninguém.

Eram onze horas quando Cosgrove saiu do quarto do motel e entrou na picape. Com a bolsa de lona no banco do carona levando milhares de dólares e tudo o mais que ele tinha no mundo, engrenou a primeira e pegou o acesso rumo à rodovia.

Isto está acontecendo, pensou. *Estou indo embora e estou vivo. O pobre Hanson está morto, mas eu estou vivo. Isto está acontecendo.*

Ele não sabia para onde estava indo, a não ser que era para longe. Se um policial o parasse, diria que a picape era de um amigo.

LINDQUIST

Lindquist dormia havia apenas uma hora quando ouviu as vozes. Era pouco depois do amanhecer, a luz descendo em colunas de fumaça avermelhadas por entre as folhas. Deu um pulo na rede improvisada no tronco oco. Escutou. Os irmãos? Tinham de ser. Quem mais estaria ali? De vinte ou trinta metros de distância, ele ouviu as vozes arrastadas. Movendo folhas e partindo ramos.

Lindquist se colocou de pé e se lançou entre os juncos, folhas serrilhadas cortando braço e rosto. Depois de um tempo lhe ocorreu que poderia não haver voz alguma. Que talvez estivesse no meio de um sonho louco.

Cada parte de seu corpo doía. Pálpebras, pontas de dedos, dentes.

Agachou-se sob um galho de cária coberto de líquen, desviou-se de uma oliveira negra com um ninho de vespas feito de lama. Sanguessugas gordas grudaram em sua pele. Sentiu uma delas mordendo uma costela, outra em sua rótula, mais uma no antebraço. Ele as deixou. Tinha preocupações maiores. Seu ouro. Continuava sentindo os bolsos, garantindo que tudo ainda estava ali.

Uma garça estava imóvel sobre uma das patas como uma estátua em um coto de cipreste, observando-o. A pouca distância, onde o charco se transformava em lagoa, um aligátor deslizava pela água, o calombo grosso de sua cabeça surgindo pouco acima da superfície. Mudou de rumo e se afastou de Lindquist.

Mais à frente, ele viu uma cobra-coral de cores brilhantes pendurada no galho baixo de um salgueiro, a língua retorcendo como uma língua de sogra obscena.

Lindquist se encolheu e gemeu.

Ele soava maluco. Sabia que era melhor manter o controle. Assim que você deixava que um pensamento bizarro se assentasse, outros se seguiam rapidamente, uma avalanche, e, antes que percebesse, estava preso para sempre no meio do pântano, um louco resmungão condenado a conferir o ouro em seus bolsos o tempo todo.

– Um homem de um braço só cambaleia pelo pântano – disse Lindquist. Ou pensou.

– Finja até sentir – disse. Ou pensou.

Parou e tentou ouvir sons de perseguição. Não conseguiu ouvir nada além de gafanhotos zumbindo, o canto de um cuco. Era metade da manhã, e uma luz branca batia no charco. Cotos de ciprestes, ninfeias e jacintos roxos até onde a vista alcançava. Centenas de libélulas pairando. Libélulas de Halloween, libélulas azuis, libélulas rosa.

Ele se sentia febril e tonto. Não dormia nada havia dias, só bebera água da chuva de folhas. Picadas de mosquito cobriam rosto e braço.

No lado bom – *lado bom*, falou Lindquist com um riso alucinado –, ele tinha de estar perto de terra firme. Jeanette poderia estar logo depois daquela touceira de linderas, aquele grupo de pinheiros. Ele certamente estaria em casa no final do dia. Tomaria um longo banho frio e teria o almoço de um rei. Contaria quantas moedas de ouro ainda tinha. Então iria de carro a Nova Orleans e as venderia. Ao final do dia seria um homem rico com uma passagem de avião para um novo lugar, uma nova vida.

Estava passando por um arbusto de madressilva do pântano quando ouviu um som na água e baixou os olhos. Uma cobra de uns sessenta centímetros de comprimento deslizava sobre a superfície. Lindquist não sabia que tipo de cobra era, mas tinha escamas pretas e laranja e ia diretamente em sua direção. Ele tentou assustar a cobra.

    A cobra continuava vindo. Um metro e meio, depois meio metro.

    Lindquist deu um berro e saiu correndo.

    Correu pela vegetação densa até uma dor como um chumbo derretido tomar seu tronco. Caiu de costas em uma área com samambaias e capim. Seu coração acelerou e a língua queimou de febre. Ele iria esperar ali até que o garoto voltasse. Se voltasse em uma hora, duas horas, poderia levá-lo de barco para a terra e um médico. Até daria ao garoto algumas peças de ouro, o suficiente para fazer uma grande diferença em sua vida.

    Fechou os olhos e sentiu o forte puxão profundo do esquecimento. Em pânico, abriu os olhos novamente. Se adormecesse, poderia nunca mais acordar.

    Tentou se levantar, mas não conseguiu. Ficaria deitado ali até o garoto aparecer e levá-lo ao médico. Ficou pensando se o médico aceitaria ouro de piratas espanhóis como pagamento.

    Levou a mão aos bolsos, sentiu o peso.

    Seus olhos se fecharam, abriram, fecharam, abriram. Acima dele, o sol da manhã penetrava pelas folhas jades que nadavam. As peças de luz pareciam mil moedas de ouro cintilando.

OS IRMÃOS TOUP

Na metade da manhã, os irmãos Toup se deram conta de que seria insanidade ir além. Deram meia-volta e seguiram na direção do barco. O que quer que tivessem planejado fazer a Lindquist e o homem chamado Cosgrove assim que os apanhassem, o pântano provavelmente já fizera. De modo algum teriam saído daquele tipo de selva e voltado a Jeanette. Não quando eles mesmos estavam à beira do delírio.

Reginald liderou e Victor foi atrás, as veias em sua testa saltando, o rosto brilhando de suor. A vegetação, magnólia da Virgínia, cirila do pântano e salgueiros-negros, se fechava ao redor deles como uma caverna verde-jade gotejante. Algumas vezes tinham de se curvar para passar pelo túnel de galhos e folhas acima. O pântano faminto queria engoli-los inteiros.

Depois de um tempo, eles passaram pelo barraco arrasado, tendo o velho ido embora.

Estavam contornando a beirada de um alagado de juncos quando Victor cambaleou de lado e tropeçou loucamente no lodo. Ele se agarrou ao tronco de um freixo verde. Reginald parou e olhou ao redor. O rosto de Victor tinha uma cor laranja-avermelhada, os olhos um doentio amarelo-hepatite.

Eram por volta de onze horas e o calor já estava sufocante. Onde a folhagem era mais rala, eles podiam ver o céu, de um lavanda aguado enevoado.

– Aquele velho me amaldiçoou – disse Victor.
– Isso é maluquice.
– O filho da puta me amaldiçoou.
– Você está desidratado. Exausto. Ambos estamos.
– Eu ainda o ouço na minha cabeça.
– Apenas mantenha o controle.

Reginald deu alguns passos hesitantes adiante, mas parou e se virou ao não ouvir o irmão o seguindo.

– Victor – Reginald chamou.
– Quanto tempo mais?
– Uma hora. Duas. Não sei.
– Ele me amaldiçoou, Reggie.
– Você está tendo um ataque de pânico.
– Babaquice.

Eles se arrastaram no charco pelo que Reginald avaliou ser cerca de quarenta e cinco minutos e chegaram novamente ao barraco desmoronado do pântano. Os irmãos olharam ao redor, confusos. Reginald deu um tapa no rosto e ficou pensando em como teriam acabado ali quando estavam viajando em linha reta.

Estaria perdendo o juízo? Ambos estariam?
– Reggie – chamou Victor.

Reginald não disse nada.
– Reggie – Victor chamou.
– O quê?
– Estamos de volta a onde começamos.
– De jeito nenhum.
– Esse é o barraco. A mesma porra. Andamos em círculos.

Reginald passou os dedos pelos cabelos imundos e olhou ao redor. O sol do meio-dia penetrava pelo teto de folhas. Uma esperança verde gorda se agitava no meio de uma teia esticada entre duas pequenas palmeiras. Uma aranha dourada observava da ponta do fio trêmulo.

– Andamos em círculos, Reggie.
– Surtar não vai ajudar nada.
– Talvez um carrapato tenha entrado em minha orelha – Victor disse.
– Talvez esteja com a febre das Montanhas Rochosas.
– Vic? Cale a boca.

Eles se arrastaram para a frente. Mosquitos, libélulas e percevejos d'água. Uma juruviara de garganta amarela em um azevinho. Filhotes de aligátores às dúzias fugindo como brinquedos de borracha. Então Victor o viu. Um aligátor de dois metros e meio, um gigante, pegando sol sobre uma barca de troncos flutuantes e detritos. Ele apontou, o dedo trêmulo.

– Jesus Cristo, olhe aquela coisa – disse.
– Continue andando – Reginald disse.
– O desgraçado está olhando para nós.
– Pare de gritar. Continue andando.
– Agora ele está vindo.
– Tem mais medo de nós do que nós dele.

Victor caiu de quatro, água verde brilhante batendo em seu queixo. Lutou para se levantar, caiu novamente. Reginald se virou, voltou e levantou o irmão pelo braço. Apoiado no irmão, Victor cambaleou alguns passos para a frente antes de desabar. Dessa vez levou Reginald junto. Reginald se levantou, agarrou a camisa do irmão com os punhos e o ergueu. Sentiu o coração de Victor acelerado sob sua mão. Sentiu sua febre, palpável como calor saindo de um queimador de fogão.

– Outro aligátor grande ali – Victor disse.
– Apenas continue andando.
– Tenho de me sentar.
– Mova-se.
– Me carregue nas costas.
– De jeito nenhum.
– Então vá. Eu não consigo.

Algo estava indo rapidamente na direção deles por entre as palmeiras e os arbustos, a água agitada. Um esquadrão de pardais deu um berro agudo de alerta e saiu voando de um bordo. Então Victor foi arrancado de Reginald. Deu um grito alucinado antes de ser puxado para dentro d'água. Reginald ficou boquiaberto, em um horror mudo. Viu carne rosada. Um vislumbre, preto e irregular, de pele de aligátor. Depois o braço erguido de Victor, tentando agarrar algo que não estava lá.

Com as mãos tremendo loucamente, Reginald sacou seu Bearcat Ruger e apontou. Não conseguiu enfiar uma bala no aligátor no meio do caos rodopiante, a água já um tumulto de vermelho e rosa leitosos. Quando viu outro aligátor nadando na sua direção, pendurou o rifle no ombro e se virou, correu para a árvore mais próxima. Subiu como macaco no carvalho retorcido e se plantou em um galho intermediário.

Olhou para a água abaixo, que se acalmava. Aligátores menores se aproximavam. Uma dúzia deles partia com pedaços de carne rosada reluzentes. Reginald teve um vislumbre de um órgão flutuando, como um pedaço de salsicha crua. Sentiu bile quente subindo à garganta. Não conseguia acreditar no que tinha visto. Ele se recusava a acreditar.

Vomitou na água.

Quando os aligátores se espalharam, Reginald continuou no galho e chorou. Esperou acordar do pesadelo e, quando não acordou, chorou mais um pouco.

WES TRENCH

Lindquist estava sumido havia quase uma semana quando Villanova finalmente montou uma equipe de busca e resgate: alguns pescadores locais, o agente Melloncamp, outro agente de um município vizinho, um alferes da Guarda Costeira, um agente do Departamento de Vida Selvagem e Pesca da Louisiana. No meio da manhã uma frota de barcos se espalhou pela baía, cada uma com um trecho de Barataria para cobrir. Do grupo faziam parte Wes, no *Jean Lafitte*, e o pai de Wes, no *Bayou Sweetheart*. Era sua primeira vez na água desde o ataque cardíaco. Wes lhe dissera para ficar em casa e descansar, mas ele respondera que estava farto de ficar sentado em casa e brincou que, de qualquer forma, não havia nada bom na TV.

Era um dia desolado, com vento, o céu e a água do mesmo cinza tedioso, a baía agitada e com nuvens. Wes contornou as mesmas ilhas que já havia contornado, observando margem e vegetação com o binóculo. Sempre que o rádio guinchava, sempre que havia um ruído de estática antes de alguém falar, o coração de Wes acelerava de temor. Um corpo apanhado em uma rede, ele tinha certeza. Um cadáver desfigurado jogado na margem de uma ilhota.

Mas não, as notícias eram mais do mesmo: nada. Nada aqui, nada ali. Seguindo para aqui, seguindo para lá.

Chegou o final da tarde e as nuvens se abriram. A baía chiou e ferveu, e cobras de vapor subiam da água. O vento acelerou e sacudiu as centenas de partes soltas do barco de Lindquist. Tudo a dez metros do *Jean Lafitte* fora engolido pela escuridão. Pelo rádio, os pescadores e o alferes da Guarda Costeira disseram que iam voltar. Uma hora depois, Wes estava pensando em fazer o mesmo quando o agente Melloncamp falou ao rádio. Um camaroeiro havia encontrado uma piroga abandonada perto de onde o *bayou* encontrava a baía.

Então Lindquist afinal saíra do curso.

Wes pilotou rápido, nauseado de medo. Logo luzes de barco distantes cintilaram na escuridão cinzenta. Quando chegou mais perto, viu luzes menores, lanternas e holofotes, varrendo a água. Depois, em meio ao temporal enevoado, conseguiu ver o barco do agente, depois o do pai, a seguir o do Departamento de Vida Selvagem, parados em um grupo frouxo. Wes se aproximou, se juntou ao grupo e desligou o motor. Desceu a escada da cabine de comando e olhou por sobre a amurada, chuva e vento batendo em seu rosto.

Uma piroga sacudia e girava na água agitada. O barquinho era como qualquer um que a maioria das pessoas em Barataria tinha, mas Wes viu algo no piso, as cores de brinquedo em meio ao lixo.

O baleiro de Lindquist.

O estado da Louisiana, o pai de Wes costumava observar, sempre teria vergonha. Sempre tivera, sempre teria. Segundo ele, nenhum lugar no país era mais desonesto. O que mais se poderia esperar de um posto avançado improvisado e dominado por foras da lei e ciganos saídos do pântano? Um lugar que, em seus anos de ouro, foi jogado de um lado para o outro entre países como uma criança bastarda? Veja as evidências. Deputados estaduais apanhados com dinheiro federal em seus congeladores e prostitutas em suas camas. Candidatos a governador terminando na prisão. Dinheiro federal de emergência gasto em piscinas, carros esporte e pôneis palomino.

E as companhias de petróleo: Deus, a porra das companhias de petróleo.

Mais cedo ou mais tarde, dizia o pai de Wes, todos eram apanhados com a boca na botija.

Então, quando Wes lhe perguntou se deveria falar novamente com o xerife Villanova sobre os irmãos Toup e o desaparecimento de Lindquist, o pai deu uma gargalhada amarga.

– Você poderia muito bem escrever para o Papai Noel.

Wes perguntou o que queria dizer.

– Veja, Villanova não é um cara mau. Não comparado com a maioria. Mas você está vivendo na porra do Líbano, Wes.

Wes não tinha ideia do que o pai queria dizer com *Líbano*. Esperou que explicasse. Estavam à mesa do jantar comendo arroz e feijão, e do lado de fora já estava totalmente escuro. As janelas negras devolviam apenas seus próprios reflexos, a luz âmbar fraca brilhando pela casa. Como sempre a TV soava ao fundo. *Tudo em família*, uma das poucas comédias que seu pai conseguia suportar. Archie estava chamando Edith de idiota.

– Os policiais da Louisiana têm seu próprio modo de cuidar das coisas – disse o pai de Wes. – Como policiais em toda parte. Eles escolhem suas batalhas.

Ele baixou o garfo, empurrou o prato para longe com o polegar e deu um tapinha no bolso da camisa, prestes a pegar um cigarro, mas se conteve e recostou na cadeira.

– Villanova faz que não vê quando lhe interessa. Maconha? Não vai perder seu tempo com maconha. Não quando seu cofre está cheio. Ele é um tipo *laissez-faire*. É assim que as coisas funcionam por aqui.

No final das contas, seu pai estava certo. Pela manhã, ele foi ao escritório do xerife e falou com Villanova sobre Lindquist e os irmãos Toup. Villanova, sentado à escrivaninha, escutou Wes com toda a paciência, mas a impaciência se revelava nos olhos que se moviam rapidamente, no modo como se recostava e concordava. Em dado momento, remexeu em uma gaveta, tirou um saquinho de chá Earl Grey e o colocou na caneca de café. A caneca tinha de um lado o retrato de um cavalo a galope e abaixo o nome da pista de corridas CHURCHILL DOWNS. Enquanto Wes falava, Villanova se levantou, foi até o bebedouro no canto e abriu a torneira vermelha, enchendo a caneca de água quente. Depois se sentou novamente, mergulhando o saquinho.

Finalmente, quando Wes acabou de explicar por que achava que os irmãos Toup estavam envolvidos no desaparecimento de Lindquist, Villanova encolheu os ombros e abriu as mãos.

– Uma piroga abandonada. Duas ameaças.

Wes esperou, mexendo na sobrancelha.

– Uma ameaça – disse Villanova. – Não posso prender alguém com base em uma ameaça. O município inteiro estaria trancafiado.

Wes pensou em mencionar a maconha, mas Villanova sabia que ele sabia. Todos sabiam, o tema parecia proibido, irrelevante. E o xerife provavelmente não iria tolerar um adolescente lhe ensinando seu trabalho. Então tudo o que Wes disse foi:

– Mas eles são conhecidos por arrumar confusão, certo? Eles têm uma reputação, é o que quero dizer.

Villanova pigarreou. Ergueu e mergulhou o saco de chá.

– Filho, todo mundo tem uma reputação em uma cidade pequena como esta. Gostem disso ou não. Normalmente metade é baseada em boatos.

Wes estava tentando ser educado e respeitoso, mas sua paciência com a indiferença de Villanova estava acabando.

– Mas valeria a pena checar, senhor. Talvez?

Sabia que mesmo isso poderia ser abusar da sorte.

Villanova esticou os braços e se recostou na cadeira com as mãos cruzadas atrás da cabeça. O rosto estava rosado e a boca, apertada.

– Filho, lamento por seu amigo, mas ele tem muito mais história do que os irmãos Toup. E deixe-me fazer meu trabalho.

Wes esperou.

– Você poderia andar do seu lado da rua, e eu ando do meu – acrescentou Villanova, mas depois pareceu se arrepender, pois deu um risinho pelo nariz como se fosse brincadeira. Pegou a caneca e tomou um gole do chá.

Alguma rua, quis dizer Wes, mas sabia que não adiantaria nada. E seus pais o ensinaram a não responder aos mais velhos.

Wes se levantou e agradeceu ao xerife, que também se levantou e apertou a mão de Wes.

Os dedos dele eram gordos e frios.

– Vou ficar de olhos abertos – disse, mas de algum modo Wes duvidou.

— — — — — —

Certa noite fresca em meados de outubro, Wes estava no minimercado perto da rodovia quando Reginald Toup entrou na loja. Àquela altura, todos, incluindo Wes, supunham que Lindquist estivesse morto. A polícia, o Serviço Florestal e a Guarda Costeira estavam procurando um corpo, não um sobrevivente. E não estavam realmente procurando, apenas dizendo a capitães e tripulantes de pesqueiros para conferir o que pegassem em suas redes.

Wes pagava um doce no balcão e teve uma reação atrasada quando viu Toup. Observou Toup, e Toup notou que ele o observava. Desviou os olhos e começou a seguir por um dos corredores, mas, quando olhou por sobre o ombro, os olhos de Wes ainda estavam nele.

Ele parou.

— Posso ajudar?

Wes ficou pensando se poderia. Ele se obrigou a dizer antes que ficasse com medo.

— Você fez? – perguntou.

Toup colocou a mão atrás da orelha e se inclinou na direção de Wes.

— Como é?

— Você fez?

Houve uma mudança iônica no ar, como perturbação acústica ou eletricidade. O velho negro atrás do balcão abriu a gaveta da registradora e partiu um rolo de moedas de vinte e cinco centavos no balcão. Para ter algo a fazer.

Toup foi na direção de Wes, as orelhas ficando vermelhas. O rosto parecia uma armadilha de mola prestes a se fechar.

— Fez? Fez o quê?

Wes não disse nada.

— O garoto Trench, certo?

O homem era uma cabeça mais alto e Wes tinha de inclinar a sua para trás para olhá-lo nos olhos.

— É – disse Wes em voz baixa. Então aquele irmão Toup sabia quem ele era. Como, ele não sabia. A coragem de Wes, o pouco que havia, o abandonou de imediato.

— Você usa crack ou o quê? – perguntou Toup.

— Desculpe, achei que fosse outra pessoa – disse Wes, e se virou.

Estava com a mão na maçaneta da porta quando Toup chamou:

— Ei.

Wes parou, o coração acelerado. Virou-se e viu que Toup estava estendendo seu doce.

— Esqueceu isso – falou.

Wes agradeceu, pegou o doce e saiu da loja para o ar úmido da noite. Antes de chegar à picape, estava se xingando por agradecer ao filho da puta.

CODA

O tempo passou. O verão finalmente deu sinais de terminar, os dias ficando mais curtos, as noites mais frescas. Solidago amarelo florescendo junto às estradas. Pinhões caindo de carvalhos sobre capôs de carros e telhados de barracões de ferramentas. A temporada de furacões ainda iria durar algumas semanas, mas as pessoas estavam suficientemente relaxadas e as conversas na barbearia e no mercado passavam de depressões tropicais a futebol americano. Se a LSU derrotaria Auburn, se o Saints chegaria às semifinais, quem sabe o Super Bowl. Flâmulas roxas e amarelas e flâmulas pretas e douradas penduradas sobre as garagens das casas. Decorações de Halloween começando a aparecer por Jeanette, morcegos de *papier mâché* pendurados nas árvores dos jardins, lanternas de abóbora dando seus sorrisos irregulares nas varandas.

E, claro, havia conversas sobre petróleo. Tartarugas, pelicanos e vermelhos cobertos de óleo. Muitos em Barataria juravam que a água tinha um tom engraçado, que a baía estava mais escura e mais verde que antes. Outros diziam que o camarão e o vermelho tinham um retrogosto metálico, mas as pessoas tinham voltado a comer frutos do mar de Jeanette e o Departamento Nacional de Oceanos e Atmosfera reabrira as águas à pesca e coleta de camarões.

Por um tempo, Wes se aferrou à esperança de ter notícias de Lindquist. Talvez tivesse fugido com o tesouro que encontrara – se um dia o tivesse encontrado. Wes meio que esperava um dia ver o estranho barco verde-abacate de Lindquist, o *Jean Lafitte*, navegando novamente em Barataria.

Mas o barco permanecia intocado e abandonado em sua vaga no porto, urtigas caídas no teto da cabine de comando, poças cor de chá manchando o convés. Wes fez uma tentativa desanimada de limpá--lo, jogando água com a mangueira no convés e janelas, raspando petróleo do casco. Poderia ter falado com a filha de Lindquist sobre isso, dito que deveria cuidar da única coisa do pai que restava no mundo, mas ouvira dizer que ela partira para Nova York, Deus sabe por quê. E a ex-esposa de Lindquist, uma caixa de banco que ele procurara para dar as condolências, parecia ter seguido em frente.

─ ─ ─ ─ ─ ─ ─ ─

A última vez que Wes estivera no hospital fora no verão, depois do ataque cardíaco do pai, e esperava não ter de voltar tão cedo. Mas, depois do primeiro gelo de fim de outubro, quando as folhas estavam apenas começando a mudar de cor, ele recebeu um telefonema do xerife Villanova. Havia sido encontrado um corpo, apanhado por uma rede de pesca em Barataria, e precisava ser identificado.

Wes sabia o que Villanova queria dizer. Achava que o cadáver era de Lindquist. A filha de Lindquist ainda estava em Nova York e a ex-esposa em uma convenção de banco em Captiva, Flórida, e Villanova não queria deixar que o caso permanecesse um mistério até que uma delas voltasse.

A possibilidade – a probabilidade – de Lindquist estar morto ocorrera a Wes, claro. Mas houve vezes, nas semanas depois do desaparecimento de Lindquist, em que Wes acreditou que ele de algum modo conseguira, fugira para algum lugar distante sem contar a ninguém.

Uma fantasia boba, talvez. Como algo de filme. Mas não seria possível?

Wes se lembrou de suas conversas com Lindquist – como aquilo parecia distante, embora tivesse sido apenas meses antes – e como Lindquist lhe dissera que não havia nada que desejasse mais do que recomeçar a vida. Lindquist sabia que não podia recuperar o tempo que perdera. Para começar, o tempo nunca fora seu. Começara a pescar com o pai assim que ficou velho o suficiente para erguer um balde de champanhe. E, como Wes, quando chegou o momento de decidir ficar em Barataria ou se matricular na faculdade, bem, não havia muita escolha. Sua família precisava do dinheiro e de ajuda.

E, naquele momento, Wes estava indo para o hospital em uma tranquila manhã de outubro, cristais de gelo como açúcar de confeiteiro na grama e nas árvores, nuvens esfarrapadas de outono como rabos de cavalo, altas no céu, para ver um corpo morto que poderia ser o de Lindquist.

No hospital, o cheiro conhecido o atingiu imediatamente, o doentio odor misturado de lençóis sujos, curativos e cera de limpeza. A respiração de Wes travou na garganta como cabelos em um ralo. Uma negra bonita com brincos de safira estava sentada à mesa da recepção e Wes se identificou. Alguns minutos depois o legista, dr. Woodrell, se encontrou com ele no saguão. Um homem de lábios grossos cor de fígado e olhos baços.

O necrotério ficava no quarto andar do prédio e, enquanto subiam sozinhos no elevador, o médico lançou um sorriso cansado para Wes.

– Aviso que isso nunca é bonito – disse.
Wes assentiu.
– Não é como nos programas de TV. Mesmo os piores.
– Eu sei.
Saltaram do elevador e desceram o corredor, os sapatos estalando friamente no piso de linóleo. O médico parou à porta do necrotério.

– Então, como ele morreu? – Wes perguntou.

— Foi baleado. Na cabeça.
— Faltava um braço?
— Faltam os dois.

Wes piscou para o médico.

— É melhor dizer logo. Para prepará-lo. O corpo foi comido. Os braços e uma perna.

Wes ficou nauseado, e a respiração parecia não chegar tão fundo nos pulmões quanto era necessário.

— Comido pelo quê? – perguntou.

O dr. Woodrell colocou a mão de leve no ombro de Wes. Um gesto mais burocrático que gentil.

— Aligátores. Caranguejos. Tartarugas. Praticamente tudo que conseguiu chegar até ele. Após dezessete anos fazendo isto, ainda não sei bem o que dizer às pessoas. Ou mesmo dizer a elas, ponto. É algo que não ensinam na faculdade de medicina. Acho que decidem que você tem de descobrir sozinho.

Wes concordou.

O médico abriu a porta, apertou um interruptor e a sala foi banhada por uma luz antisséptica. Havia uma fila de várias mesas parecidas com leitos, algumas vazias, algumas com corpos cobertos. Wes seguiu o médico pela sala, notando os declives no piso de concreto, pequenas crateras com ralos dentro. Wes não conseguiu evitar: pensou em todo sangue, bile e sucos vitais correndo por aqueles ralos e especulou para onde tudo seguia. Para Barataria, imaginou. Para onde mais?

Junto à mesa, o médico lhe deu um tecido de algodão branco cheirando a eucalipto, que Wes colocou sobre a boca e o nariz. Depois, o dr. Woodrell puxou o lençol.

Inicialmente Wes olhou para o corpo sem vê-lo. Como se algo em seu cérebro impedisse a imagem de chegar aonde tinha de chegar. Então, quando chegou, a náusea tomou seu estômago. Mesmo com o tecido sobre o rosto, o cheiro era inacreditável, de desafiar a vida. O corpo estava negro e roxo, mole como um jornal encharcado, e havia pontos esfarrapados onde os membros haviam sido arrancados. Faltavam o nariz e os olhos, e em seu lugar havia poços escuros. Mas os cabelos ainda estavam lá e não pareciam ser de Lindquist. Lindquist não tinha tantos cabelos. Lindquist teria rezado para ter tantos cabelos. Eram compridos o suficiente para fazer um rabo de cavalo.

E Wes viu a camiseta, um pouco desbotada e esfarrapada, mas afora isto estranhamente intacta a despeito da ruína do corpo. Lindquist nunca vestira uma camiseta como aquela.

TOM PETTY AND THE HEARTBREAKERS, dizia.

– Não – disse Wes através do tecido. Ele nunca teria acreditado que fosse possível tal estranha mistura de nojo e alívio se não a estivesse sentindo naquele momento. – Não. Isto não é ele.

Chegou novembro e Wes se deu conta de que outro ano provavelmente iria passar sem que fizesse planos para deixar Jeanette. Sem fazer planos para qualquer coisa que não pescar camarão pelo resto da vida. Se as pessoas um dia deixaram Barataria, um dia fizeram alguma outra coisa com suas vidas, foi com sua idade, ou nunca.

Os únicos outros estados em que Wes estivera haviam sido Mississippi, Alabama, Texas e Flórida. Nunca colocara os pés na costa Leste ou Oeste, e o único mar no qual nadara fora o Golfo do México. Incomodava que isso não o perturbasse, que nenhuma parte dele ansiasse ver as montanhas Blue Ridge ou o noroeste do Pacífico, que nenhuma parte dele ansiasse pisar dentro de um mosteiro tibetano, explorar as cavernas de Carlsbad ou ver de perto o Krakatoa.

Não que estivesse destinado a passar o resto da vida em Barataria. Qual garoto de dezoito anos de idade sabia de algo assim?

Mas: onde mais ser um Trench significava o que significava ali? Os Trench viviam ali desde os primeiros assentados no *bayou*. Naquele momento, havia menos Trench que nunca. Menos Lindquist, menos Arcinaux, menos Thibodaux. Dirigindo pela cidade, você via as vitrines das lojas cobertas, os barracos inclinados cedendo aos elementos, os píeres caindo no *bayou* tábua a tábua.

E você ouvia nos noticiários e lia nos livros: Barataria estava desaparecendo, desmoronando no golfo. Anciãos de Jeanette eram rápidos em apontar para a extremidade de uma antiga linha de transmissão de energia que antigamente ficava bem acima do solo. O alto de um cipreste alvejado pelo sal que um dia ficara em uma colina. Em pouco tempo, diziam os anciãos da cidade, Jeanette seria uma cidade fantasma sob as águas. Os túmulos dos seus pais, os túmulos de seus avós, talvez até mesmo seu próprio túmulo, sob três metros de água. Um pensamento que dava a Wes arrepios, como sua mãe costumava dizer.

Wes não acreditava em fantasmas, mas acreditava que alguma parte de sua mãe sempre permaneceria ali. Não um espírito em si, mas uma parte inefável imorredoura que não tinha nome humano. Era onde ela tinha vivido. Tinha olhado para aquele cipreste todos os dias, aquele salgueiro, aquele pedaço de céu, aquela baía de água, e Wes estava convencido de que isto significava algo.

Em outros lugares que não Jeanette, Wes se sentia um estranho, alguém de passagem. O modo como falava, as palavras que usava, a cor de lama escura de sua pele. As pessoas lhe diziam que tinha o pântano na boca. Outras pessoas, menos gentis, diziam que soava como um caipira. Elas não sabiam o que era um *fais do-do*, um *sac-a-lait*. Não sabiam como era ter sangue cajun.

Para o bem ou para o mal, Barataria era seu lar. O que quer que isso significasse. Lar era o odor apodrecido de musgo barba-de-velho na primeira chuva de primavera. Lar era a doçura salobra de ostras frescas tiradas da água trinta segundos antes. As nuvens de cupins no começo de maio. A cacofonia dos sapos no pântano no verão. Os gafanhotos de dia. Os grilos à noite. As tempestades violentas de cinco minutos no final de julho. Os caminhões de cana-de-açúcar cruzando a cidade no outono. A leveza carnavalesca do Mardi Gras. A bênção da frota. Os *petit bateaux* apinhados na baía. Os pontinhos de suas luzes de navegação como luzes de Natal no horizonte. O estranho brilho verde, sobrenaturalmente vívido, dos ciprestes nos crepúsculos de primavera. O cheiro de terra do lagostim fervendo. As pralines de noz-pecã, boudin e gumbo. Os aligátores, garças, vermelhos e camarões. As vozes cajun, salgadas e retorcidas. Os velhos rostos enrugados estranhos como impressões digitais.

Wes sentia o puxão de seu futuro ali. Ou talvez fosse a gravidade do passado. Talvez fossem ambos. Como quer que fosse, com mais frequência que não, Barataria parecia ser o lugar a que pertencia.

Certo dia no começo de dezembro, pouco antes da decoração de Natal ser colocada na praça de Jeanette, Wes foi ao porto e encontrou o barco de Lindquist vandalizado. Alguém, garotos ou vagabundos, quebrara a porta da cabine e vasculhara armários e gavetas. Latas de cerveja e guimbas de cigarros cobriam o chão. Wes duvidava de que fosse um dos pescadores que tivesse ressentimento contra Lindquist. Agora que ele tinha partido, a má vontade deles contra Lindquist desaparecera da noite para o dia.

Alguns dos pescadores estavam até mesmo fingindo saudade. "Aposto que está detectando metais em algum lugar", diziam. Ou "O filho da puta provavelmente está em algum lugar em Barbados. Procurando o próximo tesouro".

De tempos em tempos, Wes via um dos irmãos Toup pela cidade.

Segundo os moradores locais, o outro deixara a cidade. Tailândia era o boato. A razão ninguém sabia, e o irmão que permanecera em Barataria, Reginald, nunca dera uma resposta. Ele ficava sozinho e, sem sua outra metade, parecia menos formidável. De algum modo diminuído. Seus olhos estavam assustados e rápidos, um olhar que Wes associava a animais feridos e pessoas com doenças mortais.

- - - - - - - -

Ao longo dos meses seguintes, Wes ficou ocupado com seu próprio barco. Era difícil de acreditar, mas a temporada de camarão seria apenas a quatro meses dali. Wes queria que seu esquife, com anos de construção, estivesse pronto para navegar então. Um prazo arbitrário, mas que ele estava determinado a cumprir. Sabia que era um daqueles caras que precisava de um prazo de modo a fazer algo.

No Natal, a sobrequilha e as vigas estavam instaladas no quintal. Em fevereiro, o casco estava pronto e esguio sobre oito tambores de óleo pretos. Em março, Wes começou a usar o maçarico em peças de aço de quarenta e cinco quilos, seção por seção. Em pouco tempo o que começara como uma estrutura de varas começava a parecer uma embarcação de valor.

Todos os dias Wes ansiava pelo trabalho. O bom cheiro limpo do ar da manhã, de terra nas sombras, de grama ainda molhada de orvalho. Ele levantava ao amanhecer e trabalhava até de noite, fazendo pausas apenas para almoço e água. Havia horas em que estava tão perdido no trabalho que não pensava em sua mãe, seus problemas com o pai ou seu futuro. Não pensava no derramamento de petróleo, na próxima temporada de camarão ou em todas as contas que ele e o pai tinham de pagar. Trabalhava puramente no momento. O mundo parecia mais concentrado, as beiradas mais nítidas naquela época do ano. Havia uma satisfação em recuar e olhar para algo que não existia horas antes. Algo que ele fizera existir com as próprias mãos. Gostava do modo como a serragem tomava o ar, como uma peça de madeira se encaixava no sulco de outra. Lixar, martelar, furar, ele achava tudo isto misteriosamente prazeroso.

Certo dia nublado e agradável no começo de abril, Wes estava pintando o casco de cinza metálico quando ouviu o pai chegar por trás dele. Era final de tarde, o sol se punha produzindo um fogo dourado em janelas e árvores.

– Que bosta – o pai disse.

Wes se virou. O pai estava dando um sorrisinho, indo na direção do barco e passando a mão ao longo do casco. O sussurro de sua pele sobre os veios suaves da madeira.

– Não consigo sentir uma porra de uma emenda nesta coisa.

Wes esperou, a ansiedade nascendo no peito.

– Um trabalho, tenho de admitir – disse o pai. O rosto ainda parecia branco e levemente torto, e ele se movia com um pouco mais de rigidez do que antes do ataque cardíaco. Mas tinha reduzido para três cigarros por dia, um depois de cada refeição, e seu médico dissera que o coração parecia mais saudável.

– Venha – disse o pai de Wes. – Tenho uma coisa para você.

– O quê?

– Um pônei palomino.

Wes seguiu o pai até a picape, que tinha na caçamba um motor usado. O pai de Wes disse que praticamente o havia roubado de tão barato que era.

– É ótimo – disse Wes.

– Certo?

Eles tiraram o motor da picape e o levaram pelo jardim lateral até os fundos, onde o colocaram na varanda. Wes disse que devolveria o dinheiro assim que pudesse, mas o pai afirmou que era um presente.

Então ocorreu a Wes que, se tivesse a oportunidade de novamente escrever aquele conto para o sr. Banksey, poderia escolher aquele momento para um final mais verdadeiro. Conhecendo a si mesmo e ao pai, provavelmente era o mais perto de reconciliação que chegariam. Se sua mãe estivesse escutando de seu túmulo a alguns metros atrás da acácia de flores rosa, provavelmente teria considerado suficiente.

No começo de abril, o clima esquentou e o *bayou* ganhou vida novamente: a chuva expulsou o último vestígio de inverno, os dias ficaram ainda mais longos e quentes, e os ciprestes e carvalhos pareciam entrar em uma erupção de fumaça verde-acinzentada. E também a água começou a agitar e crescer, os aligátores pegando sol nas margens enlameadas, as cobras coleando como tinta nos baixios, as garças caminhando por entre as samambaias com pernas que pareciam palafitas. Por toda parte perto da água havia o cheiro enlameado de húmus, os cantos elétricos de cigarras e sapos.

A cidade também ganhou vida. Nos quintais, barcos eram erguidos sobre blocos de cimento para reparos. Ao longo do cais, redes eram esticadas como teias colossais e pescadores de camarão trabalhavam remendando com dedos de aranhas. As conversas em Barataria eram sobre a iminente temporada de camarão: onde o camarão estaria, quanto tempo a temporada iria durar, quem pegaria as maiores cargas. Não importava o que diziam na TV, não importava que bosta a BP dizia em seus comerciais, todos sabiam que o óleo ainda estava na água e ficaria lá por muito tempo. Mas as pessoas estavam novamente comprando camarões e ostras da Louisiana, e parecia que Jeanette já tinha superado o pior.

Wes trabalhou dia e noite para ter o barco concluído no final de abril. Em um fim de tarde, tinha acabado de pintar o nome do barco na popa – *Cajun Gem* – quando o pai chegou por trás dele e o olhou.

— Vou trocar com você meu barco por este — disse. Bebia de uma garrafa suada de cerveja Abita.
— Aposto que faria isso.
— Esse cipreste cheira bem.
— Cheira mesmo.
— O que mais você vai fazer com ele?
Wes levou um tempo para responder.
— Acho que está pronto.
O pai assentiu, mãos nos quadris.
— Então vamos botar na água.
— Agora?
— Claro.
— A tinta ainda está secando.
O pai colocou a palma da mão no casco.
— A mim parece bem seca.
— Eu quero inspecionar.
— Você tem inspecionado esta coisa há três anos, cacete.
Wes mexeu na sobrancelha.
— Não quero me precipitar.
— Três anos não é precipitação.
— Não tem combustível.
O pai conteve um sorriso, desfrutando do desconforto de Wes.
— Eu coloquei combustível noite passada.
Wes balançou a cabeça e olhou duvidoso para o barco.
— Não temos sequer um reboque grande o bastante. Como vamos colocá-lo na água?
— Da mesma forma que era feito antigamente.
O pai de Wes chamou Teddy Zeringue e Davey Morvant. Wes chamou seus amigos Archie e Donny. Logo havia doze pessoas no quintal. Vinte. Quarenta. Rostos que Wes conhecia a vida toda, amigos e vizinhos. Chuck Jones, George Ledet, Elmer Guidry. Vá-

rios caras que Wes conhecia do secundário, e alguns levaram irmãos e irmãs. Wes viu Lucy Arcinaux, a loura bonita que ele namorara por algumas semanas. Jovens mães levaram os bebês que gritavam e riam. Cervejas long-neck eram passadas enquanto a multidão se reunia à luz avermelhada do sol da tarde.

Depois de um tempo, Wes subiu a escada de bombordo, e todos se reuniram sob o barco e colocaram seu peso nos ombros. Contaram juntos até três, suas vozes altas e fortes, uma voz. Com um empurrão poderoso, eles ergueram o *Cajun Gem* dos tambores de óleo. Então a maré de gente carregou Wes e seu barco. Através do quintal, passando pela casa, para a rua e rumo ao *bayou*. Passaram por casas com pessoas olhando das varandas, e algumas delas atravessaram seus jardins e se juntaram à multidão. Os Thibodaux, os Jones, os Theriot. Logo havia cinquenta pessoas, depois setenta e cinco, barulhentas, rindo e brincando, carregando o barco de uma tonelada pela rua de mão dupla.

Estava quase escurecendo quando Wes, de pé na proa, pôde ver a água reluzente de espelho cinza do *bayou*. A multidão o carregou através de um campo de vime e comelinas azuis brilhantes, cruzou a margem estreita do litoral e entrou na água vestida, com o barco nos ombros como veneradores em um rito solene. Inicialmente Wes temeu que o barco afundasse assim que o soltassem. Ficou totalmente aliviado quando o *Cajun Gem* flutuou firme e livre na água.

Wes ligou o motor e ele deu um ronronado alto. Engrenou o barco e penetrou no *bayou*. Estava ficando escuro, mas ainda havia luz do dia suficiente para ver os rostos na multidão o observando enquanto ele se afastava. Identificou o pai, mas Wes já estava longe demais para ler seu rosto. Ele o reconheceu apenas pela forma magra de seu corpo, a curvatura dos ombros. Como você chamava ter nostalgia de um momento antes que acabasse? Ele não sabia, mas tinha esse sentimento naquele momento em que penetrava mais em Barataria. Enquanto se afastava não conseguia mais distinguir um rosto do outro e, logo depois, um homem de uma mulher, então homem de criança, até finalmente estar tão longe que aquele para quem olhava poderia ser qualquer um. Absolutamente qualquer um.

AGRADECIMENTOS

Obrigado ao meu irmão, Michael Cooper, por suas leituras precoces deste livro e por seus conselhos indispensáveis. Obrigado à minha parceira, Kathy Conner, pela mesma razão. Ambos tornaram este romance o que ele é. Tenho sorte de ter espíritos tão semelhantes do meu lado. Obrigado aos meus avós, que descansem em paz, por todas aquelas idas à livraria e por tantas outras coisas. Obrigado aos velhos amigos Joe Capuano, Claudia Sanchez e Richard Pearlman, por ficarem juntos todos esses anos. Obrigado aos novos amigos Joe Wall, Brigette Paladon e Tyler Shepard por sempre emprestarem um ouvido atento. Obrigado a Reggie Poche e Cass Cross por suas leituras perspicazes de meus primeiros rascunhos. Obrigado a meus mentores por sua sabedoria e seu encorajamento. Obrigado ao meu agente, Lorin Rees, por acreditar neste livro desde o começo. Obrigado igualmente a Nate Roberson. Obrigado a Danielle Crabtree, Rachel Rokicki, Jay Sones, Rebecca Welbourn e a toda a equipe da Crown por trabalhar incansavelmente por mim. Obrigado, leitor.

Impressão e Acabamento:
LIS GRÁFICA E EDITORA LTDA.